李骏虎作品集

还乡

李骏虎短篇小说选

中国书籍出版社
China Book Press

图书在版编目（CIP）数据

还乡：李骏虎短篇小说选 / 李骏虎著 .—北京：中国书籍出版社，2020.1

ISBN 978-7-5068-7547-9

Ⅰ.①还… Ⅱ.①李… Ⅲ.①短篇小说—小说集—中国—当代 Ⅳ.① I247.7

中国版本图书馆 CIP 数据核字（2019）第 269374 号

还乡：李骏虎短篇小说选

李骏虎　著

图书策划	戎　骞　崔付建
责任编辑	邹　浩
责任印制	孙马飞　马　芝
出版发行	中国书籍出版社
地　　址	北京市丰台区三路居路 97 号（邮编：100073）
电　　话	（010）52257143（总编室）（010）52257140（发行部）
电子邮箱	eo@chinabp.com.cn
经　　销	全国新华书店
印　　刷	三河市华东印刷有限公司
开　　本	650 毫米 ×940 毫米　1/16
字　　数	210 千字
印　　张	16.75
版　　次	2020 年 1 月第 1 版　2020 年 1 月第 1 次印刷
书　　号	ISBN 978-7-5068-7547-9
定　　价	68.00 元

版权所有　翻印必究

自　序

我生长在那个全民"文学热"的时代。20世纪80年代，"改革开放""思想大解放"带来全国性的写作阅读高潮，从城市到广大的农村、矿山，有点文化的人们都拿起笔来写小说、散文、诗歌、报告文学、文艺评论，抒发情怀，记录时代。在晋南的一个小村庄，也有两个做着狂热的文学梦的年轻农民，其中一个就是我的父亲，这使我在刚刚能够开始阅读的时候，随手就能够拿到《人民文学》《小说月报》《作品》《青春》《汾水》（后改为《山西文学》）这样的文学杂志，对于一个偏远的乡村里的孩子来说，的确是得天独厚的精神资源。就是在父亲的熏陶和指导下，我开始写作和投稿，小学没毕业就开始发表作品。

有人说，那个时候的全民文学热是不正常的，也有人因此而慨叹后来的文学被边缘化，我也曾这样想。但我现在不这样认为了，我现在知道，全民都想当作家的确是不切实际的，但人人都应该养成写作和阅读的习惯，尤其在我们解决了生存问题，开始追求生命质量的时代；我同时理解到，文学作为社会主流的时代的确是一种特殊现象，但文学应该对社会发展和时代进步产生深远影响却是不容置疑的，时下文学越来越圈子化，越来越丧失对社会大众的影响力，越来越跟时代发展没有关系，这才是不正常的。仅仅是文学圈里的繁荣，是虚假的繁荣。这也是当下文学为大众所敬而远之的原因。狄更斯、托尔斯泰、雨果，都曾为人类社会的进步做出历史性的贡献，我们看到，真正的文学大师是为人类写作的，他们从不曾把文学学术化、圈子化。为什么要写作，从事文学的终极目的是什么，这是作家们应该思考的永恒课题。跳出圈子，为人民写作，这是我大概从十四年前形成的文学观念。我后来的文学道路，就是在这个观念的指导下往前走的。

每一个作家的文学生涯中，都有自己阶段性、标志性的作品和文学事件，我也是如此。我真正意义上的小说写作，开始于中专时代完成的第一部短篇小说《清早的阳光》。那个时候，没有读过几本文学名著，也几乎没有任何的文学观念，就是靠着农村生活的积累和一点天分创作的，我对自己想象力的确信，也来自这篇纯粹的作品。每一个作家都有自己的软肋，我也有，我在文学素养上的欠缺就是没有接受过必要的写作训练，当时，也没有完成与经典的对话，我就是个"野狐禅"。这个短篇之后，我回到故乡小城谋生，很多年不能超越自己，后来因为一个机会又回到了太原，有三年时间学着用王小波的风格写小说，数量不下三十万字。这其中有一个中篇、三个短篇被文学杂志《大家》2000年的同一期刊发，还配发了整页的作者艺术照，这是我文学生涯中的第一个作品小辑，从此我开始浮出水面，成为我这一代作家里较早的出道者，这要感谢

《大家》主编李巍老师的错爱，他还曾想把我打造成男版的J.K.罗琳，可惜我才力不逮。

在我读过小仲马的《茶花女》和陀思妥耶夫斯基的《被侮辱与被损害的》后，在卢梭的《忏悔录》里找到了思想指导（我其实并没有读完这本书，但哲学家强大的思想力量通过开头的几页书就主导了我），开始写作第一部长篇小说《奋斗期的爱情》。那是20世纪末的事情，我在山西日报社工作，每天晚饭后打上一盆热水放到办公桌下泡脚，铺开稿纸写两三千字，保持了一个良好的写作进度。我在子报工作的弟弟陪着我，他也写点东西。那个时候生活条件异常艰苦，我们兄弟俩租住在一个倒闭的工厂的小楼单间里，房子里没有水管也没有厕所，需要用矿泉水瓶子从报社灌水带回去用。晚上十点多，完成当天的写作进度，我俩骑着从街上四十块钱买来的旧自行车赶夜路回住处。如果在夏天，经常一个霹雳大雨倾盆，根本来不及躲避就被浇成了落汤鸡；如果在冬天，融化的大雪在马路上冻成纵横的冰棱，车轮压上去，一摔就是十几米远。但我们心里都有一团火，就是永不熄灭的文学火焰，能够在窒息的大雨中和摔懵的马路上哈哈大笑。《奋斗期的爱情》被文学杂志《黄河》以头条的位置发表后，很快被收入长江文艺出版社"九头鸟长篇小说文库"，这在当时是个特例，因为文库里的作者除了我，都是很有名的前辈作家。要感谢《黄河》主编张发老师和长江文艺出版社的李新华老师，正是《奋斗期的爱情》使我开始有了"粉丝"，其中包括不少跟我年龄相仿的现在很知名的青年作家，当时他们刚开始尝试写作。

我开始不满足于圈子，而从大众的欢迎中得到自信，源自于我的第一部畅销作品《婚姻之痒》。2002年到2005年之间，我开始了自己第一个完整的创作阶段，创作了一系列以心理描写见长的都市情感和婚姻家庭题材小说，并整理成长篇小说借助于各大门户网站的读书频道贴出来。磨铁文化老总、诗人沈浩波的弟弟沈笑，当时在新浪网读书频道做版主，他把《婚姻之痒》加精置顶，后来得到了四千多万的点击量，数千读者跟读并试图提供思路参与创作。在读者意识到我有把女主角庄丽写死的企图时，很多人对我发出了威胁。那年的情人节，读者们把《婚姻之痒》打印出来，用精美的礼品纸包装好，作为情人节礼物互赠。有人留言说看了这部作品与爱人达成了谅解，有人说决定奉行独身主义，这使我对文学的社会功能产生了自觉的思考，也开始与逐渐向圈子和学术坍缩的文学背道而驰。现任人民文学出版社社长臧永清，其时担任春风文艺出版社的副总编辑，他策划的"布老虎"丛书风靡一时，他跟我签下了首印四万册的出版合同，可惜的是，他后来去了中信出版做副社长。他也因此专程打来电话表达了对我这本小说的遗憾。然而很快，创业阶段的沈浩波就闻讯来到太原，通过朋友联系到我，在电话里诚恳地做了半个小时的洽谈。沈浩波的策划和营销能力是非常超前和强大的，在他的策划下，我一下子"火"了起来，不断接受全国各城市晚报和都市报的采访，《婚姻之痒》也进入新华书店系统公布的2005年文学类畅销书前五名，接着又拍成了电视连续剧，由著名影星潘虹和李修贤主演。

是作家都有代表作，有被自己认可的，有被读者认可的，还有被圈子认可的，我截至目前被这三个领域基本认同的代表作，是长篇小说《母系氏家》，这也是我第二个完整的创作阶段的主要作品。这部小说也是对"山药蛋派"老一辈作家谆谆教导的"生活是创作的唯一源泉"的致敬和实践，她的创作，完全是非功利性的、自发的、水到渠成的。2005年元月，我被选派到故乡洪洞挂职体验生活，报到后，县政府让我先回太原，等待通知再正式上班，这一等就是两个多月，于是，从毕业后就为了生存和理想打拼的上班生活突然停止了，生活节奏出现了巨大的断档和真空。文学创作是闲人的职业，人心里越安静思想越活跃，忘记了是什么触发了灵感和回忆，我开始写作我生长的那个小村庄的女人们的个性和人生故事，写到六七万字的时候，县政府通知我报到上班，我给她起了个题目《炊烟散了》，作为一个大中篇发给约稿的杂志。这就是《母系氏家》的蓝本，她并不是按照时间轴写的，而是把两代女人的人生历程交叉辉映着写。两年半后，我在鲁迅文学院第七届中青年作家高研班学习，从繁忙的政府工作中脱身出来，文学的机能重新复活，一个晚上，我想到《炊烟散了》里面有一个人物可以再写一个中篇，就围绕这个叫秀娟的美丽、善良的老姑娘写了一个晋南农村麦收之前的故事，起名为《前面就是麦季》。跟以生活为背景的小说不同，《前面就是麦季》是以《炊烟散了》为背景的，这种以另一部小说的世界为背景的小说写作，弥补了我的作品虚构程度小的弱点。稿子完成后，恰好《芳草》杂志主编、著名作家刘醒龙老师来鲁院物色刊物"年度精锐"的专栏作家，我有幸蒙他慧眼相加，《前面就是麦季》就成为开年《芳草》杂志的头题作品，后来获得了第五届鲁迅文学奖的优秀中篇小说奖。

每个作家都有自己的特质，有些作家艺术感强，善于写中短篇，有些作家命运感、历史感强，擅长写长篇，我是以长篇为主要创作形式的作家，中篇产量最少，却阴差阳错获得了中篇小说的最高荣誉，这正是命运的耐人寻味之处啊。也还是在鲁院时，《十月》杂志主编王占君老师来约稿，嘱我写个长篇给他，我以《炊烟散了》和《前面就是麦季》为基础，用时间顺序把故事展开讲述了一遍，完成了长篇小说《母系氏家》的第一稿，发在《十月》长篇小说的头题。在陕西人民出版社出版单行本之前，我又用两个月的时间改了第二稿，增加了几万字，后来获得了首届陕西图书奖，同时获奖的长篇小说有贾平凹的《秦腔》，陈忠实老师是文艺奖评委会的组长，他用浓重的陕西话跟我开玩笑说：写得比老贾好！

《母系氏家》也获得了赵树理文学奖，几年后我又写了她的姊妹篇《众生之路》。著名评论家胡平老师认为，《众生之路》的"呈现"比《母系氏家》的"表现"，在艺术上更高一个层次。能超越自己，我觉得比超越别人更值得高兴。

人的心理倾向是受生理影响的，换句话说，我们的身体变化某种程度上决定着精神走向，四十岁左右的时候，我开始喜欢读历史了，历史事件的神秘感和对历史人物探究欲望，使我的写作转向第三个完整的阶段：抗战史的研究和书写。无论写历史还是现实，作家都是以发生在自己脚下的这块土地上的故事为富矿的。我发现红军东征山西有着改变中国革命进程、促成抗日民族统一战线形成的伟大意义，于是，经过两三年的打通史料和实地考察准备，完成了全面展现这一历史阶段的国际国内政治形势和战争过程的长篇小说《中国战场之共赴国难》。这是我目前为止体量最大的一部作品，有四十万字，也是第一部完全以长篇的艺术结构从零创作的作品，她并未得到文学评论界多少的关注，却产生了很大的社会影响，成为当年中国新闻出版报公布的年度文学类优秀畅销书前十名。跟我的第一本畅销书《婚姻之痒》主要以读者个体为购买对象不同，《中国战场之共赴国难》不是一本一本地卖的，她被省内外很多机关单位、企业、学校多则几百本，少则几十本的团购，作为读书活动的主题书。《文艺报》以整版的篇幅发表了我的创作谈《今天怎样写救亡史》。《中国战场之共赴国难》使我彻底背向文坛、面向大众，赵树理曾经说过他的文学创作理念是："老百姓看得懂，政治上起作用。"山西作家中的前辈张平、柯云路是这个理念的杰出实践者，我是他们的追随者。

我并不是文学性、艺术性的反对者，我热爱并且探究小说的艺术性，但我反对文学学术化、圈子化，我不愿意搞"纯文学"创作，我希望我的作品像狄更斯一样受到普通人的欢迎。我也醉心于福克纳、博尔赫斯、卡夫卡的作品，但我向往着托尔斯泰、雨果那样超越作家的思想情怀，我逐渐开始了自己的第四个完整创作阶段，我希望自己能够像巴尔扎克那样把同时代的人们变为我笔下的艺术形象，展开一副包罗万象的时代画卷。

感谢中国书籍出版社和策划人戎骞小兄的美意，要给我出一套比较完整的作品集，由于我的一再坚持精减，还有近几年出的新书的原出版社都不愿出让版权，成为目前这八本的规模，留待随后陆续补进。

目前，我出版了18种、25本书，其中一半左右是长篇小说，戎骞要求我写的这篇自序里，我未提及散文、诗歌和评论的创作情况，是因为我想以主要创作形式来梳理自己的文学历程，今后这仍然是我的主要方向。一个作家只要不丧失对长篇小说的兴趣和能力，其他的体裁就有一个强大的思想本源。

2019年8月17日　于太原

还乡

目 录

自　序 / 001

刀客前传 / 001
七　年 / 015
解　决 / 035
流氓兔 / 048
把游戏进行到底 / 062
用镰刀割草的男孩 / 089
师傅越来越温柔 / 108
留　鸟 / 129
后　福 / 150

还　乡 / 168
面　孔 / 182
生活在别处 / 192
存在与虚无 / 201
十面埋伏 / 209
一个青年艺术家的画像 / 229

创作年表（要目） / 238

刀客前传

1. 领头的刀客参加过革命军

民国三年（1914），在一个干冷无风的初冬黄昏，一支由陕西澄城县出发的骡队正奔走在去往西安的官道上，除了骡夫之外，还有一个小队的士兵负责押运，当天他们已经走了很远的路程，所以人和牲口都蒸腾着白气。天黑透之前，他们距离最近的县城蒲城还有十几里路程，伍长看看眼前灯火稀落的镇甸，担心再往前去有流民打劫，下命令进入镇子打尖，等天亮了继续赶路。他们投宿的镇甸叫东乡。

半夜里起了风，一个起夜的小骡夫听到院子里有动静，窗户上也闪动着火光，趿拉上踢倒山鞋趴在门缝往外瞧。院子里站满了穿黑棉衣黑棉裤的刀客，火把的光焰在刀刃上闪，伍长和那几个当兵的都让人绑了起来，一个比小骡夫年龄大不了几岁的大脑袋壮小伙提着刀问伍长：

"有没有步枪？"

伍长瞪着眼睛反呛他："有步枪能着了你个怂娃的道儿？"

边上另一个刀客抖了抖手里的刀片子咋呼伍长："你娃还不服？不服叫你白刀子进去红刀子出来！"

那大脑壳小伙也不冒火气，对伍长说："我也是当过兵的人，知道当兵的都是给人卖命，咱不为难你，这些搜刮老百姓的不义之财我带走了，你回去跟县府说，我叫杨忠。"

伍长苦笑一下："你娃就是蒲城县的杨忠啊，你领着中秋会的人杀了前清的秀才，搞得动静太大了，连咱澄城都贴着抓你们的通缉令呢。"

杨忠说："天下乌鸦一般黑，老子参加革命军推翻了前清，军阀掌了权照样不管老百姓死活，我回家种地还是不能过活，——自古来官逼民反。"

旁边的刀客说："九娃，甭跟他废话，拉东西走人！"

说话间刀客们已经把银箱都搭到了骡背上，杨忠身边那个刀客一脚踢开骡夫们住的通铺大屋的房门。小骡夫早窜回了被窝里，不敢动弹。刀客们把伍长和士兵关进骡夫们的大屋里，反锁上了屋门，警告说："天亮前出来一个杀一个！"骑着抢来的马匹牵着骡子消失在黑夜笼罩的黄土高原的褶皱里。

捱到天亮，伍长借了店主的骑骡，带着士兵和骡夫去蒲城县报案。税款被劫，县府赶紧派员和伍长一起去西安报告，很快全省缉捕杨忠和他的中秋会刀客。

2. 孝义会

　　作为一个庄稼人，杨忠想过的是耕读传家的安定生活，他从来没有想过提着刀领着一班人到处流窜。杨忠的父亲杨福是一个会手艺的农民，精通木工活儿，和黄土高原上所有这样的农民一样，平时种地，农闲时打打家具、捼把椅子，也会做农具和寿器（棺材）。长年拉大锯的原因，杨福的胳膊肘老是弯的，被孙镇的财主刘秀才派来催"阎王债"的那帮流氓讥笑为"狗鸡巴"。杨忠十岁之前，关中连年大旱，颗粒无收，老百姓能跑出去的都过黄河去到山西逃荒了。杨福靠着之前做木匠的一点积蓄勉强度日，他不计划再让儿子过这样靠天吃饭的营生，就借了刘秀才的"驴打滚儿"债，把杨忠送到本村的私塾，打算让他念几年书，好有本事到蒲城和西安讨生活。三年后，杨福再也没有能力让儿子念书了，十三岁的杨忠被送到孙镇亲戚开的小饭铺当小伙计，干些洗碗和拉风箱的活儿，管吃管住不挣工钱，算是自己养活自己。半月二十天的，从孙镇跑回甘北村的家里，母亲给他换洗一次衣裤和鞋袜。

　　靠天吃饭的年月，死个人都发落不起。依照先人们留下的风俗和规矩，杨福和甘北村其他七户家道相当的农户联合组成了丧葬互助会，规定某一家殁了老人，其他几家一起凑份子治理丧事，关中民间俗称孝义会。这种互助形式，原本是生计艰难的穷苦人为了维持生活和人伦之礼的努力，能够让逝者享有起码的殡葬礼仪，也给生者继续活下去的信心。弱者挽起手来，更多的是为了保护自己，就算是羔羊成了群，多少也能壮大对付饿狼的胆量。1908年是一个闰年，也是清光绪三十四年，关中麦熟，孙镇各村的农户正在扬场晒麦，财主刘秀才把地痞无赖和家丁召集起来，套上几挂骡马大车，铁钩敲打着车帮走上通往各村的大路。刘秀才原本考取举人落第，从此包揽词讼，帮人打官司渔利，靠着和县衙门口的师爷笔吏的交情，慢慢地竟也成了一方富户，和一般地主不同，他没有土地可供佃租，看准了庄稼人度日艰难，放给他们高利贷，"驴打滚""阎王账""大加一""卖青苗"无所不为，他是孙镇包括甘北村在内的好些村庄的农户的共同债主。

麦收后的羊肉没了青草味，像果子一样多汁，刘秀才午饭吃了半只炖羊羔，他要出去跑一跑羊膻气，亲自带着两挂大车来到甘北村。日头把通往村庄的黄土路晒得发白，蝉叫声像水一样充满了这个世界，刘秀才歪在大车上一路打着饱盹儿。甘北村村头的晒场上，杨福戴着草帽扬场，他婆姨孙莲头上捂块头巾搂着筛子筛麦子里的沙土，就看见放羊的才娃像被狼撵着一样腿拌着腿跑进村口，一路大呼小叫到了跟前。杨福笑着逗他："才娃，你不好好放羊，跑回来急着娶媳妇啊？"

晒场上的人都跟着哄笑起来，才娃没像平时那样吐唾沫骂人，他跑到杨福跟前瞪着白多黑少的眼珠说："伯伯，要账的赶着两挂大车朝咱村来了，我在崖头上看见，走小路跑回来的。"干活儿的人都停了手，杨福问："娃，你看清了吗？"

放羊娃喘着气跺脚说："看得清清的，一年来两回我还认不得？都是青骡子大车，头挂车上的人瞅着像刘秀才本人。"

众人都围过来，有人叫喊："别筛了，赶紧装了口袋藏起来，要不连土疙瘩都不是咱的了。"

杨福想了想说："赶不上了，该干啥干啥吧，他来了我和他说。"

"你咋说？"

"咋说？咱也不赖他的账，可人总要活人吧？把租子和口粮留下，其他的任凭贼们拉走。"

同一个孝义会的孙增寿老汉呵斥自己筛麦子的婆姨："别筛了，筛那么干净怕狗们吃着不磣牙？！"

杨福把手里拄的木锨扔到麦堆上，吩咐大家："男的都和我在这里等刘秀才，婆姨家回去拿现钱，多还几块利息少让拉几尺头口粮。"

两挂大车"哗楞哗楞"转过了村头的那棵老皂角树，刘秀才早看见这边热闹，吩咐一声，赶车的跳下来勒紧了缰绳，辕骡子的头高高地扬起，车慢慢停下来。几个汉子从车上跳下来，把刘秀才扶着下了车。杨福和增寿老汉迎上去问安："东家亲自来啦？麦子还没拾掇利索哩，说的就是槑了麦子还钱哩么。"

刘秀才不高兴地说："什么时候你们还钱利索过？"他看看晒场上的情形，回头吩咐管账的："有几户算几户，叫他们就在这里排队还账，有现钱收现钱，没现钱赶紧装麦子。"

增寿老汉走上来给刘秀才作揖，龇着稀落的黄牙赔笑："东家开开恩，我多少年没见过一文现钱了，种的又是旱地，打下这点粮食不够交租，给我留点口粮吧。"

刘秀才看也不看他，鼓着腮帮子把烟斗里的烟灰吹出来，拖着腔儿说："那也不难，叫人拆房子吧，你那屋里房梁和檩子木料不赖，我拉走就是了。"增寿老汉的婆姨听见要拆屋，抹掉头上的汗巾，一声哭叫披头散发就扑过来，"不能活人了——！"一头撞向车轱辘。车轱辘上包着铁，杨福和增寿老汉拉拽不及，婆姨的额头就见了血。

"呸呸呸，真晦气，今天出门忘了看黄历！"刘秀才连朝地上吐三口，跺跺脚上了车，指着忙成一团救人的农民说："三天后我再来，趁早把钱粮准备好，不然就拆屋！"

　　增寿老汉的婆姨没救过来，杨福主持的孝义会大家出钱治理丧事。按照关中风俗和丧葬礼仪，停尸三天移灵，阴阳先生看好了五天后出殡。第三天，请来的吹打班子正敲鼓吹鸭子（唢呐），孝子贤孙们披麻戴孝轮番祭灵，院外就嚷嚷起来，跑进来的人说刘秀才在村街上叫杨福出去说话。祭灵自有婆姨们操持，杨福正和本孝义会的汉子家在灵棚外的枣树荫里喝桔梗茶，吩咐一声："该干啥还干啥，别慌！"站起来就往外走，孝义会的跟在后面。出来就看见村街上一溜三挂大车排着，不见刘秀才，只有管账的烟鬼领着十几个地痞，手里都带着镐头，是要拆房子的架势。

　　杨福迎上去说："就不能先让把死人发落了？把人都给逼死了，还要把死人逼活了吗？"

　　管账翻翻白眼说："欠债还钱天经地义，人死了不是还有活着的吗？东家心善，叫今天先收了你们的账，收完再拆他的屋。"

　　杨福说："都在这里忙着招呼，哪有空回家还账，出了殡你们再来吧。"

　　一个麻脸的地痞上来当胸推了杨福一把说："我看你娃是皮痒痒了吧！"杨福说："你莫动手，我这里人多。"

　　孝义会的人和本村看热闹的汉子家都围拢来，驾车的骡马就惊惧地乱弹蹄子，管账看见穷人多，回头对麻脸说："先去别的村，跑了和尚跑不了庙，慢慢和他算账。"

　　当晚，杨福忙完回到家里，刚躺平了，有人敲门，以为是增寿老汉家的事，起来开门，就被几个穿公服的按住了，问明正身，锁上就走。婆姨追出来，那班人说："咱是衙门的捕快，本镇刘秀才出首告杨福聚众造反搞革命党，明天起到刑房给他送饭吧。"婆姨跑到孝义会哭诉，增寿老汉受了惊吓，倒在地上直抽抽，早有那帮忙着没回去的人赶紧的通知各家，商议着写状纸陈情，一边叫人连夜跑到孙镇叫杨忠回家。

状纸递到县衙，县里说来晚了，领头结社集会是谋反大罪，杨福已经提解到了西安。这一年杨忠十五岁，跟着孝义会的叔伯们奔到西安，数百里跋涉，到了正赶上给父亲收尸，——四十四岁的农民杨福被当作革命党处以绞刑。之前，同盟会会员黄明堂领导了云南河口起义，清廷风声鹤唳草木皆兵，知县接到刘秀才出具的杨福组织孝义会谋反的状纸，当夜捕了"匪首"赶紧解到西安，陕甘总督衙门一听是革命党领袖，审也不审就正法了！

十五岁的杨忠跟着叔伯到法场收了父尸，颠沛数百里扶梓归葬，凄惨悚惶之状不忍书写，此时他上有寡母下有弱弟，除了要维持一家的生计，人死账不烂，冤死的父亲的债务他还得全部承担。

3. 中秋会和教育会

孝义会原本是一个生活互助组织，没有任何政治色彩，然而黑暗的现实、苦难的生活以及背负的血海深仇使杨忠开始有别于任人宰割的贫苦农民，他开始思考着人应该怎样地活着。在孝义会的帮助下埋葬了父亲，大家又帮衬着把牲口和农具集中起来把各家的地都翻耕过，又把耱平整，种上秋庄稼，一晃眼前就是中秋了。在这两个多月共同的劳动生活里，杨忠高大结实的体格和稳重平和的性格，使他得到了大家的喜爱和信任，和大字不识的农民不一样的是，他读过几年私塾，又在孙镇混了几年，对世道人心的看法不一样，忙完了歇着的时候，田间地头男女老少都爱围着他说话。乡亲们出于善良的愿望，为了宽解这个小伙子，把自家的冤屈不平都说给他听，希望他能想开点，别憋出毛病来，杨忠听完了说："苦水倒得再多也淹不死仇人，既然官府和他们穿一条裤子，我们无处申冤，总不能世世代代这样让人当畜生欺负，活不出个人样样来，咱就要自己给自己做主。"

有人叹息说："胳膊扭不过大腿，你娃再厉害，还有那官家的刑罚硬？"

杨忠用树枝指着脚下正搬运死蚂蚱的一窝蚂蚁说："你们看这蚂蚁比蚂蚱小多少？一两只蚂蚁自然吃不了蚂蚱，可是成千上万只蚂蚁就要了蚂蚱的命，只要咱联合起来，人多势众，就不怕他刘秀才，官府也没有好办法。到时候，看谁还敢欺负咱？"

十五六的后生说出这样英雄的话，几十岁的人们都服了气，向他请教该怎么办。杨忠说："就以咱的孝义会为班底，各人再介绍和自己交情好的亲戚朋友参加进来，谁介绍的人听谁指挥，你们再听我的指挥，这样以后遇到事情，大家一呼百应，看谁还敢欺压咱！"

听者群情振奋，有人提出疑问："各村都有几个孝义会，凭什么人家要加入咱们？"

杨忠说："这个我早想过了，以前的孝义会不过是大家帮钱度日，咱的孝义会是要给大家做主撑腰，我看历史上农民起事都有一个口号，咱不为造反，只为活命，就提一个踏实的口号吧，我想了四句：同生共死，打富济贫，扶弱抑强，保护妇女。大家看怎么样？"

都是没读过书的，听见他念的词儿提气又实在，都说好。杨忠说："那就这么定了，收秋之前还有段时间，大家分头去招呼人，八月十五那天咱在我家里开会，以后咱的孝义会改名叫'中秋会'，咱要把口号喊出去，让官府恶霸听见'中秋会'三个字腿肚子就打战战！"

中秋会成立后，请了四里八乡会武术的师傅来教拳，不管是南拳北腿、五行通背，只要能强身健体擒拿格斗，都请来教习，农闲下雨就集合起来舞刀弄枪、较武论文。自此，那些包片讨账的地痞无赖都不敢来甘北村了。中秋会刚有了些名气，却被县里文人们成立的"教育会"抢了风头。"教育会"发起人是蒲城广阳镇人井勿幕，大着杨忠五岁，是同盟会会员，受孙中山先生指派从日本归来发展革命力量，组织县里有维新思想的知识分子成立了教育会，由县高等学堂教习、举人常自新出任会长。教育会定期组织学生讲演团，宣讲反封建的革命思想。蒲城知县李体仁顾不上理睬刘秀才视为眼中钉肉中刺的中秋会，出兵逮捕了教育会的会长常自新和学生领袖。常自新是举人，有功名在身，按照清廷制度，见了知县大人只作揖不下跪，傲然而立，李体仁恼羞成怒，以他是革命党领袖为由，竟然严刑拷打。对举人用刑，大干清廷例禁，并且还将一个学生刑重致死，教育会的读书人纷纷奔赴西安和北京，上书学政和清廷，并且投书报端制造舆论，一时秦省轰动，北京震惊。在京秦人更是纷纷出头声援，要求清廷严惩践踏功名、目无法纪违例行凶的知县。李体仁狼狈罢官，继任知县从此对教育会的革命宣传活动不闻不问，蒲城的革命活动从此进入半公开状态，这就是当时著名的"蒲案"。

父亲被诬谋反沉冤难雪，中秋会也没有被官府真正放在眼里，而教育会因为会长挨了板子和死了一个学生，就闹得天下震动、知县罢官，为什么会有这么大的不同呢？是什么样的思想产生了这么大的力量？杨忠自此对教育会产生了浓厚的兴趣，他辗转通过关系求见了教育会的会长常自新，常自新从眼前这个年轻人的眼睛和谈吐里感觉到他是块可造之才，留他住下，给他谈了孙中山和同盟会，谈了同盟会员和革命领袖井勿幕，并答应合适的时候把他引荐给井勿幕。原来是教育会就是革命党，才能战胜清廷的知县，杨忠如同拨云见日，眼前一片晴朗，胸脯起伏，起誓说："我的中秋会有几百人，什么时候革命需要，杨忠誓死效忠！"从此井勿幕成为杨忠终生崇拜的偶像。

三年后，辛亥革命爆发。1911年10月22日武昌起义后，陕西同盟会和哥老会联合领导了起义，杨忠依约率领中秋会的青壮年参加了革命队伍，隶属秦陇复汉军向枝山的向字营。杨忠带领中秋会参加了向字营与清军的多次战斗，当年冬天，在乾州、永寿一带打败了陕甘总督长庚派来镇压革命的清军。来年，清帝退位，"中华民国"成立，孙中山就任中华民国临时大总统，国歌定为《卿云歌》，部队操练之前要唱："日月光华，旦复旦兮……"这首上古时期舜帝禅位给大禹的歌谣，表达了老百姓对政治清明和圣人治国的美好愿景，杨忠读私塾时曾经熟读，这时唱来，他不禁心热眼潮，不敢相信自己真的参加了革命，而且革命真的胜利了，他对孙中山建立的"中华民国"重现上古尧天舜日的理想社会图景充满了热望。

好景不长，只过了四个月，孙中山就辞去了临时大总统一职，"中华民国"落到了北洋军阀袁世凯手里，军中纪律开始涣散，当官的克扣军饷赌博成风。又是五黄六月龙口夺食的时节，杨忠无心训练，和几个同村好友请假回乡收割麦子。回来一看，甘北村和他们参加革命前没有什么两样，母亲和弟弟依然衣不蔽体食不果腹，刘秀才继续和县府勾结沆瀣一气，欺男霸女、鱼肉乡里，革命，并没有改变农民的生活和政治状况，杨忠看在眼里凉在心里，想起读私塾时念过的书里说的那句话:"兴,百姓苦;亡,百姓苦。"收割完麦子,杨忠要回部队,弟弟哀哀地望着他说:"哥,要是刘秀才再来抢咱家的粮食可咋办?"杨忠沉默半晌说:"不怕,有哥在!"

好友劝他:"九娃,如今咱手里有枪,毙了刘秀才给你大报仇!"

杨忠摇摇头说:"我和那条狗是私仇,他还不配吃革命的枪子儿!"

返回部队的途中,杨忠目睹百里秦川的壮丽山河,心中对革命现状充满了深深的失望,一路上都在默念着元代词家张养浩的《山坡羊·潼关怀古》:

峰峦如聚,
波涛如怒,
山河表里潼关路。
望西都,
意踌躇。
伤心秦汉经行处,
宫阙万间都做了土。
兴,百姓苦;亡,百姓苦。

勉强又在军中待了半年,杨忠以母亲年迈多病为由,于1913年初退伍还乡,一块儿回来的,还有当年中秋会参加革命战争没有牺牲的同乡。

4. 二次投身革命

  重新做回农民的杨忠，把仇恨埋在心底，一心要靠劳动赡养母亲的弟弟。原来中秋会的人听说他回来了，纷纷来找他，对参加过革命战争和走南闯北而眼界大开的杨忠，他们更加的敬服了。刘秀才畏惧他，向县府告发中秋会是土匪，县府派军警来甘北村缉拿杨忠。杨忠早已不是当年只会拼勇斗狠的农民，他组织中秋会成员打败了县里派来的军警。这件事以后，中秋会的名声大震，会员发展到四镇八乡，声势浩大，杨忠受到越来越多的贫苦农民的拥戴。当年教育会的会长常自新听说杨忠回来，亲自来见他，谈到革命现状，两个人不胜唏嘘，常自新嘱咐他组织力量、以待天时。
  听了杨忠对革命的抱怨，常自新叹息道："不解决土地和农民的问题，革命是不成功的。"
  来年夏收，杨忠割完自家的麦子，带人去邻村帮姑母扬场。那种劳作的情形和六七年前他父亲杨福在甘北村头的晒场上一般无二，也是正忙活着，有人慌慌地跑来告说："刘秀才领着人赶着几挂大车来要账了！"
  庄稼汉们都围拢在杨忠身边，此时杨忠只觉得心血来潮，像他父亲当年一样手拄着木锨，抬头望望青天上那几缕棉线般淡淡的云彩，仿佛在质问老天："清朝时这种人得势，如今革命成功，共和了，这种人还耀武扬威鱼肉乡里，这究竟是为什么啊？"他暗暗念道："庆父不死，鲁难未已！"冷静地吩咐道："中秋会的，都抄家伙，今天咱要为民除害！"

刘秀才跳下大车，一眼看见杨忠，打了个寒战，回头招呼地痞打手抓人。见杨忠手提三齿铁耙，中秋会的庄稼汉个个手里也都有家伙，地痞们光咋呼不敢上前，刘秀才悄悄往大车倒退，杨忠抢上一步抡起铁耙打在他腿上，把他打倒，从腰里抽出裤带绕到了刘秀才的脖颈上。地痞们一拥而上来救人，被中秋会的汉子们抡着农具打得满地乱滚。杨忠踩着刘秀才的背，双手紧拽勒着他脖子的裤带，人们痛恨刘秀才，叫喊着："勒死他，勒死他！"杨忠想到父亲当年被冤屈绞死的惨状，怒从心头起恶向胆边生，手上使劲，刘秀才像只垂死的鸡一样弹着腿，慢慢又僵直了。

勒死了刘秀才，杨忠吆喝一声："行了，别打了，冤有头债有主，刘秀才作恶多端，已经偿了命，你们把尸首拉走吧。一人做事一人当，人是我杨忠杀的，和其他人无干，以后谁要敢再糟害老百姓，这怂人就是下场！"

鼻青脸肿的地痞们把刘秀才的尸首扔到大车上，仓皇跑回县里报官去了。杨忠知道官府不会善罢甘休，怕连累家人，不敢回村，带着参与打架的中秋会的汉子们四处流浪，做了劫富济贫的刀客。

入冬，他们打听到澄城县有一批税款要经过蒲城解往西安，一路跟踪到蒲城东乡，埋伏到半夜劫夺了这批税款。用这笔钱，杨忠买了一支"曼利夏"步枪和一箱子弹，从此，二十一岁的杨忠带领中秋会刀客纵横关中，官府多次缉捕无效，派人和他谈判，要把中秋会收编为民团保卫地方。杨忠早对北洋政府失去信任，断然拒绝。

1915年冬，袁世凯违背共和、窃国称帝，各省护国军并起讨袁。常自新如约将杨忠引荐给同盟会会员井勿幕，在井勿幕的影响和带领下，杨忠二次投身革命，率数百名中秋会刀客加入陕西护国军,并于朝邑、华县、华阴一代打败袁军,缴获大量枪支弹药。讨袁战争胜利后,杨忠部因作战英勇屡立战功,被编为陕西陆军第三混成团第一营,杨忠任营长,率部进驻大荔县驻防,从此由一名刀客而开始转入其传奇一生的戎马生涯。

1924年,杨忠改名杨虎城。

2013年10月20日凌晨写于太原

2013年11月6日改定

七 年

七年前,我认识一个女孩叫庄宁。

那个时候我的生活很简单,床头唯一的摆设是一只电子台历。这个台历很有意思,它能准确地显示"星期一""星期二""星期三""星期四""星期五""星期六",到了"星期日"它就只显示"星期"两个字,少了第三个关键的字,就好像我那个时候的生活状态的写照。

1

办公桌底下放着一盆刚打来的开水,我的脚轻轻地踩在塑料盆的边沿上,享受着水蒸气的呵护。惬意。想写几个字了。刚打开电脑,听到楼道里回响起放肆的脚步声,一抬眼,庄宁已经进门了,挑着她细细的嘴角,盯着我发出无声的狞笑。我只好作罢,心里感到暖烘烘的。

　　我望着庄宁微笑。她开始有些得意,俏肩和膝盖一晃一晃,眼神充满挑逗的意味。我们都不说话。按照惯例,接下来庄宁应该趴到我办公桌上,两肘支撑身体,腰肢沉下去,臀部耸起来,把她圆圆的粉脸捧在双掌里,和我含情脉脉地对望,直到有一方憋不住先笑了,就是服输。显然今天有些异常,她站在我面前,用尖尖的手指轻轻地敲着桌面。我用眼神询问,她翻翻眼珠,用嘴角努努门口。我望着门口,那里空荡荡的,但我知道马上就会出现一个该出现的人。

　　庄宁望着我,微微眯上眼睛,背书似地念道:"刘伟——,进来!"一个穿警服的人被她不容违抗的音调拉到了门口,他微笑着慢慢走进来。我下意识地要站起来和人家握手,脚下踩着洗脚盆,只好歪歪扭扭地支撑起上身来:"你看你看,真不好意思,泡着脚呢。"庄宁瞪了瞪眼睛,挥出手掌在我头上轻轻掠过,笑道:"真是个活宝!"

　　那人客气地说:"没事没事,自己人!"他站在庄宁身后,不大敢靠近她的样子。

　　庄宁头也不回,看着我说:"我男朋友,刘伟。"我向刘伟伸出手去握了一下:"你好,你好!"庄宁指指我的鼻子:"他,孙开,我的前男朋友。"我赶紧辩解:"谁是你前男朋友!"庄宁斜我一眼:"敢做不敢当!"

　　不能让她再胡说了,我赶紧请刘伟坐。沙发在我左后方,刘伟走过去坐下,从我茶几上拿起一本杂志来翻着。我希望庄宁过去陪着刘伟坐，她却一点那个意思也没有，戳在我面前问道："你还不离婚呀？"我怕引起刘伟的误会，开玩笑说："不离了，你都找下男朋友了，离了也没意思了。"说完我望着刘伟大笑，他也笑，很温柔地望望庄宁。庄宁伏下身来，两肘支撑在桌面上，腰肢沉下去，臀部耸起来，把她圆嘟嘟的粉脸捧在双掌上，压低了声音劝我："离吧，离吧，离了我马上嫁给你。"我鼻尖上马上就出了一层细汗，这玩笑不能再开下去了，我当着一个警察的面和他女朋友调情，这个警察就坐在我身后，谁知道他有没有带枪！

我刚要和刘伟寒暄，庄宁啪地拍了下桌子，下命令道："刘伟，走，不跟这种人废话了！"刘伟站起来，尴尬地冲我笑笑，我无可奈何地摇摇头，很想开个玩笑，没词。庄宁已经扬长而去了。刘伟只好跟着走，我湿脚趿拉着鞋去送他，出门的时候他问我："你结婚了？"我笑笑："别听庄宁瞎说，我女朋友还在上大学呢。"刘伟也笑笑，伸出手来和我握，说："再见！"我也说，再见。

他们走后，我继续洗脚，什么也写不出来了，只好叉起胳膊，靠到椅背上，用牙齿咬自己的下嘴唇玩。

2

我正修改一份策划文案，庄宁打来电话，劈头就骂："你真是个王八蛋！"我想起昨天她和刘伟来的事，呵呵地笑。她接着骂："你瞎啦？眼睛长后脑勺上了？"我感到事情有点严重了，认真地问："这是怎么了？"

"你想想！"

我想想，想不出个所以然来。

"好好想想！"

我只好求饶："实在搞不明白，别为难老实人了吧。"

"哼！"她有些撒娇地说："老子戴隐形眼镜了，你都没发现！"

原来是这样！我恍然大悟，我说怎么觉得她昨天那张脸有点陌生，原来没戴眼镜："你提醒一声呀，怪吓人的！"

那边啪地摔了电话，五秒钟后又打过来了："你来我办公室一下！"我在犹豫，我不喜欢去她们营销部，那帮女孩开玩笑太没分寸，还有那个半男不女的小伙子，听说我出过书，崇拜得不行，一去就缠着我请教，嗲声嗲气弄得我浑身不得劲。

可我必须去，这也是惯例。

我坐电梯来到营销部，庄宁却不在办公室，她的助手毛倩倩招呼我："姐夫啊，我姐被杨总叫去办公室了，你先坐下和我聊聊，几天没见，想死你了！"我警告她："以后不准叫姐夫了，听见没，人家有男朋友了，我可不想背黑锅、挨黑枪。"我用手指比了个手枪，敲敲她的大脑门。毛倩倩把盛着茶水的纸杯放在我面前："那个小警察呀，他玩得过我姐吗，你也不想想！"我还想教训她两句，我的崇拜者进来了，看见我眼睛就是一亮，风情万种地笑着说："哎呀孙老师啊，好几天没来了，最近在写什么呢？"

我眼前就是一黑。毛倩倩幸灾乐祸地看着我们笑，不过她还算仗义，说姐夫你不是有急事吗，那你先去忙，庄姐回来我叫她给你打电话。我说好的好的，赶紧站起来，我的崇拜者向我伸出手来，我假装没看见，拍拍小伙子的肩膀，匆匆离去。

快下班的时候庄宁才打来电话，声音有些疲倦："一起吃晚饭吧。"我说好，那刘伟呢？庄宁说："别管他，他值班呢。"

"那你想吃什么？"

"别跑了，就吃'金元'吧。"

金元是我们公司自己的酒店，夜宵非常的好。我们没有走酒店临街的大门，而是从通办公楼的后门进去。一进灯火辉煌的酒店庄宁就让我觉得有点别扭，那会儿在昏暗的楼门口碰头时没看清楚：她不但没了眼镜，还把头发挽成职业白领流行的高发髻，大概还做了面膜，被黑色的羊绒风衣一衬托，显得那样头面光鲜。这还是庄宁吗？我心情矛盾地坐在她对面，一眼也不想看她。

"吃什么？"她冲我闪闪在我看来有些呆滞的大眼睛问，我以为她要笑，可她却保持着那不知从哪里捡来的气质。

"随便，看你吧。"我开始掏出手机来玩。越不想看她，她那副样子越在我脑子里清晰可见，脖子好像长了一些，白脸也不是那么圆了，有点美女的味道了。可她为什么非要穿黑风衣，让脖子和脸都显得过于白了，这还是庄宁吗？

点完菜，她开始关心我："你好像不太高兴，你看你，下巴都快砸脚面上了！"

我抬眼看看她，她微笑着，竟然有一点点迷人的味道，那说话的腔调分明就是庄宁的调调，可那神情怎么看着那么眼生？我想冲她笑笑，觉得别扭，就作罢了。

"好啦，我的亲弟弟！"她探过身来，伸出手掌在我头上使劲摸了摸，弄乱了我的头发。我从她晃动的袖管里看到她凝脂般的小臂，心里就是"扑通"一下，好像看到了一个陌生的女人白花花的裸体。

她终于丧失了耐心，眉头拧了起来："你到底怎么了？死人！"

我笑了："我等了你一个下午。"

她翻我一眼："小心眼吧！杨总跟我谈工作，我有什么办法。"

"要提拔你当经理了吧？"

"我才不稀罕！"

"你瞧瞧你现在的样子，说是副总经理都有人信。"

"少来，去死！"她很高兴地拿筷子戳我的手，我躲开了。她放下筷子，挺挺身子，有些羞涩地望着我说："看不惯吧，我知道你看不惯，我总不能一辈子戴个眼镜扎个马尾巴当疯丫头吧？"见我不说话，就捉住了我的手可怜巴巴地问："嗳，你说实话，我这样是不是比以前漂亮了？你说呀！"

我说什么呢？我说了实话："你看上去比以前老了十岁。"

我没想到这句话竟然让庄宁显得那么失落，她动动嘴角，没笑出来，低声骂我："你死去吧！"那神情，好像被我一脚从楼梯上踢了下去。

吃完饭我送她回家，步行，这也是惯例。街道明明暗暗的，大概有了男朋友的缘故，庄宁没像往常那样挽着我。快到家的时候她突然问我："你知道吗，杨总其实很可怜，他老婆根本就不爱他，见面就吵架，这么多年他几乎不回家住。"我说我怎么会知道，不清楚，也不感兴趣。后来就再没话说，直到她住的小区门口，她转过身来面向我说："你回去吧，我到了。"转过身去走进大门。

我没有马上走，一直站在那里，望着她头也不回地消失在阴影里。

3

　　早晨，我刚拿一块面巾纸把椅子上的尘土擦了擦坐下来，一阵风似地闯进来一个美女，黑色的紧身衣，黑色的长裤，白色的旅游鞋，坐到我对面的椅子上，黑色的长发一甩说："小孙，帮大姐一个忙。"一双黑色的大眼睛望着我，闪着让你不忍拒绝的光芒。她是从我们部门调出去的付大姐，一个绝对的美人骨美人肉的妙人儿，却是一个男人的豪气性格，说话直来直去，爽得很。可惜的是我刚来没几天她就调到了别的部门，害我神思恍惚了好一阵子。没办法，付大姐往我眼前一坐，我就脸红心跳，头脑简单说话结巴，但我总想在她面前装出一副潇洒风流的样子，我笑着说："你说吧付姐，没有问题。"

　　"好弟弟，我就知道你是个爽快人。"付大姐高兴起来的表情好像玫瑰绽放一样炫目，"那大姐就说了。"

　　"说吧，没有问题。"

　　付大姐说话像竹筒倒豆子一般，原来她在深圳工作的爱人给她找好了单位，就要调她去团聚了，新的岗位是搞宣传，因此用人单位要求她在报刊上发表过文章，她恰恰没有。付大姐有个同学在本市的报社做编辑，答应尽快给她发表几篇文章，问题是她不知道该写什么也不知道该怎么写。所以她就来找我帮忙。这样的时刻，付大姐能想到我，使我倍感荣幸，——除了这点小事，我还能为她做些什么呢？我马上打开电脑说："这个简单，我电脑里还有几篇没发表的文章，署上你的名字就是了。"

付大姐呼地站起来，站到我身后，一手支在桌子上，一手轻轻按在我的肩膀上，看我翻电脑里的文章。我觉得脖子痒得厉害，一定是她的发梢垂到我衣领里了，我坚持着一动不动，可离得太近了，她又是一路跑来的，身上的香气热烘烘地围绕着我，让我呼吸困难。我一口气把所有没发表的文章都署上了她的名字，打印出来，并且拷到软盘里。她坐回去看文章的时候，我悄悄地动了动身子，内衣都被汗水粘在皮肤上了。

付大姐对我的文章赞不绝口，数了数篇目说："太多了吧，大姐拿什么跟你换啊。"

我爽快地说："说哪里话啊，付姐你不用跟我客气。"

"那你不许再用你的名字发表了啊！"她假装严肃地警告我。

我吹牛："我有的是文章。"

"好弟弟，那我走了，得赶紧给报社送去。晚上请你吃肯德基，六点半在大门口见面啊。"付姐一拧腰风似地走了，瞥下一个亲热的眼神让我迷瞪了半天。

是电话铃声惊醒了我，竟然是庄宁打来的，好几天没见她人了。庄宁的情绪似乎不高，哑着嗓子说："晚上一起吃饭，我有重要事情跟你商量。"我快活地说："中午不行吗？我晚上约了人。"庄宁说："不行，中午我有客户。什么人比我还重要？"我撒谎："几个外地同学来看我，我得管顿饭不是？"

"那算了吧。"庄宁说，又补充警告我，"小子，你可别后悔！"

我哈哈地笑，放下电话的同时就把庄宁忘了。

我提前十分钟来到大门口等付大姐。要说不想入非非那是假的，可我那个时候正处在有贼心没贼胆的阶段，能控制自己在她面前不发抖就不容易了。不停地有下班的同事出来，和我打着招呼，我说："等人呢。"就看到了毛倩倩，我望着她笑，可她走到我面前才认出我来，有点惊愕地看着我问："你站在这里干什么？"

"等人呢。"我满脸堆笑。

我以为她一定会说我在等庄宁，没想到她淡淡地笑笑说："哦，那你等吧，我先回宿舍去了。"

我一把拉住毛倩倩："别走，这孩子怎么不懂事了，连个姐夫也不叫！"

她翻我一眼："我倒想叫，叫了有人会不高兴！"

"谁，谁会不高兴？"我反正在等人，有意拉住她消磨时间。毛倩倩看看我，不自然地笑了一下："你知道是谁？"

"刘伟？还是庄宁？"

毛倩倩又笑了一下，皮笑肉不笑的样子，——这孩子今天是怎么了？"你是不是和庄宁吵架了？"我逗她。她摇摇头，定定地看着我，好像很费解的样子，然后说："你真单纯。"我差点没摔倒，这是什么话吗。我直觉毛倩倩和庄宁之间出了问题，搁在往常，我会尽力调解一番，可是现在我不想让她们那些鸡毛蒜皮的事情影响我的好心情，我就打算放毛倩倩走了。一抬眼，正好看到付姐走出来，黑色的紧身衣外面加了一件白色的短夹克，白色运动裤，充满了动感，我对毛倩倩说："先这样吧，回头再和你聊。"她回头看看付姐，又似笑非笑地盯我一眼，摆摆手，走了。

4

我是打算第二天去找庄宁的，可报社说付姐那几篇文章都需要修改，她就拉着我去报社改稿子，每天好吃好喝的招待着，好脸好话的呵护着。我从未想到能有这样的艳福，每天一下班就和付姐打车去报社，整整一周时间，都在幸福中奔忙，早忘了世界上还有一个叫庄宁的女孩。

文章都发表后，付姐顺利地调走了，我的世界一下子就失去了色彩。我发现，空虚的时候，想起来的第一个人还是庄宁，而且竟然有欲泪的感觉；我又发现，我和庄宁认识两三年了，彼此很有好感，可是当我们之间的距离眼看要成为零的时候，就会感到一种阻力的存在，仿佛同极的磁铁，永远不能吸附在一起，久而久之，保持了一种恒定的距离，不能再近一点，也不能再远一点。这就是我们之间的问题，我决定找庄宁好好谈谈。

第二天一上班我就去了营销部。我穿着付姐买给我的名牌T恤衫来找庄宁。那帮小丫头忙进忙出的，不见庄宁的影子，我看见毛倩倩坐在庄宁的椅子上，分明看到我了，躲躲闪闪假装摆弄电脑。我走过去居高临下地望着她问："庄宁没来上班？"毛倩倩抬头看看我，又扭头去看电脑，慢条斯理地说："她不来了。"

我不敢相信自己的耳朵："不来了？不来了是什么意思？"

毛倩倩鼻子里哼了一声说："什么意思？人家自己开公司、当老板了！"

"她？庄宁？"我失笑，"自己开公司了？"

毛倩倩扫我一眼，讥讽地说："不行啊，人家本事大着呢。"

"你们没什么问题吧？"我感到有些不对劲。

"没问题——！"毛倩倩阴阳怪调地说。

那就是有问题了。

回到办公室，我打了庄宁的手机，一接通就听到她在哭。我从没见她哭过，很吃惊，问她在哪里，要去看她。"你别来，我在刘伟这里呢。"她清了清嗓子说。

"你没事吧？"我只能这样问了。

"没事，晚上见吧，你要有时间陪我去逛逛商场吧。"

我说好。

见了面，庄宁带给我强烈的陌生感，我被她牵动的那点柔肠没来由地就冷却下来。她穿着件青色的风衣，披散着头发，发梢烫成了小卷，情绪已经调整过来，似乎根本不需要我的安慰了。我还是打算把事情问清楚："你和毛倩倩闹别扭了？"庄宁看看我："她都跟你说了？"我摇摇头。庄宁突然骂道："她什么卑鄙的事情都做得出来！"

我停下来，望着庄宁，她的脸在霓虹灯的光影下显得很苍白。我说："她说你不在营销部干了，是不是真的？"

"你没看见她已经坐到我的位置上了？"庄宁反问我。

"你们不是关系很好吗？"我想不清楚这是怎么一回事。

庄宁微微冷笑："好什么！她一直在杨总面前说我的坏话。"

"为什么？"

"还能为什么，嫉妒我比她干得好，比她职位高么。"庄宁不屑地说。

我无语。庄宁继续说:"现在她终于如愿以偿了,把我排挤走了,坐到了我的职位上!"她摇摇头,有点得意地笑了:"小人!不要说她了,没意思。"

"她说你自己开公司了?"我问。

"我有这个打算。"庄宁挑挑她细细的嘴角,这是恢复了自信的表现。我发现,她似乎粘了假睫毛。

我劝她:"还是谨慎一些好。"

"你真可爱!"她抬手摸摸我前额的头发,我躲了躲,没躲开,心里感到空落落的。

5

我女朋友就要大学毕业了,我开始为她的工作而奔波。其实她可以留在上学的那个南方城市工作,回来纯粹是为了和我结婚,我对她心存感激,想不通自己到底好在哪里以至于使她如此痴情。我拿着她的简历到处跑,想着在她回来之前把就业范围尽量缩小。其实这不是我的性格,我最愿意的是窝在家里看书,而不是到处和陌生人打交道,可我想不出其他方式来回报她,另外我觉得把自己弄得很忙,这样心里更充实一些。

在一家国有企业的大门口,我接到了庄宁的电话,她嚷嚷:"秀才,我的公司手续办完了,很快就要开业,聘请你当首席策划,你有没有兴趣?——你敢说没有!"

我举着电话茫然四顾,搞不清自己听到的是什么,良久,我情绪低落地说:"真开公司了?好,好啊。可是我最近很忙,我女朋友就要毕业了，我得给她找工作。我现在正在……"

"真啰唆！"庄宁打断我，"你女朋友学什么的？让她到我这里来干。"

我笑了："她想到国有单位工作，如果去企业，也要去大公司。"

庄宁并没有怪我，依旧爽快地说："那她上班之前想找个地方实习的话，就来给我帮忙吧。"

我谢了她。挂了电话，突然想到庄宁哪里来的钱开公司呢？刚才也没问她开的是个什么公司，主营什么业务。想打电话再问问她，想了想，作罢了。

没想到，在单位的大门口碰上了庄宁，她脸上灿烂的笑容让我心生妒意，——她就是这样一个不知道掩饰自己的人。她约我走楼梯，我们就进了安全门，并肩上楼。我忍不住问："你哪来的资金开公司？"她笑着说："我能有几块钱啊！和别人合伙开的，资金全是人家的，他做董事长，我做总经理。"她补充说，"我主要是想自己干，自己给自己做主，过瘾！"

"那你拿什么跟人家合作？"我扭头看看她。

庄宁晃晃手里的文件夹，挑挑细细的嘴角说："我拿咱们这个公司和他合作不行？"

我不解。庄宁骂道："笨蛋！我们不过是把咱们公司的业务承揽了一部分过去做，代理一部分客户。"

"哦——！"我明白了，"那杨总能同意？你这是分他的利润啊。"

庄宁哼一声说："这是他让我离开公司把职位让给毛倩倩时开给我的条件。"

"杨总让你把职位让给毛倩倩？"我的脑子明显不够用了，"为什么？毛倩倩跟他什么关系，他要做出这么大牺牲？"

庄宁停下脚步，盯着我，不敢相信地问道："你连这都不知道？猪头！"

我摇摇我的脑袋，感到两只大耳朵呼扇呼扇的，眼神也有些发呆。

"毛倩倩上班之前是杨总家的小保姆，这你都不知道？"庄宁再次怀疑我的智商，她伸手来摸我的头发，这次我躲开了。

6

庄宁再次来到我的办公室，我已经想不起来有多久没见过她了。她的着装和气质已经完全白领化了，从她身上我找不到从前那个疯疯癫癫的打工女孩的一点影子。我发现，她把我们从前遵守的那些惯例全忘了，竟然一屁股坐到我办公桌上。好在总是我一个人下班后待在办公室不走。我往椅子上靠靠，笑着问她："怎么样，庄总？"

"累死了！"她长出一口气，定定地看着我，"我有事想和你商量。"

"说吧，只要不是挖我去给你打工。"我半开玩笑地说。

"臭美了吧！"庄宁笑着骂我，但很快愁云就上了脸，微微皱起眉头说："该死的刘伟逼着我结婚呢！我现在是最关键的时刻，局面还没完全打开，忙死了，他却逼着我结婚，你说这人是不是有病？"

我笑着说:"你也该结婚了。"

她用高跟鞋尖轻轻地踢了我一下:"去去,跟你说正经的呢!"

我赶紧做严肃状。

"你能相信吗?他竟然哭着求我,刘伟!"庄宁乐不可支。我刚要跟着她笑,猛然发现她的眼圈红了,她轻轻地叹口说:"其实这个人也挺可怜的。"

我幽幽地望着她,有些想抱住她安慰安慰她的冲动,最后只动了动身子,作罢了。

那之后,再接到庄宁的电话,就是她向我哭诉她的累,她在生意场上受到的屈辱,以及她和刘伟之间的矛盾,我尽量劝慰着她,心里却明白她其实根本就不需要我的安慰。

果然,一段时间后,庄宁再次打来电话,宣布她要结婚了,"自己干太累了,我打算过一段回咱们公司工作,结婚后做个贤妻良母算了。"她说。

我无声地笑笑,她听不到。我的笑容,她看不到,我自己也看不到。

7

为了买一套房子来和我的女朋友结婚,我把自己的长篇小说书稿卖给了书商,误打误撞地碰上了一个策划畅销图书的高手,短短几个月发行量竟然飙升到十万册。这本取名《公司春秋》的长篇小说，成了白领们的口袋书，我也成了名人。公司里上上下下的人都喊我"才子"，好像每个人都成了记者，问我灵感来自哪里，问我的素材来自哪里。来自哪里？——只有我自己知道，这本书里的故事都是我臆造的，是我夜里做过的一些怪诞的梦的真实记录——自从进入公司以来，我经常做噩梦，梦到从高处坠落，梦到参加假面舞会和被一些肢体不全的人追赶。只是我没想到，梦也能赚钱，哪怕是一些光怪陆离的可怕的噩梦，我更没想到人们会喜欢看这些东西。

南方一家晨报的记者来采访我，约好中午一起到"金元"吃饭，因此我提前半个小时下班了。

饭后回到办公室，看到办公桌上有同事留给我的一张条子：

  杨总打电话找你，让你送他一本《公司春秋》，签上名字，下午上班后送到他办公室。

领导终于问我要书了，我拿着这张条子一个字一个字地看了三遍，我不知道杨总会对我说些什么。按道理，样书回来我就该给领导们每人送一本，但我没送，是担心他们说我不务正业。真的，我就是担心这个，没有别的担心，至少这张条子也没有提醒起我还应该有别的顾虑。

下午上班后，我找了一个大信封，把签上名字的《公司春秋》装进去，坐电梯上楼到杨总的办公室。我先站在门外听了听，里面似乎没人谈话，就曲起指节轻轻敲了敲门。有个女人的声音说，请进。我愣了一下，还是拧开门进去了。杨总没在，他的真皮大班椅上坐着一个女人，看见我进来，她一脸惊愕地站了起来，竟然是庄宁。多日不见，她竟然瘦成了这副样子，几乎成了一副骨架子，脸上的妆很浓，几乎就是涂了两个红脸蛋，我都要认不出来了。

我把门关上，很随便地问："杨总不在？"

庄宁渐渐稳住了慌乱的心神，她离开了那张椅子，围着大班台转了半圈，这才笑着说："我也是来找他的，门开着，不见人。"

我并没有没问她怎么会在杨总的办公室，但我真没料到会在这里碰见她。我把手上的大信封放到大班台上说："杨总让我送他一本签名的书。"我又问庄宁："这本书你有了吗？"

庄宁撇撇嘴角说："我早看完了，我觉得你有些地方写的是我。"

我赶紧摆手："别啊，我可不想和你打官司。"

"这有什么？"庄宁大度地说，"写就写了，有什么不敢承认的。艺术来源于生活，高于生活嘛。"

我突然就想到杨总着急要看这本书，也许是出于跟庄宁一样对号入座的心理，——那可就麻烦了——，我只感到头皮一阵发麻。庄宁望着我笑："想什么呢你，一副傻样子！"我笑笑说："你比以前瘦多了，累的吧？公司还干着吗？"

庄宁说："我正减肥呢，效果还可以吧？公司还干着，比以前好多了，适应了。你呢？"

我说还是老样子，不过这本书赚了点钱，打算买所房子结婚。

"你老婆回来了？"庄宁瞪了瞪眼睛，她总是把我女朋友说成我老婆。

我说快了，她正在实习，实习结束就回来了。

"呵呵，想不到你也要结婚了！"庄宁摇摇头，脸上的表情很复杂。突然她说："我准备和刘伟离婚。"

我看着她，没吱声。

"我们已经分居好长时间了。"她看我一眼。

我说:"刘伟是个好人。"

庄宁冷笑道:"婆婆妈妈,烦死他了,一点也不像个男人。"

我突然意识到让杨总回来看到我和庄宁在他办公室聊天不太好,就对庄宁说:"我把书放在杨总办公桌上,他回来你替我说一声,我办公室还有人等着呢,先走一步。"

她责备我:"成名人了,这么长时间电话也不知道打一个,好大架子!"

我笑着说:"哪里话,回头就请你吃饭。"

我们相对笑笑,我转身往门口走,我不知道她是否在望着我的背影,其实,一直以来我都不能确定自己在她心目中的分量,时光没有让我们的感情升华,却让它变得像一场游戏,我一直搞不清其中的原因。似乎,现在有点明白了:我们似乎一直都在两条平行线上,永远也没有相交的那一天。我没来由地一阵揪心,闭了闭眼睛,差点撞到门上。

8

我等了几天,杨总没有打来电话,也没有让人叫我去他的办公室,他似乎并不是要对号入座,我的心放宽了些。也许,他原本是要问问我的书里写的一些事情的,——如果那天是他在办公室,而不是庄宁,——但他终于没问,也许另有原因。

自从那天在杨总办公室碰见庄宁,并且看到她悠闲地坐在杨总的大班椅上,我开始怕碰见毛倩倩,怕看见她脸上嘲讽的笑容,怕她再次对我说:"你真单纯!"

突然想起庄宁来，我不见她，竟然已经有七年。我记得我们最后一次在一起吃饭，还是在金元酒店，那时她已经离了婚，而我的女朋友当时已经在回来的火车上。我们在大厅坐了很久，有不少同事在我们周围吃饭，后来他们都走了，只剩我们两个人。我看看空荡荡的大厅，有几个穿红衣服的服务员和戴白色高帽子的厨师在角落里低声打情骂俏，奇怪的是并没有人来提醒我们要打烊了。我只好提醒庄宁我们该走了，庄宁说："没事，没人敢来赶咱们。"原来，她已经被任命为酒店的负责人，这里的经理和其他所有人都归她管。

我倒满一杯啤酒敬她，祝贺她。

庄宁对这个差使很不以为然，她挑起自己细细的嘴角说："跟你的才华比起来，我根本就是个傻瓜。"

我都要惭愧死了。以前庄宁夸我有才华，我很沾沾自喜，现在看来，仿佛从一开始就是个大大的讽刺。

庄宁接着说："我一直很崇拜你，真的！你有感觉吧？"她盯着我看，怕我不信。

我笑了，像个孩子一样害羞地低下了头。我比庄宁大好几岁，有时候在她面前真的感觉自己是个"弟弟"。

庄宁很开心地笑了，她趁机伸过手来摸摸我的脑袋说："你真可爱！"

我说："什么？"

庄宁很怜惜地望着我说："我发现你挺讲卫生，头发多会儿都是干干净净的，像刚刚洗过一样。"

"哦！"我腼腆地笑了。

出来酒店，夜色已经阑珊。我说我还要回办公室一趟，从酒店后门出来，就在公司院子里和庄宁告别，我们没有握手的惯例，所以那天连手也没握一下。庄宁站在那里，看着我走向公司的大楼。我冲她摆摆手，一直往前走，直到走进阴影里，我回过头来，看到庄宁从包里拿出钥匙，走向停车场上的一辆白色的轿车，打开门，坐了进去。

9

  我没有结婚，因为我的女朋友考上了研究生。为了不至于分手，我跳槽到她上学的那个城市打工。那是七年前的事。

  离开公司那天，竟然碰上了庄宁。我和几个人出电梯，她和另外几个人进电梯，样子风风火火，似乎有什么急事，看见我，打招呼说："你好！"

  我也对她说："你好！"

2007年12月7日写于鲁院311室

解　决

我对中介公司漂亮的小姐说：我要一套最好的两室一厅的楼房，结婚用。

小姐直勾勾地看着我笑着说：我还以为你已经结婚了呢！

找不到你这样迷人的，哪有心思结婚。我逗她乐。

喊，你连房子也没有，现在的女孩子谁愿意跟着你租房住呀。想不到她竟认了真，脸上的笑容开始变酸，低下头去专心地查阅电脑资料。我盯着她探出遮脸的长发来的翘鼻头儿微笑着琢磨另一些事儿。

要哪个地段的？她发觉我的笑容不怀好意，瞪了我一眼。

离报社越近越好，上班方便。

哟，你是报社的？报社干什么的？她挑起了好看的眉毛。

编稿子，采访。我无所谓地说。

没看出来，你还是个记者，我还以为你是个艺术家呢，胡子巴茬的。

我望着她似乎很调皮的微笑，摸了一把自己那仙人掌般的下巴说，我全靠这个下巴吸引女孩子。

她开心地笑起来，捂着小嘴低下头去，头发披散了满满的一背。我耐心地站在那里等着，直到她抬起头来很妩媚地翻了我一眼，然后招呼一个十七八岁的小伙子：小刘，你带李先生去看1413号楼房。小伙子走过来，对我招招手，先走出去了。我趴到小姐办公桌的隔板上，一本正经地对她说，我希望我对房子不满意。

为什么？她意味深长地望着我，眼睛里内容很多。

那就可以每天来这里找你。

讨厌！她很高兴地笑了。

那天上午我心情很好。就这么简单，如果下次在街上碰见这个女孩子，约她看电影很可能不会遭到拒绝，因为她已经高兴地骂过我，我们算是熟人了。

令她失望的是，我随便看了看那套楼房就决定租下了。来的路上，带我看房子的小伙子提醒我：一个月600块的房租有点贵，你最好跟房主再商量一下，回到公司签合同的时候省不少事情。我猜想小伙子可能怕我嫌房租贵要另换一家，那就让他白跑一趟了。我说你是不是有什么事要急着去办？他有点不好意思地说，我女朋友快下课了，我得赶去接她。

房东两口子都来了，很随意地带我转了转各个房间，大概他们接待的来看房子的人太多了，而从没有谈妥的，于是才有这副例行公事般敷衍了事的样子。我转完了，问房租能不能便宜。男房主犹豫地望望女房主，女房主说，不能，这地段是最便宜的了，又有电话又有有线。我说那去签合同吧。男房主和中介公司那小伙子都露出很吃惊的样子。

我们回到中介公司，那漂亮的小姐瞪着眼睛问：签合同？

女房主赶紧送上笑脸说：签签，可算是租出去了。

月租金有变化吗？小姐用冷漠的眼神看看我。我对她笑笑。

600块不变，一次性交清一年。女房主说着伸手去拿桌子上的合同。小姐瘦长的手指提前摁在了合同上面。先请坐到那边的沙发上，我给你们发合同，她说。

写完合同，我交了钱，接过男房主递过来的一串钥匙。他仿佛做了什么亏心事，一直不怎么敢看我，这时候特别关照我说：你住进去后把门锁及时换了，以前住过不少人，有本地人也有南方来做生意的人，都不摸底细。我说谢谢，等什么时候结婚时再换吧，现在我一个人住，也没什么值钱东西。

你过来把中介费交一下吧。小姐对我说。我跟上她过去，等她坐下来，给了她600块钱。

你不是说结婚用吗？她瞥了我一眼。

是。

那你刚才说不知什么时候才结婚？她用验钞机检查着我的钱，很随便地问。

就是不知什么时候会结婚，才先租下房子，万一很快要结，没房子怎么办？

你女朋友在哪里上班？

你是说准备结婚的那种女朋友吗？

她看看我，突然失笑：你这人怎么这么有意思！

我还没有准备和我结婚的那种女朋友，不过迟早会有的，说不定明天就有了，后天就要结婚。

那你着什么急，才看第一次房子就定下了，月租也没有协商。她似乎有点责怪我的意思，这让我感到很温暖，我对她做出真诚的苦笑。

有些事情总要解决的，干脆一点比较好。我说。

走出中介公司，街上的阳光很亮，昨天刚立秋，今天的阳光就变得很有层次，空气有一点点凉意和若干诗意，让人觉得神清气爽。我把那串钥匙挂在皮带上，一路走向单位，为的是领略一番城市里秋天的情调。半路上，我决定打车去超市买几张摇滚碟，就招手拦了一辆的士。拐过一个路口，发现公交车站牌下站着一个有点眼熟的姑娘。我让司机在不远处停了车，付过钱，下车向站牌走去。那姑娘穿黑色的紧身衣，戴着白色的凉帽和红镜片的小太阳镜，身材很好地站在挂满广告牌的站牌下。我走到离她很近的地方，她没有朝我看，因此没有认出我来。我想起来她是我弟弟的同事，我去找弟弟的时候和她打过招呼，当时的印象是她人很酷，但嗓音有点沙哑。不过我坐在弟弟办公室里的时候听见她在楼道里走来走去的唱歌，歌声却很动听，有点张惠妹的味道。我弟弟告诉我：她叫王华，快30岁了，还没有男朋友。不会吧，这么漂亮的姑娘，蛮有味道的嘛，怎么会没有男人追？我感到很不可思议。后来我又去过我弟弟单位几次，发现王华对音乐很发烧，总是一个人戴着随身听旁若无人地哼唱。我弟弟这样对我说过好几次：我的确没见过她男朋友。

此时我站在王华身边，有点心怀鬼胎做贼心虚，努力了半天才说了三个字：嗨，王华。

是你呀，她摘下墨镜很靓地笑着问我，去哪里？

超市，买几张摇滚碟。

哎呀我也是去超市，一块儿去吧。她喜出望外地瞪了瞪眼睛。

是吗，你去买什么？我不动声色地问。

我妈把我新买的一套磨砂玻璃小碗打碎了，叫我再去买上一套，她本来说不喜欢那套碗的，打碎了又逼着我去买，真搞不懂。

我想那是她妈怕女儿责怪，以攻为守罢了，属于恶人先告状的老一套。不过我没有这么说，因为我跟她不太熟，不能开这样没分寸的玩笑。因此我就笑笑了事。

对了，你去哪里了？你们报社好像不在附近。

我刚刚去中介公司租了一套房子。

租房子？你们报社没有分你房子住吗？

有，可是又小又旧，结婚不能用。

你准备结婚吗？什么时候？

也许明天也许几年以后，我得先找下女朋友。

哈，她笑了，你还没有女朋友？我以为像你这样的人有很多女孩子追呢。

是不是？我很帅吗？我可没钱。

你很特别呀，像个唱摇滚的乐手。

我很感谢她像个老朋友一样跟我开玩笑，更加觉得她可真是个好女孩，实在不应该没有男朋友。

上了车，我们面对面地站着，人有点多，我们不得不靠得很近。她身上散发出来的成熟女性的芬芳气息让我有点头晕。我不停地说话，把许多公众人物都骂了一遍，又把我看得上眼的少数名人夸了一遍。

超市的音像商场就在一楼，她陪着我转了转，VCD和CD分别买了几盘，其中包括崔健"新长征路上的摇滚演唱会"，唐朝全记录和别安（BEYOND）乐队的《光辉岁月》，还有一张爵士乐和一张蓝调。

这些你都没有吗？她很温柔地表示了她的惊奇。

刚租下新房子，买几张新碟听听比较相配。

你真逗。她替我把那几张碟抱在胸前。我无心地看了一眼她被那些碟挤压着的雪白柔软的胸脯，感到很受刺激。

我一转眼看到她在看着我，又想到，待会儿想办法把她解决了算了。

我陪她买到了那套果然很漂亮的玻璃碗。照我看，这种碗夏天放冰糖银耳粥最相宜，我对她说。

可是我妈不会做，她用这碗来喝汤药，说是容易观察药的颜色。

交了款，我们直接到超市一角的冷饮部吃冰淇淋。昨天才立秋，今天冷饮生意就明显萧条了。我们坐在玻璃钢椅子上边吃边聊。我发现周围没坐几个人。

你打算去哪里呢？

你呢？

不如我们一起去我新租的住处听听这些摇滚吧，在空空荡荡的房子里听摇滚，感觉肯定非常特别。我尽量做出一副绝对热爱艺术的样子说。

可是那里有音响吗？你不是刚租的房子吗？电器都搬过去了？她看上去很无邪地说。

那里有一台房主的旧彩电，只是没有VCD和音响。

那还是不能听啊。她惋惜地笑道。

你等我一下。我把吃了一半的冰淇淋放下，站起来重新走进超市。

五分钟后，我抱着刚买的VCD机走回到她面前。

走吧，现在有了。

你疯了！说买就买啊！她快乐地冲我瞪眼睛。看来她并不清楚我的企图。

我们打的回到我新租的房子，把VCD跟电视接在一起，开始看崔健跳来跳去地大喊。我们一人举着一瓶矿泉水，靠在沙发上盯着电视画面，沉默地跟着节奏晃动着身体。崔健唱《一把刀子》的时候，她把身体向前倾去，浑圆的肩头从衣服里冒出来，腰肢向下沉去，臀部显得又圆又大。我想解决她的念头再次强烈起来，不过这一天的事情弄得我有点困，我决定先休息一下。

闭上眼睛，我很快就睡着了。做了一个梦。梦见跟她一起去逛一个商场，在一个光线呈棕色的角落里，有一张古老而结实的大方桌，桌子上有一个大玻璃缸，缸里是一条扭来扭去的大青蛇。我们站在那里欣赏了半天那条蛇妖媚的动作，讨论它是不是已经修炼成精了。后来我们不知为什么会钻到那张桌子底下，我趴在她身上，拼了命地吻她，她闭着眼睛热烈地迎合着我。我感到她的嘴唇柔软，牙齿冰冷，脖子散发着令人眩晕的幽香。就在我差点就把持不住的时候，发觉有两个人坐在一边望着我们，我心头一阵惊慌，吓醒了。

我满头大汗，心跳得快要撞出胸腔。我闭了一会儿眼睛，等到眼前不再发黑，这才发现她已经不在我旁边的沙发上，看来是趁我睡觉的时候走了。——难道我睡梦中的动作让她觉察到我的居心不良？我把头转到另一边去，吓了一跳，——看到真的有两个男人坐在我不远处的地板上，他们目不转睛地望着我，一个人在笑，另一个人板着脸。

你们怎么进来的？你们是什么人？！我站起来冲他们大喊。

我们原来住在这里，所以有钥匙，当然是开门进来的。房主没提醒你把门锁换了吗？依然是那个笑的人笑着说。

我指着他们叫道，我不管你们以前是不是住在这里的，现在这房子我租下了，请你们出去。

可是我们每天晚上都回来住的，我们并不知道这里有人租了。那个板着脸的很认真地说。他看起来不像个说谎话的人。我看了看窗外，原来天真的已经黑了。

你们是在我之前租住这里的吗？我坐下来把语气放缓和了说。他们有两个人，我硬来是不行的，谁知道他们是干什么的，搞不好会让他们把我解决了。

我们本来已经退了房子，可是后来发现落下了一件东西在这里，就用以前配的钥匙开门进来拿，结果发现这房子一直没有租出去，就每天晚上回来住了。反正空着也是空着。笑的人笑着说。

老兄，现在我租下了，希望你们以后不要回来了，这会打搅我的生活。我尽量坦诚地跟他们谈判。

可以，等你换了锁，我们打不开门了自然就进不来了，不过在此之前我们还是要回来的，因为我们有钥匙啊。他们说。还互相交换了一个同意的眼色。

真是强盗逻辑！我气不打一处来，真想拿起茶几上的瓶子把这两个混蛋给他妈解决了，可是茶几上的矿泉水瓶子是塑料的，连只耗子也打不死。因此我换了一种战术，我端起架子说，你们知道我是什么人吗？

什么人？他们果然面露犹疑之色。

我很想说我是警察，但又怕这样反而招他们恨，来个袭警劫枪。因此我只好实话实说：我是报社的记者，你们最好别找麻烦，我一个电话就能叫你们进看守所。

他们听了都大笑起来,身体姿势也明显地放轻松了。那个板着脸的走到那部我还没来得及用过的电话跟前,轻轻地把线拔掉了。他又走回来坐在同伴身边,他的同伴幸灾乐祸地说,这下你打不成了吧,你连110也拨不成了,我们会在你插上电话线之前把你解决。还有,把你的手机交出来。

我把手机交给他们后说,你们要清楚你们这是在干什么,你们的犯罪情节越发展越严重了。好了,我不介意这些,你们还是走吧,我不会去告发你们的,多个朋友多条路嘛。

说得好。他们再次交换眼神后,笑的人笑着说,我有个条件,你满足了我们,咱们各走各路,满足不了,事情会发展到什么地步我们也不知道。

什么条件?我不耐烦地靠到沙发上看着他们问。

你借我们一笔钱,我们再去租套房子住。有了房子就不会来打搅你了,即使你不换锁我们也不会来了。

可我并不认识你们。

可咱们在一套房子里住呀,你要让我们出去,总要做点牺牲吧。

好吧,我只有这些了。我把钱包掏出来,把仅剩的300块钱拿出来放到茶几上。他们看了一眼,谁也没有去拿。板着脸的人板着脸说,你这是打发要饭的吧。

可我就这些了,我刚刚交了一年的房租,还有600块的中介费,刚刚又买了一台VCD,还有几张碟,我就剩这些了。

当记者的会没有钱?你以为我们是白痴呀。笑着的人笑着说。

你看住他,我去找找看。板着脸的人对同伴说。他站起来走进其中一间卧室,很快又出来了——这里他们比我还熟悉。我看见他又走进另一间卧室,站在门口,像是看见了什么新鲜东西,然后他回头问了一句:

这是你老婆吗？

我听不懂他在说什么，就走过去看，结果我发现在那张只铺着报纸的床上睡着一个身材很好的姑娘，她穿着黑色紧身衣，显然是王华。看来她并没有不辞而别，而是不打算晚上回去了。妈的，如果不是冒出这两个该死的强盗来，今天晚上真是销魂良辰呀。我没好气地对板着脸的人说，是我女朋友，她睡着了，这不关她的事，你们别吵醒她，她胆子小，会吓坏的。

那个笑的人也站起来跑过来看，他看完了，把我拉到一边和气地说，你真的没有钱吗？

我说骗你干什么。一朵不祥的云彩升上我的头顶。

这样吧，咱哥们也好说话，不为难你，把你女朋友让我们哥俩玩一玩，玩完了咱就走，再不回来了。他让人恶心地笑着等待我的回答，怎么样？

操，你们也太不把我放在眼里了！兔子急了还咬人呢，逼急了我你们也没什么好果子吃。我真有点急了，好像躺在那里的真是我女朋友，而有两个混蛋竟然想当着我的面强奸她。

你不要敬酒不吃吃罚酒！板着脸的人掏出一把刀子来顶在我的脖子那里，凉飕飕的，让人产生绝望之感。我的腿开始又软又困，我努力地笑笑说，都是年轻人，有话好好说嘛，这样吧，给我个面子，放过我的女朋友，我把我的手机、传呼还有新买的VCD都给你们，完了我再把这房子退了，钱全给你们。怎么样？

板着脸的人思考了一下，他转过头去看笑的人，但他的同伴却冲向了门口，捉住了想趁我们说话时溜出去的王华。看来她早就醒了，一直躺在哪里不敢动。听见人家说要玩她，才斗胆跑出来想趁乱溜掉。此时她被笑的人拧住了胳膊，一脸痛苦却强作笑颜问我：他们是你的朋友吗？我没有回答，她也没有等我的答案，——朋友有拿刀子逼住要强奸人家女朋友的吗？

板着脸的人沉着地对同伴说，你先把那个女的拉进去玩，我拿刀子顶住这小子，完了咱们再换。

笑的人把王华向卧室拉去。王华拼命地往地上蹲，但地板很光滑，她被人家拖着进去了。她绝望地回头望了我一眼，眼里满是怨恨。我感到很惭愧，一瞬间想拼了命去救她，可是刀子就是我的咽喉上，一定会白搭上一条命。这时我听见王华尖声大叫道：等等，我有话说！

板着脸的人推着我走进去，叫道：喊个球呀，再喊我一刀捅了他！

但王华还在喊，她喊道：不关我的事，我不是他女朋友，不信你们问他。

笑的人停下撕她衣服的手，看着我。我点点头说，她说的是真的，她是我弟弟的同事，我们刚才在街上碰上，她是来我这里听摇滚的。你们放了她吧，根本不关她的事。

她真的是我弟弟的同事，不信你可以给我弟弟打电话问问，她叫王华。

妈的，给你弟弟打电话，你把老子当小孩子呀！老子先把你解决了。

我下意识地捉住了他握刀的那只手臂，他挣了几下挣不脱，抬起脚来踹到我小腹上，我仰面朝天倒在墙角，感到已经坠入地狱里了。这时笑的人也许已经撕开了王华的衣服，他发出快乐而兽性的笑声。板着脸的人本来打算用脚踩我，听见同伴怪异的笑声，侧过头去看。我决定趁机站起来撞倒他，然后抢过刀子来把这两个狗操的杀了。我恶向胆边生，伸出手去撑地，却摸到了一个坚硬的东西，拿起来一看，老天，是一把生锈的大菜刀！我跳起来，不出声地抡着那把比对手的刀子大好几倍的菜刀向他砍去，戛然有声，卷了刃的破菜刀已经嵌入了他肩膀。我听见那家伙哼了一声，然后一屁股坐到了地上，表情惊愕，同时一股恶臭弥漫开来——他拉到了裤子里。我又一刀砍断他拿刀的那只手，把刀子捡起来冲向床上的另一个。那个家伙正得意地在王华的身上扭来扭去，我把两把刀一块儿插在他背上时，他还没弄明白发生了什么事情。我把他从王华身上拉下来，看到王华双手还拼命地提着底裤，我大大地松了一口气。

我心情激动地把上身赤裸的王华扶起来，她还在拼命地挣扎，我抱着她用力摇晃，大声地喊她的名字，终于把她喊醒了，一边发抖一边问我：发生了什么事？我说没事了，我把他们都解决了。王华就翻了白眼。

我把身材很好皮肤滑腻的王华抱到客厅的沙发上，脱下我的衣服给她穿上，又跑进去把刀子从已经不会再笑的那个人背上拔下来夹在胳膊下，在躺在门口的另一个家伙身上找到我的手机，然后拨通了110。我的手抖得像抽了鸡爪风。

我报完警，回到王华那里。她已经醒了，看见我过来，就扑进我的怀里哭。我说不要哭了，警察马上就到，咱们又没有结婚证，小心被人家误会。

王华果然不哭了，她眼泪哗哗地望着我说，我要做你的女朋友。

我说，你刚才还说不是我女朋友呢，喊那么大声！

可我现在最想做你的女朋友，你为了我连手机和新买的VCD都肯给他们。

喊，何止！你没看见吗，我为了你连命都不要了。

所以我要做你的女朋友。我还要和你结婚，明天就结婚。

你别冲动，这件事情有的是时间商量。

我等不及了，你这么勇敢，又会疼人，我怕别人会把你抢走。

我还是觉得这事情太着急了,等我们平静下来再说吧。我们都再考虑考虑?

不用考虑了,该解决的事情迟早要解决的。就这么定了,明天你把这房子退了,我们去买一所新房子,同时去登记结婚。

买房子?可我并没有那么多钱。

我有。

第二天,我们去中介公司要求退房子。那位漂亮的小姐盯着王华瞠目结舌地说,退房子?他昨天刚租上的,这也太快了吧!

他昨天还没女朋友呢,今天还不是要准备结婚?

你是他女朋友?

就快成他老婆了。

搞什么,我都被你们弄糊涂了。小姐皱着好看的眉头说。

有些事情总是要解决的,干脆一点比较好。我说。

载《山西文学》2002年第6期

《小说精选》2002年第8期

《2002年文学精品》人民文学出版社

流氓兔

　　那天，老板的举动令人震惊，他做出的决定出乎所有人的意料，甚至包括他自己。

　　那天，是本公司招聘新员工面试的最后一天。正因为是最后一天，大家都以为大局已定，还有没有人来应聘已经不重要了。也因为是最后一天，负责接收应聘人员报名表的人事部经理李美的态度就没有刚开始那两天好。也许问题正是出在她那天的态度上，至少她的态度是一条导火索，这条导火索不巧又碰上了一个大火球，于是最终引爆了老板的脾气。

　　那天我在场，刘小姗推开玻璃门进来之前我就看到了她。但我的身份是总经理助理，此时正坐在老板身边替他逐个记下面试者的回答内容，所以很不方便跟刘小姗打招呼。刘小姗那天从头到尾压根儿没认出我来，据她后来讲，她有点（500度）近视眼，为了在面试中留下一个好印象，那天就没戴眼镜。至于为什么不戴隐形眼镜，她的说法是，打算应聘过关再买，否则不划算。这也不足为奇，女孩家都喜欢个精打细算，天生心眼小，——如果不是心眼儿小，那天也不会发生那么大的变故，更不会瞬间改变了两个女孩子的命运。

当时我和老总们坐在会议室的玻璃门里，人事部经理李美坐在玻璃门外一张桌子后面收发表格。玻璃门是隔音的，玻璃也是特殊的，我们看外面很清楚，但从外面看上去就不过是两扇深灰色的不透明门。从里面望出去，外面的人走来走去都没声音，又打手势又比口形，像哑巴聚会，安静极了。这种安静的氛围，与面试的即将结束十分谐调，它甚至麻痹了所有人的神经，让有的人昏昏欲睡，有的人则心不在焉。我不清楚老板是否察觉到了大家的这种状态，他依然坐得笔挺，面无表情地打量着每一位应试者，并在轮到他提问时说出他那个一成不变的问题来：你最喜欢什么东西？

在我面前的表格上，排列着应试者们对这个问题五花八门的回答：旅游、写作、工作、权力、孩子、吃零食、钱、刺激……这里面包括了所有的庸俗、迎合、矫情、哗众取宠和故作姿态。我猜不透老板为什么要问这样一个没头没脑的问题，因为几乎所有的报名表上都会有"个人爱好"一栏，他唯一的创造就是把这几个字口语化了：喜欢什么东西？我也猜不透老板问话的目的和他所想听到的满意回答，不过我有个发现：每个应试者对这个问题的回答都和表格上"个人爱好"栏里填的不大一样。我不知道这就是所谓的临阵状态时的活跃思维，还是老板的问题确实让他们措手不及。对所有的回答，老板一律点点头表示可以"过"了。

这一切人事部经理李美既听不到也看不到，她收下最后一名应试者刘小姗的报名表，递给她一张空白的面试成绩表，然后就对着门口那一片街景发呆。可能是门口水泥地反射的阳光过于强烈了，李美的眼睛一直眯着，这使她看上去心事重重或者无精打采。刘小姗推开玻璃门进来，先微笑，后鞠躬，接下来把表格递给第一位副总，然后退到那把孤零零的椅子那里，坐下来等待提问。与前面的应试者相比，刘小姗无论形象还是素质都很出色，几乎每个问题都赢得了老总们赞赏的微笑，但她并没有像别人回答问题时表现的那样搜肠刮肚、绞尽脑汁，她看上去并不是努力要回答好每一个问题，甚至神情有点漫不经心——后来我才知道这是近视又不戴眼镜的缘故。尤其她对老板的问题的回答，很出人意料。

老板的问题排在最后，他打量着刘小姗问：你最喜欢什么东西？

刘小姗不假思索地回答：流氓兔。

流氓兔是什么？——老板没听明白，不得不破天荒追问一句。

一种玩具，根据韩国卡通片里的形象设计的。

可能是最后一位应试者了，老板认为大可以轻松一下，就继续问道：原来是个玩具，可为什么要叫它"流氓兔"呢？

刘小珊微笑道：它看起来坏坏的，眼睛都懒得睁开，一副小无赖的样子。

你为什么喜欢这样的玩具？

它对我很重要，不过，我不便说出来。对不起呀。刘小姗略带羞涩地笑笑。

老板点了点头，没再问下去。说完这句让人遐想万千的话，刘小珊结束了她的面试，站起来，鞠了个躬，推开玻璃门出去了。

老总们开始放松自己，吩咐打开换气扇，从口袋里掏出香烟来，扔来扔去，互相点火。老板对我说，你把表格收起来，把每个人的分数汇总一下，我们抽支烟歇一歇。就在这时，王副总突然说，老板，你看，李美好象不太对劲嘛。大家应声向玻璃门外望去，果然看到李美和刚刚出去的刘小珊隔着桌子站着，她用翘成莲花的食指指着刘小珊的鼻子，看样子正在教训人家。李美不停地翻着嘴皮子，刘小珊偶尔才张张嘴，这两个女人僵持在那里，看上去就快要动手了。我们像看电影一样望着外面，老板沉着脸，一言不发。张副总分管人事，站起来说，老板，我出去看看，这样有损于公司形象。老板说，你们继续讨论，我出去看看怎么回事。

　　老板推开门，李美尖锐刻薄的骂声就飞了进来，老总们交换了一番眼神儿，都露出似笑非笑的神情，继续观望事态的发展。老板没有关门，背对着我们，他问李美：怎么回事？李美继续指着刘小珊的鼻子对老板说，这种人太没素质，取消她的应聘资格！刘小珊反唇相讥：你现在还没资格炒我，我要自己退出，请我我也不来了。李美气不打一处来，冲老板叫，你听，你听，这种素质的人也能要吗？叫保安赶她出去！

　　我看到门口的两个保安应声向刘小珊走过去，很担心刘小珊会受委屈。但是老板及时地摆了摆手，制止了保安的企图，他挥手示意他们走开，然后面向李美，用平静而清晰的语调宣布：你被解雇了，可以去财务部支取三个月薪水，我给你签字。老板的话令人震惊，他的决定出乎所有人的意料，我想李美肯定不能相信自己的耳朵，她瞪着眼睛一字一顿地问老板：你要解雇我？就为她？！老板点点头，宣布了另一个更加令人震惊的决定：她被聘用了，从现在起接替你人事部经理的职位。李美怒视着老板，我甚至能听见她把牙齿咬得咯咯作响，她哆嗦着美丽的红嘴唇，却一句话也说不出来。后来，她又去怒视刘小珊，但是刘小珊此时却不敢看她的眼睛，刘小珊显然更不敢相信自己的耳朵，她本能地替李美向老板求情：不行，我干不了的，您不必解雇她。

但是我们都了解老板是个一言九鼎的人物，这两个女孩的命运在那一瞬间发生了质的改变或者说戏剧性的变化。我不知道是什么让老板做出了这样的决定，但这样的事情恐怕连他自己都会感到意外。我确信这一点，是因为老板当时并没有看到：改变这两个女子命运的同时，多少也改变了他自己的命运。更让我惊奇的是：对于老板的决定，副总们竟然没有任何异议。

晚上，我去看望李美。老总们肯定不会来，因为李美是老板的情人，他们的好心会有黄鼠狼给鸡拜年之嫌。但我不怕，一来我虽然是总经理助理，实际上是个高级秘书，而且我了解老板，他并不是个蝇营狗苟之辈，不会因此而怪罪我；二来我和老板还有李美私交甚好，不来说不过去。各部门经理也不会来，他们早就恨透了李美的拨扈，只是碍于她是老板跟前的红人，都不敢明刀明枪跟她过不去，对他们来说，李美的下场可谓大快人心。底下的员工平时对李美巴结得倒是紧，现在也没一个人来看望她，对一个失宠的人，大家避之犹恐不及。

是他让你来的吗？李美夹支烟盘坐在沙发上问，她怀里竟然也抱着一只流氓兔。

我望望那懒洋洋的兔子，如实回答：不是，是我自己要来的。

是啊，我应该了解他的，他怎么会这么好心。李美在烟雾缭绕中无限哀怨地叹口气。

你们究竟是怎么回事？怎么会搞成这样？我站在朋友的立场上问道。

他对我腻了，想换个新人，你看不出来吗？今天的事不过是个踢开我的借口罢了。

我看老板不是那样的人。也许，他想让你回到家庭中来，全心全意地跟他生活？

得了吧小邵，你太单纯了，怪不得他那么信任你！他知道只有你不会算计他。

我不好意思地笑笑问，今天是怎么回事，你怎么会跟那个女孩吵起来？

这已经不重要了。李美把烟头摁灭在烟灰缸里，伸出脚去勾拖鞋，苍白纤细的脚上涂着紫色的指甲油。小邵，陪姐姐出去走走吧，姐姐明天就要离开了。

你真要走呀？打算去哪里？我吃了一惊，想不到她竟然想为此而放弃一切。

李美像猜中了我的心思，走到衣架那边去，边穿衣服边说，我为什么不走？人家已经公开放弃我了，我还不知趣地赖在这里干吗？等着让新来的踢出门去？

我安慰她：我看没这么严重，老板肯定有他的苦衷、他的想法。

哼，你我都了解他，你觉得可能吗？李美穿戴整齐了，过来拉我，走吧，我的傻弟弟。

这套别墅，是老板买给李美的，是郊区环境最好的一处。这里远离城市，早晨和傍晚都弥漫着乡村的安静和闲适。下午刚刚下过一场透雨，路上很滑，李美穿着高跟鞋，走路不稳，紧紧地挽着我的臂。我们拐下石板路，踩着荒草中的小径，向附近的鱼塘走去。

今天的面试是怎么回事？那个女的比别人多待了好几分钟，出来时还笑嘻嘻的。

老板问了她一个问题。

什么问题？李美扭过头来望我，眼睛在没有月光的晚上一亮一亮的。

也没什么，跟问别人的一样，问她最喜欢什么东西？

李美不走了，站下来等待我继续说下去。

她回答说最喜欢流氓兔，老板大概觉得有意思，就多问了几句。

流氓兔？

是的，就你那会儿抱着玩的那个小玩具。

我知道，后来呢？

后来老板问她原因，她回答说不方便说出来，老板就没再问。

你觉得老板跟她认识吗？

不会吧，老板怎么会认识她？我没敢告诉李美我认识刘小姗，女人们最擅长恨屋及乌的。

我们继续往前走，然后沿着鱼塘兜圈子。我的袜子和裤腿已经湿透了，脚在鞋里咕吱咕吱响，像踩在烂泥里。李美光脚穿凉鞋，就舒服多了。

这里好美啊，我真舍不得离开！蛙鸣悠扬中，李美望着迷朦的水面感叹。

那就不要走了，不要因为公司的事情影响了你们的感情。

我好可爱的弟弟哩，你以为我是他老婆？我不过是他的玩物罢了，就像我玩流氓兔一样，想玩时爱不释手，玩腻了一扔了事。

我看老板不是那样的人，他一定有他的打算，你再等等看。

等个屁，我已经买好机票了，明天早上就飞日本。

去日本吗？你办好签证了？

我又不是个傻子，等人家踢出门才找出路，我早有准备了。哼，他无情，我也可以无义。李美冷笑不已，她拉住我，拦在我面前，双手抚摸着我的胸膛，柔声问，邵弟，愿意和我一起去日本吗？

我吃了一惊，下意识地后退一步，脚下一滑，突然摔倒在鱼塘里，并且沿着斜坡向下滑去。

快，抓住我的手！李美跪下来，俯下身子向我伸出手来。我伸出手去，但够不到她，反而又向下滑了一些。这一切发生得太突然，我怎么也不能相信，刚才还衣冠楚楚侃侃而谈的我，一转眼却趴在一摊烂泥里，抓挠不到任何可以凭借的东西，而且，面临着生命危险。李美奋不顾身地趴下来。全身贴住泥岸，终于抓住了我的一只手。但她的力气不够大，拉不动我。我怕把她也拖下来，叫道：李姐，快放手，你去喊人吧。李美坚持着，冲我叫：不行，小邵，我不能让你掉下去，我还指望你去日本跟我相依为命呢。我试图挣开她的手，并告诉她：李姐，这不现实，就算我肯，明天早上能拿到签证吗？李美道：这你不用管，你先说愿意不愿意吧？我有点哭笑不得：李姐，现在哪还有时间开这种玩笑，你快去喊人吧。我感觉李美一下子放开了我，像放弃一桩久悬不决的事情。

小邵，你坚持住，我去喊人。李美站在高处，她背后繁星满天，周遭又黑又静，我们的叫喊，吓退了青蛙的鼓噪。我感觉自己的身体越来越重，像一块石头，而且还在慢慢地往下滑，李美慌慌张张地向远处跑去，高跟鞋令她身形趔趄。

在下滑的过程中，我体会到了李美的处境：突如其来的变故，绝望无助的境地。人生在世，就像在这泥塘边上行走，不失足时，你是来此漫步的踌躇满志者，一旦滑倒，就会陷在烂泥里无法自拔，也无人来救，只能一点一点地走向绝境。事情发生在你身上，对别人来说，他者的苦难微不足道，对自己来说，却实在是灭顶之灾。但李美尚可以去日本，而我却不会游泳。

我被人捞上来时，满身大粪。凌晨，给塘里撒大粪的养鱼人发现了我，就拿粪勺把我勾到了岸边。他把我搭在大粪桶上猛颠，后来扒光了我，打来干净水把我涮干净。我彻底清醒过来时，他老婆已经把我的衣服洗过晾干了。他们没有谋财害命，把我身上的钱物如数交还了我。我试了试手机，还能用，进口手机不像国产手机，说防水真就防水。我把身上的钱大部分留给了我的救命恩人，只留下一点够打车的钱，走上他们指点给我的一条通往公路的小路。

午后的阳光让田野分外亮堂，我踩着杂草丛中一条若有若无的小路向公路走。这一片低洼地，有着乡村野外的一切特色，有山中灌木，也有水边芦苇，可以说移步换景。由于大难不死，我觉得这里简直就是天堂。我先给李美的别墅打了个电话，我担心她昨天晚上没喊来人是不是因为路上也出了事，但小保姆说她一大早就去机场了。

她昨天回去后没说什么吗？我问小保姆。

我睡得早，她有钥匙，我不知道她是什么时候回来的。

早晨呢？谁来接她的？老板回来了吗？

我不知道，有辆车来接她，但不是老板的车。

我挂了电话，怎么也想不通李美为什么没喊人来救我。我突然想到这一天一夜没见着我，老板一定很着急，就给老板打了个手机，但他的手机竟然关掉了。再打办公室，没人接听。给他的秘书打电话，回答说一整天没见着老板了。

这一切令我如陷梦境之中，阳光炙烤着我，我的头发渐渐散发出大粪的味道。我急于回去洗个澡换身衣服，就开始奔跑，公路像个明亮的带子，横亘在高处，救命恩人的老婆灌的姜汤在我的肚子里咣当咣当地晃荡。我涉过一条水沟，终于爬上了公路，并拦到一辆出租车。司机打量了我半天，才犹疑不定地让我上了车，我想我的样子一定让他想到了某个通缉犯。

我洗过澡，换了身干净衣服。天再次黑了下来，我泡了包方便面，准备吃饱后美美地睡它一大觉，恢复恢复元气，至于其他的，暂时不去管它了，明天上班后再说吧。我刚把面泡上，手机响了，屏幕上显示的是老板的号码。

喂，邵儿吗？——我终于又听到了老板的声音。

是我，老板，你在哪里？

邵儿啊，你马上带五千块现金过来，我在城东派出所。老板的声音很沉稳。

城东派出所？您……

别问了，赶紧过来。记着，不许惊动任何人。

我开车到了公司，拿了一万块现金，又打了个车去城东派出所。

我交了钱，把老板保了出来。他面沉似水，目如深渊，我从没见过他这样的表情，就没敢多问。出来派出所，我们在路边吃了两碗馄饨，看得出，老板也饿坏了。然后，我们打车去李美的别墅。一路上，老板没跟我讲一句话。

回到别墅，老板先去洗了个澡。完了穿着浴衣出来，招呼我到凉台上喝茶。

出什么事了？我小心翼翼地问。

老板呷了一口茶，笑道：我被人算计了。

在哪里？

桑拿中心，刚进包间就被人端了。那几个小警察六亲不认。

那里不是挺安全吗？

问题就出在这儿，事前有人支走了桑拿中心的老板，警察就是那会儿冲进来的。好家伙，一窝端了十几个，都是有头有脸的人，愣没一个有辙儿的。

操！谁他妈这么缺德？

我看这事儿跟李美有关系。老板说这话时仿佛在打量我的神情变化。

不会吧？她也没那么大本事呀。想起昨天晚上的事，我有点儿心虚。

我不是那个意思，我是说这件事是因她而起。老板绷住了脸，望望夜空。

我不解，也不便乱猜。老板继续说，知道昨天我为什么对李美那样儿吗？我是逼不得已。李美当上人事部经理后，把好几个亲戚都安排进了公司，那几个副总对这件事很有意见，在董事会上向我施压，要我撤换李美，但在新的人选问题上，他们又各执一词，都想安排自己的人当人事部经理。我明明知道这是冲我来的，但也无计可施，碰巧李美跟新来的那个女孩吵了起来，我就演了一出大义灭亲的戏，既没让副总们得逞，又杀了他们的威风，这个人事部经理还是我亲自安排的，可谓一举三得。

我由衷地赞叹：您可真是有魄力，这事情要放在他们头上，谁敢做出这样的决断来？更精彩的是董事会竟然同意那个女孩当人事部经理了。

老板笑笑，继续说：他们共同的目的只有两个，一是拿掉李美，一是安排自己人上去。这第一个目的达到了，心里就舒服了一大截，虽然没安排了自己人，但这个经理也不是别人的人，况且这个新经理的素质面试时他们也看到了，作为权宜之计，先就那么定了。

那今天的事情是谁捣的鬼呢？我请教老板。

肯定是他们中的某一个人，没有称心如意，出出气吧。不过这种手段，也就通过报复找个心理平衡了，解决不了什么实际问题。

再说，我怕这个吗？老板不以为然地笑了，他已经从沮丧的情绪中恢复过来，或者，他根本就没有沮丧过。

我跟着老板一起开怀大笑，觉得他真不简单。里尔克说，他人是自己的地狱，但是像老板这样拥有个好心态的人，自己却是自己的天堂。

笑过后，老板换了个话题，问我：听小保姆说，昨天你来看过李美？

是，我怕她想不开。我并不想对老板讲述昨晚发生的一切，我也说不清楚。

老板若有所思地说，李美不再适合待在我身边，她的权力欲太强，有时候根本不考虑我的处境。假如让她继续干下去，我遭到的报复恐怕不会像今天这么微不足道了。

我觉得您昨天的态度有点过火儿，这对副总们来说是件大快人心的事情。我推心置腹地说。

老板笑笑：我知道，但我不得不那么做。在此之前我跟李美商量过让她让出人事部经理的事，她先是闹，后来说让出可以，但要让她的一个表妹来接任，你说，这是什么歪理！老板点上根烟，眼神开始变得悠远，换上一种缓慢的音调说，还是让她去广州的分公司好，不在我身边，她会安分一些。

您打算让李姐去广州？我一惊，想起来昨晚李美说她要去日本的事。

她没跟你说吗？今天早上的飞机，早就打电话来说她安全到达了。老板看看我。

哦，是这样，我做出一副恍然大悟的样子，心中却着实不安。

好了，不说她了，邵儿，你去把沙发上那个流氓兔拿过来。

我拿过流氓兔来，递给老板。老板捏了捏，笑着问道：昨天那个女孩说它叫什么来着？

流氓兔。我坐下来回答。

对对，流氓兔。李美每天拿着这东西玩，我还不知道它有这么一个有趣的名字。听说，是从韩国进口的？

我说是。

老板把玩不已，眉开眼笑地说，你还记得那女孩说过关于流氓兔不便说出的作用吗？

记得，是什么？

哈哈，我问过她了，她说流氓兔对她的用处有两个，一是用来爱，另一个是用来撒气。心情好的时候像对待孩子一样把它抱在怀里，睡觉时都要抱着；在外面受了气呢，回来就对这兔子拳打脚踢，反正它又打不死。老板开心地大笑：你说，这有什么不便说出来的，李美还不是这样对待这小东西？这女人呀，就是跟男人想的不一样，玩的也不一样。

我看老板很开心，就引申道：我倒觉得咱们做男人的，在女人心目中也就跟这流氓兔一样，不是用来爱，就是用来撒气。

一句话说到了老板的心坎上，他指着我开怀大笑，把流氓兔扔给我，收敛了笑容，郑重地说：邵啊，你跟上我好几年了，光忙了工作了，连个女朋友也没有。这样吧，我看昨天那女孩各方面都还不错，——哦，她叫什么姗来着？

刘小姗。

对，刘小姗，我想给你们做个媒，你看怎么样？

我赶紧摆手：您快不要，我不着急，过两年再说吧。

我没敢告诉老板我跟刘小姗的关系，在公司里，你最好别有亲友，老板顶恨这个，不然，也不至于对李美那样。

从老板那里出来，我直接去了刘小姗的住处。打算让她保守我们之间的秘密。

刘小姗一看见我就瞪大了眼睛：

小邵？你不是跟我表姐去日本了吗？

我愣在那里，作声不得，恍惚中，我想起来，昨晚在鱼塘边，好像是李美当胸推了我一把，我才滑下去的。

载《广州文艺》2003年第1期

《小说月报》2003年第3期

《短篇小说选刊版》2003年第3期

《21世纪小说年选·2003年短篇小说》人民文学出版社

《人民文学》2003年第3期

把游戏进行到底

每一件琐事,都是我们生活的全部

——题记

女人的心思是很费猜的,素质高点的年轻女人尤其如此。昨天下午,齐丽来到我的办公室,屁股下垫了一摞杂志,坐在地板上仰着头和我聊天。我坐在椅子上,她就在我的脚边。我说有沙发呢,你怎么老坐地上?她有点自嘲地冲我微笑着说:"我喜欢仰望你。"和其他男人一样,我也乐于享受美丽异性的崇拜,但齐丽的话没给我带来丝毫惊喜。我习惯了,齐丽从来不隐瞒她对我的欣赏,我习惯她的赞语,就像习惯呼吸空气。有时候,在心安理得的同时,我甚至感到有些索然。齐丽似乎并不考虑这些,她望着我,就像望着她心仪的情人。但我们不是情人,尽管我想对她做什么她都不会拒绝，换了我也不会。我们都很清楚这一点，可我们从未尝试过。所以我们可待在一起的地方，除了我的办公室就是那些为大众提供饮食和休闲的场所，可以做的，就是聊天和吃饭。能够轻轻松松恰到好处地拿捏住这个火候，基于我们之间的了解和理解。至少，我以为我是清醒的，我对齐丽是了解的。可就在那个下午，当漫不经心的聊天接近尾声的时候，齐丽突然向我建议道："你离婚吧，你离了我马上离。"这是我们之间第一次有人犯规，我没有心理准备，下意识地反问道："离婚干什么？"齐丽少见地用一种幽深的眼神望着我，大约三十秒后，她撇了撇嘴角，然后正色道："要么都离婚，咱们俩一起生活；要么，断绝来往。"这种谈判的语气怎么听都不像谈情说爱，我拿不准她是否在跟我玩笑，回答了一句笼统的话："你什么时候变得这么幽默？"齐丽反应很平淡，她浅笑着说："你才幽默呢！"站起来，把杂志给我放回办公桌上，从沙发上拿起她的包，抬起一只手，冲我动动手指，用唇语说了两个字："再见。"转身消失在门口。

这是以前从来没有发生过的事情，虽然当时我没太放心上，晚上睡下后却很是琢磨了一阵。我想在我和齐丽的关系上，我是不是太自以为是了？一想到有可能这些年来我一直在伤她的心，我就觉得挺俗的。我想，我不应该是个冷血动物，我应该把这件事情搞清楚，希望齐丽能给我这个机会。但是第二天早上，我就把这事全忘了，确切点说，我习惯性地把齐丽忘记了，就像我常常忘记我呼吸着空气。直到晚上快下班的时候，齐丽打来了电话。她问我："有没有时间陪我去超市？"——这不是她的作风，她从来都是这样对我说："出来，陪我去超市！"比我老婆还霸道。她的客气，让我想起昨天下午的事情，她没和我断绝来往，也没有找我算账，这给我造成了一定的心理障碍，下意识地也客气起来："有，陪你嘛，没有也有,买什么去?""擦地拖鞋。""擦地拖鞋?""奇怪吧?我刚看了广告,是一种鞋底上有像拖布上一样的毛线头儿的拖鞋,洗了地板不用蹲在地上吭哧吭哧地用抹布擦了,站直了走走就行了,干活儿跟玩儿似的。好不好?"

"哈,这个发明有点意思!现在去买吗?"

"废话!去不去?"

"去。我马上下楼。"

见了面,她依然没提昨天下午的事情。她不提,我更不能提。齐丽不是一个心里能藏住事的人,这样看来那真是她的一个玩笑了,我有点释然。我们并肩走了一小段路,来到环行车站牌下。刚下过两整天雪的人行道上,被踩硬的雪片子铲掉后留下鱼鳞般的残迹。黑白相间的雪片子就近堆在树根下,旁边三棱形的公交站牌上,三面都挂满了小广告牌,站牌淹没在其中。街上的雪在白天化成水,现在又跟落下来的灰尘一起形成一条黑色的冰河,冰河之上各种汽车像大小轮船在亮着灯航行。河岸上商家店铺里的灯光也倒映在水中,让这一切看上去异常不真实。

我穿着黑皮夹克,齐丽穿着橘红色绒大衣站在我对面。旁边还有几个人在等车,其中一个女的戴着口罩,长得高挑,其余几个人参差不齐。

齐丽笑着说:"坐车去吧。换个口味,别老打的。"

"行,这样很别致,有情调。"我有点惴惴,发现齐丽的笑容竟然也能让我心中一动。

齐丽望着我,我觉得她今天神色分外奇怪,并猜出她这一天来的心情不怎么样。

"没坐车去过,你知道超市在哪一站下车吗?"我看着昏暗里她的眼睛问道。

"不会问一问？"她亲热地剜我一眼，转过身去问那个戴口罩的高个子女人："大姐，新开的那家超市在哪一站下车？"

"啊，超市吗？"那个女人看看她，一面把长长的胳膊向高处的站牌指去，"超市在……"

我望着那个女人的同时大笑起来，她也看见了我，因此话没说完就把指向站牌的那根手指伸向了我，声音柔媚地叫道：

"呀，李乐是你呀！"

"是你呀夏大姐！戴个口罩……"

我轻轻地握了一下她伸过来的手，我们相对大笑起来。夏大姐收住清亮的笑声，动作优美地指了指突然间闲在一边的齐丽问：

"李乐，这是你……"

"哦——，一个朋友，叫齐丽，我去帮她办点事。"

我和夏大姐对望着笑，齐丽陪着我们笑。夏大姐口罩上方那双乌黑的眼睛在昏暗中轻轻地打量了齐丽一下对她说：

"哎呀我平常不坐那路车，我回家坐12路，而你们要坐404，——应该是在……"

夏大姐又把长长的胳膊指向高高的站牌，这时候12路车来了。"这是末班车了！"夏大姐赶紧把那只胳膊的姿势变成招手，匆匆扭头对我们说了个再见。

"她准以为你又勾搭了个女人！"齐丽笑着说。我望望在近距离内消失在光影里的公交车，在兴奋的余波中告诉齐丽：

"夏大姐是我们隔壁办公室的，我们是熟人，她很了解我，知道我不是那种人。"我留神了一下齐丽的反应接着说："夏大姐说我的长相和气质都很像她爸，她爸没事了也爱写几行诗，不是古体诗是新诗。夏大姐每天要打电话问我有没有事，没事去她办公室聊天，她说她最喜欢和我聊天……"

"什么跟她爸像,我看她是喜欢你。"齐丽不屑地插了一句。

"……夏大姐说和我聊天就跟和她爸聊天一样亲切和随便……"

"她都跟你聊些什么?"齐丽盯着我。

"她说她姐长得比她还漂亮,而且小巧玲珑知书达理,可惜几年前出了车祸,一家三口遇难;她说她姐的眼睛长得跟她爸几乎一模一样,而我的眼睛也几乎跟她爸的一模一样,所以她看见我的眼睛就好像看见了她死去的姐姐,因此每天都想和我聊天,以便于能看见我的眼睛,和有这样一双眼睛的人说话让她感到忧伤和快乐……"

齐丽啪地一拍戴着手套的巴掌,满脸惊喜地叫道:

"哎呀我想起她是谁了,上次我来找你的时候在大门口碰见她骑着摩托车往出走,我还留心看了她一眼,她是个很惹眼的女人呢!"

我点头表示认同,齐丽又瞪大眼睛问:

"奇怪,她为什么不骑摩托车了?她骑上摩托车风姿绰约很迷人的。"

我想了想说:"也许是她怕路上有冰不安全,她姐姐一家以外她们家有好多人都死于车祸,她一定对交通安全比别人要小心一些。"

"你是说她们家有很多人死于车祸?"

"是的,包括亲戚。前些日子她丈夫又车祸重伤,如今不知怎么样了。"

"真可怕!这家人让人觉得又可怜又可怕……"

"是可怕……车来了!"

开往超市的404路公交车内光线幽暗，但每个人的脸都能看清楚，只是表情模糊。车里很挤，我们只能站在门口。我探身问司机：

"师傅，麻烦问一下去超市在哪一站下？"

"终点。"司机像个回答问题的机器一样干脆利索，不拖泥带水也不改变自己的姿势和表情。

我没来得及说个谢谢胳膊就被齐丽捉住了，她从人丛里伸出一只手来把我往里拽。我顺从地挤到她身边去。为报答她刚才这一得体而隐含着亲昵的动作，我一手拉着吊环一手轻轻地拢住她的肩背，把她在晃来晃去的人群里保护起来。齐丽抬头望着我笑了一下，仿佛有点不多见的羞涩。我干笑两声，尽量让自己姿势自然一些。

汽车在冰凌满布的黑色街道上缓缓地爬着，像一艘超载的老渡轮。齐丽跟我说了几句内容空洞的话，我看见她的眼神闪烁，同时闻到她嘴里散发出的一丝青涩的口气，我猜她今天一整天都没跟什么人说过几句话，要不然口气不会这么明显。

我刚想说几句什么，齐丽的手机响了。手机在她手包里发出电子琴弹奏出的音乐，她把它从毛茸茸像个小动物似的手包里拿出来，然后对着它说：

"喂——？"

我注意到这第一个"喂"礼貌而柔媚，一听就是公司职员接听电话时特有的语气。可能对方没吭声，齐丽只好把声音提高加粗了一些。但是对方还不吭气。齐丽把手机拿到眼前看了看屏幕上显示的号码，低声地骂了一句"这个死人！"然后又把手机放到耳朵上大声喊：

"喂——！"

我一直望着齐丽,并替她留心着旁边的乘客们的反应,直到齐丽长舒一口气有气无力地冲着手机问道:

"你怎么了一直不说话?……什么我给你打电话?胡说,明明是你打过来的嘛!……好了不说了,我没事心情已经好多了谢谢你。……我在车上呢……不是,公共汽车,我今天想坐一回公交车,好长时间没坐过了。……我去超市买点东西……你别管了,快操心回家吧,你老婆一定等急了你吃饭呢……我挂了啊?"

齐丽刚开始说"喂"的时候我就把手从她肩膀上拿下来了,她打电话的时候我尽量不让自己去听,因此一直低头望着车窗外昏黄的人行道和人行道后面亮着灯以及没亮着灯的店铺。但我还是听到一些。齐丽打完电话边往手包里装手机边笑着说:

"神经,明明是他打过来的,非问我打电话给他有什么事!"

我依旧望着车窗外,窗外的景物似乎一成不变不断重复出现,于是我望着窗外对齐丽说:

"我怎么觉得这车就没走?你看看窗外这不像还在我们单位大门口吗?"

齐丽歪着头看了看窗外,然后说:"他说听见有人不停地喊喂,找来找去发现手机在口袋里喊,还以为没听见铃声呢,拿起来就问谁呀?……哈哈,这个棒槌,一定是不小心碰到了手机的重拨键,——我给你打电话之前,他刚刚给我打过电话。"

我笑笑说可能是吧。这时候公交车靠站,又上来几个人把齐丽往我这边挤,我只好又伸出胳膊去拢住她。望着齐丽重新泛起羞涩的笑脸,我也开始没来由地笑起来,同时忘记了刚才打电话的事,甚至在那一刻,连昨天下午那件事的阴影都从我心头消退了。

又到一站。齐丽旁边坐着的那个人要下车,她不得不再次向我靠近,我几乎完全抱着她了。那个人下去后齐丽后边一个戴眼镜的女人抢先坐了那个空出来的座位。我和齐丽相视一笑，她稍往后靠了靠但没有离开我的怀抱。我们开始无话可说，都把脸扭向车窗。我们都明白只要扭过脸来可就脸贴脸了，我们都是有素质的正经人，所以都没有那么去做。

又到一站。抢到座位的那个戴眼镜的女人站起来拼命往门口挤，我就势推了推齐丽的肩膀说：

"快坐下，站得难受吧？"

齐丽低头看看那个空荡荡的座位，又抬起头来说：

"算了，我不坐了，叫别人去坐吧，站着挺好。"

我望着她的笑容同时感到心中一热，不知该把手放下来还是一直这么搂着她。齐丽又扭过头去冲身后一位穿运动衣的小伙子说：

"你坐吧。"

小伙子面无表情地看了看我们，然后摇了摇头说：

"我不坐。"

然后小伙子又冲他身边一位穿军装的说：

"你坐吧。"

穿军装的也看了我和齐丽一眼说：

"我不坐。"

我和齐丽是离那个座位最近的，它简直就在齐丽的屁股底下，我们不坐，远处的人想必找不到理由过来坐。

那个座位就一直空着，虽然车厢里一直很挤。

我和齐丽相视一笑，有点尴尬又有点心照不宣。我觉得最尴尬的还是那个平时被人的屁股抢来抢去的座位，它在逼仄的空间里空荡荡的显得那么不正常。我想把手从齐丽的肩膀上放下来，但它好像被胶在了那里，我觉得把它放下来准会连带扯下齐丽的一块皮肉。我不敢轻举妄动，又不甘心手足无措，只好跟齐丽谈那个似乎

在反证着什么的空座位,我说:

"哈哈,我太喜欢这种情形了,它证明我们习以为常的生活并不是一成不变的,我们的生活有时候也会出现反常,比如你身后那个空座位,它让我感到惊喜,你明白吗?——它让我看到了生活中的变化和出乎意料,它打破了那些束缚着我们的规律和每天重复不变的轨道,我真想不到今天会出现这么有意义有价值的事情……"

我滔滔不绝地说着,齐丽在我的怀里望着我笑,她转了转眼珠,似乎在回想身后那只她不好意思再去看上一眼的空座位。

直到终点,那只不幸的座位一直空着,它显得又孤傲又可怜,既与众不同又不可思议。而我一直留心着周围乘客们的表情,但没发现什么人注意地看我们,他们似乎对那个空着的座位也熟视无睹,这一切让我感觉如陷梦境,同时又像发现了一个新奇的世界。

终于到了,挤下车来,身上的汗一下冷凝在皮肤上,我的怀抱里变得冷飕飕的。我注意到齐丽紧了紧大衣。从外面望去,那座超市像一座五光十色的童话里的宫殿,过多的落地玻璃窗里射出的灯光使这座建筑看上去几乎消失,玻璃墙里那夏季的森林般琳琅满目的货架仿佛置于露天之下的七彩地光之中。在我们走近它的时候,一些掩藏在外部最底层的小门才开始在光影下显现,而超市进出口挂着巨大的门帘像一个神秘的舞台,让人觉得里面绝不是从玻璃窗里能看到的那些景象。

齐丽没有直接进超市,而是领着我绕着这座建筑转了小半圈。雪后的黑夜空气清新而冷冽,我还沉浸在公交车上那个新奇的世界里,一味地跟着齐丽走。齐丽把包挂在手腕上,双手插在橘红色的大衣里,她的大衣在超市里透射出的灯光中失去了鲜艳的色泽,变得黄白如一条用旧了的毛毯。我发现齐丽好像有点胖了,这使她看上去圆润而妩媚了一些，我还发现她的发式跟以前大不一样，虽然我忘了以前她是什么发式，但觉得现在这个发型更适合她。齐丽就这样在冷冽的空气中双手插在大衣口袋里风姿绰约地走着，我则稍后半步打量着她，好像一个贵妇和与她关系暧昧的跟班。

齐丽突然站住了，问我："你喜欢冬天吗？"

我愣了一下，回答："说不上来。"

齐丽又继续往前走，边走边说：

"我最喜欢冬天，冬天让人清醒，让人学会忍耐和期盼。"

我突然想起了一个远方的女孩，她是我多年前交的一个笔友，由于我的几番调动，跟她失去了联系，但她执着地又找到了我的踪迹。就在"重逢"后的一个星期时间里，因为给我打电话她花掉了上千块钱的手机费，我劝不下她只好说："别再浪费你手机费了，我找机会去看你还不行吗？"她听了又紧张又兴奋，兴高采烈地对我喊："不要现在来，现在是冬天，冬天不好，冬天多冷啊！夏天来吧，我最喜欢夏天了，春末夏初那种暖洋洋的天气，多好！我真希望在那个时节见到你！"我答应了她，但不知道夏天来到的时候我们还会不会记起这件事情。我有几百张那女孩寄来的照片，很漂亮很个性的那种，可对这个远在我生活圈子之外的女孩，我们的承诺又有什么意义呢？于是我对齐丽说：

"有个女孩喜欢夏天，她喜欢春末夏初那种暖洋洋的天气，并希望和我在那样的时节见面。"

我绝对想不到这句梦呓般的话让齐丽很认真地盯了我一眼，我听见她哼了一声说：

"夏天有什么好，化个妆要半个小时却保持不了三分钟，眼影、睫毛漆、口红没有一样不在汗水的冲刷下让人面目全非形如恶鬼，夏天！她想在夏天见你，除非她喜欢素面朝天。"

我随口回答："我想她是不化妆的。"

"不化妆？！"

"是的，她年龄还小，我们刚认识的时候她还是个学生，现在也就20岁出头吧。从我对她的了解出发我觉得她肯定不化妆，我手头有她几百张照片，看起来都没怎么化妆。"

"女人不化妆，骗鬼去吧！"

齐丽把这句简短而凶狠的话甩给我，快步向前走去，像是生了谁的气。我追赶着她说：

"你不相信？我记得你前几年也不化妆呀？"

齐丽仿佛听到有个熟悉的声音在背后很远的地方喊她，脚步明显地慢了下来，最后她在我面前站定，转过身来，带着近乎严峻的认真神情问我：

"你说，你喜欢冬天还是夏天？"

"我——？"我没料到她会这样问，更不知道她是什么意思，为了避免伤害到她，我认真地思考了一下才回答：

"我喜欢秋天，那种繁华正盛肃杀渐起的时节，她既让人充满成就感，又给人以衰败的兆示和曾经沧海的慨叹与对命运的思索……"

"我是问你喜欢夏天还是冬天？"齐丽几乎是板着脸和我说话了。

我端详了她片刻，恍然大悟，不由失笑，调侃地回答：

"我希望六月里飘点雪而腊月里百花开，但那似乎都不是什么好兆头，所以我还是喜欢秋天，秋天多好哪，天高云淡的，让人心胸开阔不斤斤计较……"

齐丽憋不住笑了，拿根手指指点我几下，扭身绕到一辆面包车后面去了。我跟过去一看：存包处。——原来她绕了这么远就是来存包的。

其实，齐丽带着我绕超市走了一圈，存包处就在我们刚进门的入口处。我们回到起点，才进入超市。这是今天碰到的第二件耐人寻味的事情。

超市内货架林立，像一个多彩的迷宫。而且，胸前别着工作卡的便衣保安人员和买东西的顾客不仔细看根本难以分辨。

我们刚转过几排货架，齐丽的手机又响了，她掏出来看了看，同时看了我一眼。

"喂，老公？"

我转向货架，边看边慢慢往前走，齐丽打着手机跟在后面。

"哦，什么？三枪牌？大号的吧，要什么颜色？"

我借拐弯的机会回头望了齐丽一眼，——她跟老公通手机时一直望着我的背影。我想起昨天下午的事，突然感到一种奇怪的快乐，简直想大笑，我忍住了，因为周围人太多。齐丽啪地关了手机，赶上来拉了一下我的胳膊，我以为她要挽着我走，但她又放开了，边张望边说：

"我老公要一套内衣，黑色大号的，我们去那边看看吧。"

我笑笑，没说话。找到内衣货区，齐丽边走边找，我站住了，看着她一个人顺着货架远去。一种古怪的想法抓住了我，我的思维像打了结的绳子，急于解开，却搞不清这结是怎么打的，这个结让我想到我目前的处境：我这算个什么角色？陪着别人的老婆给她老公买内衣！这种想法让我失去了平常心，我真想赶上去帮齐丽给她老公参考一点挑选内衣的意见，以便体会一番那种极端的无可名状的自辱感。

我挪动步子，却向后退缩着，我看见齐丽向我这边望了一眼，她似乎被一个念头左右了一下，而那个念头同时也击中了我：要不要顺便给我也买上一套？就是这个念头让我向后退缩，我仿佛看到一秒钟后齐丽迎上来半是客气半是亲热地问我：

"你喜欢什么颜色的？"

或者干脆她把两套颜色不同的内衣抱在胸前笑着走上来对我说：

"我给你拿了一套白色的，不知道你喜欢不喜欢？我不想让你俩的内衣一个颜色，那会让我感到难为情。"

难为情的是我，我除了一迭声地推辞，同时把脸涨红了或者让表情严肃起来，心里一定还要乱成一窝草。朋友之间送件衣服应该是平常事，但我们显然不属于那种礼尚往来的朋友；给情人买套内衣更显关怀和体贴，但我们直到目前非常清白，这是自昨天下午之前我们始终坚持并引以为傲的，而一套内衣是足够葬送掉这种清白的。齐丽的老公想要一套内衣，他老婆叫另一个男人陪着去买，——齐丽老公得到了内衣，齐丽得到了她欣赏的男人的陪伴，但那个男人却什么都不能要：齐丽、内衣都不能要。——好在他也都不想要。

齐丽走过来了，手里一件内衣也没拿，她得体地笑着对我说：

"没有他要的那个牌子的。"

"这不就是三枪牌的吗？"我顺手从货架上拿下一套给她看。

"没他要的那种颜色。"齐丽面无表情。

"这不就是黑色吗？你是色盲？"我装傻的感觉很舒畅。

"不是，他要的是灰色的。"齐丽不耐烦地挑眉毛说。

"你明明说过他要的是黑色大号三枪牌么？"我笑着，同时感到心中无比轻松。

"走吧走吧，管他呢！"齐丽笑起来，拉我。我顺从地跟上她走，我们同时转头望了对方一眼，心照不宣地笑起来。

"说说那个女孩的事情吧。"我们像逛公园一样悠闲地并肩走着，齐丽眼睛来回打量着两边货架上的东西，突然就说了这么一句。

"哪个女孩的事情？"我一时脑子转不过弯来。

"啧，就你刚才在外面说的喜欢夏天的女孩呀！想在春末夏初跟你见面的那个。"

"哦，郑小羊。你不是不爱听吗？"

"喊，谁说我不爱听了！关我什么事呀？！你爱说不说……"

望着齐丽那故作漠然的表情，我有点好笑，但突然很想说给她听听。（为什么？）在说给她之前，我觉得一阵内疚和忧伤像久别的故人一样重访了我，一种诗意的惆怅赶走了本性里虚伪的炫耀。我咬咬下唇，叹了口气，感到进入了角色，然后说：

"郑小羊第一次给我写信时她还是一个师范学校美术班的学生，据她说是我的一首诗打动了她，但是那首诗连我也不记得半句了。后来她经常给我打电话，我们一谈起来就是个把小时。我叫她别打电话了，长途话费太厉害，还是写信吧。她用快乐的声音宽解我说：没事，我们家很有钱，我爸妈每天都给我很多零花钱。我相信了她，但怕耽误她的学业，开始故意不接电话。再后来我调来这个城市，走的时候没告诉她新的联系方式。"

"她后来又找到了你？"齐丽问的时候仿佛已经知道了答案。

"是的。就在一周前，她突然打电话到我办公室，并且我很快就听出了她是谁。"

"她一定没有责怪你。"齐丽开始进入故事了，她好像被什么东西抓住了。

"没有。她说她已经参加了工作，在一个学校当教师。那天下午，她就站在冬天空荡荡的操场上用手机给我打电话，她语速极快，甚至有点语无伦次，仿佛要把这两年来没说的话一下子都倒出来。但我只记住了一件事……"

"什么事？快说……"齐丽站住了，盯着我。

"她说其实她家里并不很有钱，她当学生时给我打电话的钱全是偷偷从家里拿的，她父母因此对她很失望，认为她已经在外面学坏了。而在此之前，她一直是个父母眼里的乖乖女……"

"哼，真是个傻丫头！唉，我在她那个年龄时也是这样……你怎么想她为你做的这些？是不是感到很臭美？"

"不。我感到很不安，我从没对谁这么内疚过……"

"你决定报答她吗？"齐丽望着我。

我让目光到别处溜了一圈，然后回答：

"如何报答？她已经不是从前那个小女孩了，虽然她也是郑小羊，但我回报她再多，对于当学生时的那个郑小羊也没什么意义了。"我陷入伤感。

"你这个人就是这毛病，想得总跟别人不一样。"齐丽出神地望着我，并没有不平的神色。我叹息一声说：

"唉——。实际上如果以前我欠她的，那么以后我还会继续欠她的——她是长大了，但我也长了几岁，我想我们的格局，也就是说现在她眼里的我和过去的她眼里的过去的我对于她和过去的她来说是没有变化的——她从前欣赏我，以给我付出而快乐，她现在依然会这样，因此我的回报根本连她同时所付出的都无法抵消，我欠她的像滚雪球一样越滚越大，无法停止……"

"你对现在的她印象如何？"齐丽目不转睛地望着我，像要望到我心里。

"她给我的印象一直很好，不过……"

"不过什么？"

"不过当这一次我们迅速地熟悉起来后，我觉得我们的心正在疏远。"

"为什么会这样?"齐丽的脑运转速度跟不上我了,眼中呈现一片迷惘。

"她长大了,话语之间极力地想使自己留给别人的印象完美一些,我是说,她不像两年前一样纯粹是用心说话了,而是在用脑子说话,也就是说,她在下意识地表现自己。而我也是,我试图留给对方最好的印象,却不经意间包装着自己,冲淡了本应最赤裸的真实。这种表现悄悄地损害着我们两个人的心灵交流,它让我们在越来越熟悉的同时心却越来越疏远。"

"唉——"齐丽不自觉地轻叹了一声,她显然听懂了,并为此感到惋惜。于是我对她说:

"就像你,你为什么不像谈恋爱时那样跟你丈夫那样如胶似漆了呢?——那也是因为你们已经开始离对方的心越来越远了。其实,你们的疏远是早就开始的,甚至在你们热恋之前,我是说,当两个身体越来越近时,心灵同时正越来越远。"

齐丽乖乖地听着,不说话,眼睛很亮,但脸上的表情黯然。她极迅速地笑了一下说:"好了好了,不说我了,继续说你们吧。"

"嗯……那天郑小羊站在冬天下午的操场上一直给我打手机,直到把刚交的200元话费打完还欠了140多元,我想当她走出天黑下来的操场时,这一下午她说过的每个字都记在自己心里。后来,在一个星期内她又花了一千多元手机费给我打电话,她告诉我要这样一直打下去,而且因为能听到我的声音她对手机倍感亲切对电信局感恩倍至。"

"你有这么大魅力吗?"齐丽笑了,"她付出这么大代价,想从你这里得到什么?"

"你觉得呢?"

"爱？还是你这个人？"

"都不是，是欣赏。"

"欣——赏——？"齐丽又跟不上趟了。

"对，我欣赏她，她觉得很快乐。"

"你怎么知道？你凭什么这样说她？"齐丽有点替郑小羊不忿。

"唉——"我长叹一声，"她说话时太投入了，就像配音演员，而我是一个最好的听众。"我顿了顿，整理了一下情绪继续说："有一次她告诉我她对我讲话时突然感到身体不存在了，只剩了一张嘴，——而这种出神入化的境界，她说过，在她作画时曾经有过一次……"

"我明白了。"齐丽突然很忧伤，眼神柔和，她拉过我说："走吧，别说了，咱们再转转看还有什么可买的。"

接下来却无话可说，齐丽随便买了几样日用品，于是去付款。款台前很热闹，像幼儿园的小朋友抱着玩具排队做游戏，又像生产车间的流水线。保安人员混迹于顾客当中，眼神像鹰一样凶狠，他们逡巡着……

我提着货篮跟在齐丽后面，——本来我们一直是并着肩的，但是齐丽有个习惯：出门时总是昂首挺胸地走在前面，无论在饭店还是商场。我怀疑她在这种时候是否完全忽略了我的存在，或者太在意我的存在？总之，走在她神气的头颅和高雅的步态后面，我总要自惭形秽，觉得自己是个款姐的跟班，充其量也不过人家养的小白脸。因为我走在后面，我的不悦齐丽总是没机会看见，除非她脑袋后面长眼睛。我有点厌恶她这下意识的自我意识的流露，觉得对她的女性魅力造成了很大伤害。但这一次有所不同：在超市的款台前，走在前面意味着付钱，——齐丽是不会让我替她付钱的，她曾数度给我讲过一个理论：一男一女在一起吃饭，如果女的付钱男的泰然自若一定是夫妻；如果男的付钱女的无动于衷至少是情人；如果两个人抢着付钱则属朋友，——总之关系正常。当然买东西时也同理。于是她每次吃饭后总要和我抢着付钱，仿佛要实践一下她的理论似的，买东西时更是如此。我对齐丽这一套习以为常，索性听之任了。她要付钱，我决不抢先。但是提着货篮跟在一个女人后面看着她付钱而不动声色是不是会被人误以为是夫妻？我暗笑：齐丽的理论本身就是个悖论。快到我们时，齐丽扭回脸朝我笑了一下，心照不宣地向上弯了弯嘴角。就在那一刻，我突然觉得缺少点什么，同时视线似乎自己落到了篮子里，我叫道：

"齐丽，拖鞋！"

"什么拖鞋？"齐丽扭着脖子盯着我的眼睛，似乎有点惊异。

"擦地拖鞋！"

"怎么啦？"她转过身来，用手去翻篮子里的东西。

"我们忘记买擦地拖鞋了。"我对她的迟钝感到费解。

"算了吧，下次再买。"

"下次？"我忍不住笑了，"你不是专门来买擦地拖鞋的吗？"

齐丽望着我，稍许，她也笑了，拉着我侧身挤过排队的人，重新进入货架的丛林。

有两个女孩推着小车和我们擦肩而过，我只匆匆一瞥就发现一个胖点一个瘦点，但两个身材都不错，尤其那个胖点的短发让她看上去很有些气质。而那"胖姑娘"也在望着我。这一切齐丽浑然不觉，她可能觉得没必要留心我的眼神，因为我既不是她的丈夫也不是她的情人。但我认为她应该在意我的眼神，因为她走在我身边我却与别的姑娘眉来眼去很说明她的魅力不够。是的，我相信她在意，别忘了她对我"到底喜欢冬天还是夏天"的追问，但是她的在意又仅限于这样隐晦的计较之下，在现实生活中，她有什么理由对我的"花心"表现出不满呢？

擦地拖鞋们躺在一只巨大的箱子里，那只箱子像个小游泳池，而那些拖鞋像满当当一池子翻肚子的蛤蟆，准确点形容，那些长满毛线头的拖鞋更像绿毛乌龟。齐丽拿起一双来，拆开包装，把手伸进鞋里去做了个擦地的动作，像在认真琢磨它能产生的效果。我望着她，笑而不语。

"你觉得这东西管用吗？"她歪过脑袋看着我。

我想伸出手去摸摸那些密匝匝的毛线头——它们像极了我们家乡用中间镶着满是小眼儿的铁皮的木制工具挤压下来的玉米面条，当面条密麻麻挂在铁皮下时，需要用刀子把它们切下来下到锅里；我想擦地拖鞋的发明者一定吃过这种面条，说不定跟我还是同乡——，但我忍住了：买不买是齐丽的事情，我只是应邀来陪伴她，别人家的事情我最好还是少插嘴。这时有个别着胸卡的走过来冲齐丽嚷："不要拆包装！"

"这双我要了。"齐丽强辩道。

但别胸卡的并不因此客气："那也不能拆，付款之前不能拆。"

"什么态度，我不要了！"齐丽把那双拖鞋重新塞进包装袋，把它们扔回了池子里。

——那拖鞋翻转着跌进池子里，真像一只绿毛龟。齐丽没再朝别胸卡的看，拉上我就走。

绕过几排货架，齐丽脸上愠怒未褪。我指给她看头顶上的一块牌子，上面不太客气地写道：

请不要拆包装！

"如果说这块牌子也有表情的话,那一定跟刚才那个别胸卡的一个德行。"我若有所思地轻声说。

齐丽收回目光,斜睨着我,扑哧笑了。昨天下午以来,少有的轻松和谐的气氛笼罩了我们,我暗忖:跟齐丽在一起时能享有饮食男女那样随心所欲的快乐的时光真是太鲜见了。

我们重新开始在货架的丛林里徐徐漫步。

"你真不买拖鞋了?"我忍不住问齐丽。

"不买了,家里有好几双都还能穿呢。"齐丽的目光在货架上滑行,对我的问题回答得漫不经心。

齐丽的回答暗合了我潜意识里的某种猜测,其实这一切很简单,也就是那么回事吧。况且,齐丽的心思也从未瞒过我,我敢说她从没想过要瞒我。——这也是她作为一个女人不够含蓄的地方。她把对我的欣赏袒露无遗,我反而不能从中找到满足和快感了。

一个年轻女人推着购物车迎面走来,她的孩子很调皮,舒服地躺在货物上面。我和齐丽的目光都被购物车上的孩子吸引过去,我低声在齐丽的耳边幽了一默:

"嘿,这超市里还卖孩子?"

我以为齐丽要笑,她却有点愣神,像没听到我的妙语。我正想重复一遍,齐丽猛地扭过脸来,面无表情地对我说:

"咱们也卖吧。"

"卖什么?"轮到我愣神了,呆了一刻才弄明白她什么意思,机械地问,"卖孩子?哪里来的孩子可卖?"

"咱们俩可以生呀,生下来就卖掉。"齐丽盯着我,眼神热切而空洞。

我一时不知如何回答,有点傻眼地望着齐丽。好在她突然酒醒一般摇了摇脑袋,仿佛被摄去的灵魂又回到了体内,她不好意思地笑了，柔声道：

"开玩笑呢，看把你吓成这个样子。"

我这才发现自己也失了态，用手掌摸了一下额头，擦下一把冷汗来。——昨天下午那个玩笑倒没觉怎么着，这一次的确被吓了个够呛。我干笑一声，想来个自我解嘲，齐丽却大步向前走去，我只好亦步亦趋地跟上。一阵浓烈而清新的蔬菜味道直灌鼻子，我们几乎同时止步了：嗨，怎么走进了蔬菜市场，——两个人的魂儿都丢了？

我们对视一眼，心照不宣地笑笑，绕着菜市场兜了个圈子。蔬菜味渐淡而烤面包的香甜气息渐浓。齐丽扭头问我：

"饿了吗？先买个面包垫垫？"

"饿是饿了，不过超市里好像不让吃未付过钱的商品。"

齐丽笑得弯下了腰，挺起来的同时涨红着脸说："没事，吃了省下付钱了。"她依次拿起几袋面包捏了捏，又都放下了，回头说：

"算了，还是去买热包子吧，也许包子直接可以付钱，别把你老人家饿坏了。"

结果包子也打包封袋，齐丽无可奈何地把那袋包子抱在胸前说：

"走吧，车上吃。"

我们又一次向款台走去，齐丽走在前面，我提着购物篮跟在后面，里面还是没有任何样式的拖鞋。

超市外面人的浓度跟里面差不多，而且流动速度明显得快，另一种乱。

从出门时齐丽就走在我前面,像一只高贵的天鹅,我心里有点别扭,觉得自己一点也不喜欢这个样子的她,但我没吭气。齐丽把买的东西都装进她大衣的那两只同样大的口袋里,还把两只手也插进去。朝存包处走的过程中她回头调皮地冲我笑了笑,我看了她一眼,还没吭气。拿上包,她又把那个帽子似的东西也塞进了口袋里,大衣前面鼓囊囊的,仿佛她是个准备出场的魔术师。看到我看她,齐丽索性抽出一只手来,扶在后腰那里,挺着被许多东西撑起来的肚子扭了几步。我哈哈大笑,刚才的不快已经溶化到被各种光线弄得支离破碎的夜空中。不知为什么,我突然觉得齐丽亲切起来,想去挽她的胳膊。但她似乎并没有跟我展示柔情的意思,只是挨着我缓缓地向街上走去。

404路公交车站牌插在雪堆里,不知哪个糊涂的家伙把它当一棵树来浇灌。站在齐丽对面,我瑟瑟发抖。齐丽看了看我问:"冷吗?"我说你觉得呢?

"那咱们打的回吧,别玩了。"

"没事,再等等,把游戏进行到底。"

齐丽认真地看了看我,她有点近视,看人的眼神很陌生。我这句话可能有点伤着了她,她脸上的笑容都掉进了积雪里。

"我可能是有点饿了。"我发着抖说。

"那你要不先吃个包子?"齐丽的语气也开始生分起来。

我说车上再吃吧,拿出来就成冰球了。

齐丽笑了,抬头看看车牌,眉头皱了起来。我跟着她的目光看去:

末班车——晚8:00

老天,现在都快九点了。哈哈,我们开心起来。齐丽一手拉着我往马路上跑,另一只手扬起来招呼出租车。

从出租车里望出去，街两边被各色的霓虹灯装扮着的店铺和高楼宛如异国风情，流动的光影在齐丽脸上幻化出喜悦的表情，使她的面孔分外迷人。我一时不知今夕何夕、此地何地，迷路般茫然地问齐丽：

"这是朝哪个方向走？是去我们单位吗？"

齐丽柔媚地白我一眼，把装包子的塑料袋解开举在我面前说："先吃个包子吧。"

我依然陷在浑然忘我的境界里，望过去，正碰上她亮亮的眼神，那眼神里含意丰富，包括对我此时如陷梦境的理解。齐丽是个绝顶聪明的女人，她偶尔流露的那点女人的善解人意的可爱神情，仿佛也从那聪明而来。但如此聪明的一个女人，在我面前却甘于把自己置于一个傻瓜的角色，她是真心喜欢我，还是从我这里满足她作为一个女人需要的精神依托？——无论那聪明还是傻气，都不是我所喜欢的，而我却愿意与她相处，是因为我也需要有人欣赏吗？——还是，我们在一起的理由是彼此可以满足对方的心理需求？

"到底你拿哪个呀，肉的还是素的？"齐丽审视着我问。我悠悠转醒，发现手还插在那塑料袋里，刚才因为思考而失神了。"吃个素的吧，"我说。齐丽用纤细而温凉的手指握住我的腕子，把我的手拔出来，把她自己的手伸进塑料袋里，拿出一个包子递给我。我一把拿过来，做出一副很食人间烟火的样子，狠狠地咬了一口。汁水溅了半脸，——原来是个肉包子！

我咬着那包子，扭过头去瞪着齐丽，她开心地大笑起来，在我大腿上拍了一巴掌。然而那手却贴在那里不动了，我甚至感到它在微微用力。齐丽若无其事地吃着包子，探身问司机："师傅，在你车上吃东西，不介意吧？"

"没事，别脏了车座就行，这是冬天，夏天在我车上吃雪糕的有的是呢,"司机很爽快,"能坐到我的车上,也算是一种缘分吧。"

我们都大笑起来,这年头这样有情调的人实在不多了。我低声对齐丽说:"无论如何,能坐在一辆车上,说明我们还是很有缘分的。"

齐丽不语,望着我。我接着说:"《新白娘子传奇》的主题歌唱道'十年修得同船渡,百年修得共枕眠,'并不完全是佛家的说教,你想想,众生芸芸,能在舟车中共渡,冒着撞车沉船的危险,也算是经历了一回生死考验吧,——在时间和空间上都算是共同经历和见证了一段生命吧。你想想,两个陌生人,如果没有这种机缘,在彼此的生活里,岂不是跟死人没有分别?"

在昏暗的车里,齐丽那只手慢慢从我大腿上抽去,同时眼神里聚集起专注的光芒,似乎不接触我,才更能体会到我的高深。但我却渐渐感到一种悲哀,与把作为漂亮女人的齐丽拥在怀里相比,得到作为聪明女人的齐丽的欣赏突然间显得那么的苍白和没有意义。

"像你这种人,不是什么人都有机会和你坐在一起。"齐丽带着自炫的神情说,同时在等待着我肯定的答复。我笑一笑,胸中充塞着悲哀和苍凉,——我突然想到:一个女人毫无保留地欣赏你,或许是想通过对你无条件的推崇来印证她自己与你的接近和与别人的不同。

这个时间要吃饭,除了麦当劳已无处可去。我们坐在麦当劳的淡绿色玻璃钢椅子上,即使在麦当劳,这时间客人也已不是很多,甚至间或有一些空座位,就像一盘完美的围棋留出的气眼儿一样叫人舒服。这里放着轻音乐,令人情绪放松,变得愉快起来。

出于好心情,我赞美了齐丽一句:"你看起来比从前漂亮了一些,更有女人味道了。"

"后悔了吧？昨天叫你离婚，你不愿意；现在晚了，我也不想离了，你想什么也白搭……"

"嘿，这样挺好嘛，需要的时候我们还可以在一起。"

"别想歪了啊！我们充其量只是精神恋，况且，我对你也不怎么感兴趣了。"

我不想再说话，用勺子搅着咖啡。齐丽突然笑了，她伸过手来摸了摸我骨节粗大的手指，感慨丛生地说："你的手真丑！"她看看我，开心地笑起来，嚷嚷："知道吗？你的手是你身上最有男性特征的地方。"

我意义含混地笑笑，不吭声，看也不想看她。

"知道我们部门那两个女孩碰到咱们后对我说过什么吗？——她们说'你弟弟长得真秀气。'我看她俩对你都有点意思。"

我不说话，一点一点呷着咖啡。

"哈，别说，你跟我弟弟长得还真有点像，不过看上去你更纯洁一些，你除了文学简直什么都不懂，你是这个时代真正的异类。"

这就是她欣赏我的地方喽！我想问一句："既然你一直对我的头脑感兴趣，像你希望的那样我们结了婚，你会忠诚于我吗？"我没有把话说出来，一个人暗自庆幸和懊恼着。

"怎么啦？一直不说话。说说你那个郑小羊吧，她是个什么样的女孩？"

我急不可待地接口道："她是我喜欢的那种女孩，美丽，有情调，素质高，还懂点艺术，会画画，歌唱得也动人。"

齐丽苍白的脸孔有点呆滞，像在用力招架着我的话。我被一种莫名的快感驱使着，手舞足蹈起来，告诉她：

"你根本想象不到她画得有多好！在重新找到我的线索前的那

个夏天,她难以排遣对我浓浓的思念,就动笔画了一副卧虎图——因为我是属虎的——,有整张乒乓球台那么大。最不可思议的是,她不是用披开叉的毛笔去刷老虎身上的毛,而是用一只极细的小笔,一根一根地画那些毛,边画边数,所以那只老虎身上共有多少根毛,她一清二楚,一根不差。后来她寄了一张那幅画的照片给我,我还以为是真老虎的照片呢!"

"她为什么不把那张画送给你,不是为你画得吗?"

"……后来的一段时间内,她依然没有我的消息,那幅画由一根根的相思变成了一种巨大的折磨,——她本来指望在画完成的时候可以亲手交给我的。再后来有个商人想买那幅画,她就把它卖了……"

"真是可惜!"齐丽叹口气,脸上却毫无惋惜之情。

"我对她说,无论那个商人要多少钱,提出什么条件,我将来一定要把那幅画买回来,因为它是属于我的,是一个人对我无以计数的思念。"

"她怎么说?"

"她说为此她要攒一笔钱,买一幢童话里的宫殿那样的漂亮屋子,用来挂那幅画。那座屋子是她的一个理想,她这段时间以来每天都要去商场买一些装饰品和小工艺品之类的玩意儿,打算将来打扮那幢为我而建的房子,她要把我们即将共同生活的地方打扮成宫殿。她买的那些小盒子已经把床下塞满了,每天睡觉前拿出来摆弄一遍……"

"你答应她一定会跟她共同生活吗?"齐丽吃惊地瞪大了眼睛。

"我只是不想让她失望,她有权利生活在自己编织的美梦里,我不能再次去伤害她……"

"想不到你这么浪漫……"齐丽有点忧伤地笑了。

"她每天在电话里为我唱歌,一首接一首,她的声音美极了……"

"你听过我唱歌吗?"

我一愣,反问道:"你也会唱歌?"

"废话,我唱得很好。不过,我只在一个人的时候唱给自己听,唱一些我喜欢的流行歌曲,当然是爱情歌曲……我唱给你听听?"一点羞涩染上了齐丽的面颊,但红晕还没来得及涌上来就消退了,——她竟然能把脸红控制住!我有点恶作剧地微笑着望着她,等待着。

齐丽轻轻地唱了起来,尽管戴着隐形眼镜的眼神有点呆滞,表情也有点不自然,她唱得的确不错,声音很有磁性。我突然有点鼻酸,坚持用一个情人欣赏的眼神凝望着她,希望给她一点安慰和支持。

有一些人频频朝这边扭头观望,我才发现齐丽越唱声音越高,几乎盖过了店里的轻音乐。我想提醒她一句,不忍,与她一同坚持着。齐丽也觉察到了,眼珠稍稍向两边转了转,依旧无所顾忌地唱着,越唱越投入,声音继续增高。

让她唱吧,歌声一歇,她就恢复成另外一个女人了;歌声一歇,一切将无可挽回地向生活堕落,就像擦地、拖鞋,就像擦地拖鞋。

用镰刀割草的男孩

1

十岁的马顿拉着木板平车,十四岁的马开坐在车斗里,屁股朝前,脸朝后。荆条编的挡板扔在车斗里,底朝着天,像一座小桥在水里的倒影,马开坐在桥中间,叉开两条细腿,左脚踩在左翼板上,右脚踩在右翼板上,这样他的重量明显偏后,把车后翼子压得很低,一会儿在地上刮一下,发出"咯愣愣"的声音,在瓷实的黄土路上划出两道断断续续的白线。马顿大概只有五六十斤分量,压不住车辕,他用两只肘弯把自己挂在辕杆上,吊在那里,几乎是脚不沾地地走路,两条辕杆像高射炮指向高远的天空里的几抹淡云。从力学的角度分析,马开的重量同时水平作用在车轴上,推动车轮在自行前进，——没有这个巧劲儿，马顿也拉不动他。

十岁的马顿还没有长开，算不上家里的正经劳力，猪粪从圈里起出来装进车斗里，往地里送的时候，他跟在后面推车，哥哥马开把着辕杆，肩头搭着拉带在前面拉，遇到下坡路，马开把腿曲起来，双臂撑在两条辕杆上，蜻蜓点水一样轻盈地前进，马开跟在后面拼命地追。一车粪盘进地里，分成两堆，回来的时候大把式马开需要歇歇劲儿，就把挡板扔进车斗，跳上去坐下来，小跟班马顿就跑到前面去，胳膊肘分别搭在两条辕杆上，把自己吊在那里，像个大秤砣一样晃悠着往前走。

弟兄俩就这样从村口的那两棵老柳树下钻进来，一座两丈来高的大影壁矗立在村口，把大路生生截断，暂时分成左右两条弯路，他们从"工农共建四化"的巨幅画像下拐上右边那条路，绕进村里宽阔的大路，马开脸朝后，仰望着影壁这一面毛主席的画像，以及画像两边老人家的狂草诗句，那两句诗是阴刻的，每个字都深深地凹进水泥里一个指头深，几十年来南无村没有一个人能完整地辨认所有的字，村里能把毛主席诗词都背下来的人也有几个，但落实到字上，尤其还是草书，都张不开嘴了。他们把这座影壁叫"主席台"，也即画着毛主席像的台子，一天到晚都有很多娃娃在主席台上爬上爬下，马开和马顿都是在毛主席眼前玩大的。马开很喜欢那两行字的气势，看在眼里，激动在心里，每次经过都盯着看，暗自琢磨每一个是什么字，直到远得看不见了为止。他从小学二年级开始琢磨，直到初中毕业才认完全，足足钻研了六年时间才明白右边那一行毛主席写的是，"四海翻腾云水怒"，左边写的是"五洲震荡风雷激"。不知为什么，马开一念这句诗就心潮澎湃，一念就眼眶发潮，用他后来听到成龙唱的那首歌来形容，那就是"自有豪情壮志在我胸"！

过了主席台，有一段缓坡，为了省点劲，马顿在很远的地方就开始冲刺，快到坡顶上时，斜挂在肩上的拉带绷得紧紧的——马开像大人一样用一个肩头搭住拉带就可，马顿个儿小，要像背书包一样斜披在身上才行，——小家伙几乎是在地上爬了，他也不吭气，不愿意求哥哥跳下车来奚落自己。坡顶上是村里的老磨房，黄土夯筑的围墙在风雨中颓废不堪，起起伏伏犬牙交错，一块墙头上长满狗尾巴草，摇曳着，另一块墙头却光秃秃的，像十字路口晒暖暖的那帮老汉汉有皮没毛的脑袋。老磨房院在路东，大门朝西开在大路上，路对面是一片洼地，种着些庄稼，紧挨着庄稼地就是原先三（生产）队的马房，马房的后山墙也是夯土筑就，因为有房檐的保护，显得还很新，细看也挂满了蛛丝。

过了老磨房就全是平路了，除了雨天压出的车辙被太阳晒干后又硬又滑，路还算是平坦的。但马顿不懂得顺着车辙走，车轮总是被他拽上高高的辙泥形成的土圪塄，他倔倔地不说话，心里很怕饶舌的哥哥会骂将起来。好在村中十字路口总是平平展展的，两棵巨大的梧桐树把树冠从马房院里伸出来，树荫浓浓地罩住了路口的井亭，井亭年久失修，密密的瓦缝里长出一根根令箭一样的草，仿佛一个头发稀疏的人受到了大惊吓，头发都立了起来。井台上的辘轳早没有了，不知谁们从哪里找来的一块四四方方的大青石，把井口盖得严严实实。每天有无数的娃娃们在爬上爬下，大青石早被磨得溜光水滑，一尘不染。井亭对面是傻傻二臭家的茅房墙，墙外长着一株茂盛的石榴，开着红的让人心疼的好看的花，花瓣像喇叭，从喇叭深处探出细细密密的花蕊，红里透着看不清的白，顶端抹着星星点点金黄的花粉。那些头上箍着白羊肚毛巾的老汉汉们，排排坐，摆在一树繁花的石榴树荫下。

马顿只顾埋头拉车，他是个羞涩的男孩，不去搭理那些撩逗他的老汉汉们，看也懒得看他们一眼。马开坐在车上，像个国王一样迎受着老汉们对他勤劳、懂事的夸赞。也有那没大没小的老汉起哄，咋呼："喂，小的拉车大的坐，不像话！大的快下来，拉上小的。——马顿，我要是你，就不拉球他，快把他和车一起推翻喽算球！"马顿不说话，只顾拉车，胸脯剧烈地起伏，马开大度地笑着，东瞅西看，顾盼生辉。然后，马开忽然一跃，跳下了车，木板平车往前一冲，差点把马顿带倒，他气恼地把车辕掼在地下，终于腾出胳膊来抹眼泪，结果汗渍和粪土弄了个满脸黑道道，像唱戏的大花脸。马顿的表现，惹得那排老汉汉开心地哄笑起来，缺牙少齿的嘴暴露出他们无比的快乐。

吸引马开的是井亭边的梧桐树荫下一个"嗤嗤"冒绿火的红泥炉子，一个浑身油腻腻的黑脸长毛汉子，正就着那点绿火儿把几小段金属融化成水珠般银色的蛋蛋。马开蹲下来，入神地看着那人把金属蛋蛋倒进一个黑色的模具里，又把他干枯皲裂的手指伸到脚边的工具箱里，"哗楞哗楞"一阵，摸出一把尖嘴钳子，用钳子把模具里粗糙成型的金属条夹出来，放到腿间夹的那个用根铁棍支着的铁砧子上，一手拿钳子嘴夹住，一手操起把轻巧的小斧头"叮叮当当"地敲起来。敲得两头都翘起来，翻一下，再敲另一面，敲瓷实了，就手从上衣胸兜里拽出一把小钢锉，小心地似有似无地锉那么几下，又把搭在肘弯里的一块看不出什么质地的抹布一头押住，使劲地磨搓那个中间宽两头细的金属条。磨得光滑锃亮，捏在手里按到铁砧上，再去上衣胸兜里拔出一柄刻刀来，刀柄上缠着红色的胶条。粗笨的手指捏住刻刀，刀尖压到金属条中间的宽处去，刀头开始飞快地一翻又一翻，同时噘起支棱着几根老鼠胡须的厚嘴唇来，"噗噗"地吹着，一只下山猛虎就越来越清晰地出现在金属条上。刻完猛虎，把怀里抱的铁砧子下焊的铁棍转转，那一头是头上很细，越来越粗的椎体，就着那椎体把金属条弯成个圈圈，又薄又细的两头儿叠接起来，再拿小锤子敲敲，就沾在一起，成了一个金属环了。把那个刻着下山虎的金属环再锉几下，裹到抹布里揉搓揉搓，抖落到掌心里让围观的闲人观瞧，——马开的眼神就开始发直：银戒指，刻着老虎的银戒指！

一直在旁边看着的两个婆娘嘴里发出"啧啧"的赞叹声，一个对另一个说："看人家的手可真巧，打个手环不算个事情！"马开眨巴着眼睛，看到村里开药房的跛脚福喜矮胖的妈咧着嘴，一边露出镶金边的槽牙，一边把手往兜里去摸，摸出一团乱糟糟的手绢来，剥什么皮一样层层翻开，露出一对细如牛毛的耳环。福喜妈捏起那对轻飘飘的耳环时，马开仿佛听到它们相撞发出铮然有声，他不由眯了眯眼睛。那肥婆娘盯着肮脏的手艺人，哈哈哈哈地笑了半天，朗声说："你给我把这副耳环化了打成个手环。"手艺人接过来，捻在手里端详着喃喃："银子少了点，薄了你别嫌啊。"那婆娘嚷嚷着："打吧，不少给你钱。再说，我就在这里看着你打，还怕你偷了我的银子啊！"惹得另外那两个年轻些的婆娘一起咕咕咕咕地笑。手艺人翻起白眼看看她们，低头打开那绿火火，问着："要什么'花儿'呢？龙还是兰花，还是梅花？"马开没出过远门，不知道他操的是哪里口音，好在都能听得懂。其他两个婆娘争相给福喜妈建议，"婶子婶子，你要自己戴的话，我看还是刻个凤凰好，男刻龙女刻凤么，你说呢？"福喜妈很欢喜地同意了。马开想告诉她们手环叫戒指，那边马顿已经用非常伤感的语调在喊他了："哥，你到底走不走？你不走我先走啊！"

2

晚饭后，爸爸给院子里铺了几条麻袋，父子们仰面朝天躺在上面纳凉。大地白天吸纳的热气依然没有吐干净，把麻袋上的植物气息蒸腾出来，夹杂着土腥味，缓缓地送进马开的鼻孔，马开望着黑色的宇宙里无尽的星星，对宇宙浩瀚的想象让他有点恐惧。他已经是初中二年级的学生了，喜欢天文学，知道蟹状星云、超新星、红超巨星这些宇宙概念，这方面他的民办教师出身的老师们差他太远，那几个刚毕业分配来的师范毕生业也未必知道。但这些都不足以让马开成为班里的佼佼者，只有那几个每次考试都名列前茅的好学生才让班级和全校师生瞩目，马开，他只是成绩中游的学生，远远不如坐在后排的那几个捣蛋鬼更惹人注意，尤其是惹女生的注意。马开所在的乡村中学，也常会发生些成为大家热议话题的事情，比方说，三萍她爸是村里的支书，家里给她做了一套枣红色的西装，三萍就成了学校第一个穿西装的学生，跻身男生们心目中"好看女生"的行列；比方说，"狗屎"他爸是柴油机厂的厂长，他爸的伏尔加"小鳖盖"车送他来过一次学校，被那几个痞子看见了，"狗屎"以后再没挨过他们的打，并且女生们都开始和他一起值日劳动了。妈妈倒是村里有名的裁缝巧手，她最擅长的是把爸爸的旧衣服改瘦给马开穿，把马开穿破的衣服改小给马顿穿，西装，怎么敢想！至于坐着"小鳖盖"去学校，呵呵，马开自己想想都觉得可笑。妈妈累了一天，早早抱着妹妹进屋睡去了，奶奶坐在屋檐下的小竹椅上摇着蒲扇打盹儿，爸爸在给马顿神乎其神地讲着诸葛亮草船借箭，马开望着他高深莫测的宇宙，那些闪闪烁烁的星星多么像一枚枚闪光的银戒指啊，在他的想象中，自己已经戴着一枚刻着下山猛虎图案的硕大的银戒指走在校园里，那么多的惊羡的目光啊，真、真不敢往下想了。

夜阑人寂，暑热渐消，奶奶摸着黑去了一趟茅房，回来叉着小脚站在父子几个的脑袋前面，用老年人雌雄莫辨的嗓音低声责备："看潮气上来伤了腰，不早了都回炕上去睡吧，明早晨都要起早干活哩。"马开朝上翻翻眼，看到奶奶佝偻的黑影像一只大猩猩矗立在星空里去，他懒得吭气。爸爸正讲得起劲，也顾不上。奶奶不满地嘟哝着，脚不离地地蹭到屋檐那里去，摸到她的小竹椅，回头严厉地警告爸爸："不回去就往远处挪挪，别在屋檐下，看溜檐风伤人哩。"马开听到竹子门帘"吧嗒"一声响，知道奶奶终于回去睡了。

爸爸的语调越来越神秘，夸张地喋喋着那些虚无缥缈的人物和故事，讲故事是他的拿手好戏，在村子里，他不是个安分的庄稼人，本来只是个完小毕业生，非要买回一大包书来，上什么函授大专。种地也要搬书本，说是科学种田，还要当专业户，伙同村里另一个呆子在车上折腾了一天跑到太原去，买回几袋子蘑菇菌种来，在家里搞起了养殖，结果摘下的蘑菇都像猴子耳朵一样大，不够村里东家西家地尝一尝，那些菌丝在家里到处乱飞，全家都被感染了气管病，"吭吭咔咔"比赛咳嗽了整整一个冬天。那次去太原，爸爸还花十块钱买回一台袖珍收音机，跟烟盒一般大，奶糖一样迷人的乳白色，爸爸在猪圈里起粪，那台收音机就放在茅房墙头上，袁阔成在里面播讲"三英战吕布"，——喇叭功率太小，听起来像感冒塞住了鼻子。猪粪装上车，往地里送，收音机就放在爸爸的上衣胸兜里，他在前面把辕拉车，马开在后面推车，一路上听着广播。沿途势必招惹来那些正经庄稼把式的嘲笑："哟，老马，你这干活儿还不误听评书，美着哩么。"每当这个时候爸爸满脸都是嘿嘿嘿嘿的笑，马开也觉得挺美，这样干活儿不累。诸如此类的事情在爸爸身上层出不穷，都成为老农们嘴里的笑料，只有他们父子浑然不觉自得其乐。马顿八岁上，结束了他野猴王的自由生活，加入到家务劳动中来，马开也升级成了拉车把辕的。爸爸把车辕杆交给马开的那天，郑重地把那台乳白色的袖珍收音机也传给了他，那是一个象征，也是一个仪式，虽然父亲没说什么，马开还是感到很激动，他把收音机装进上衣胸兜里的那一刻，就觉得自己是个大人了。

粗糙的麻袋片儿扎着马开裸露的皮肤，让他感到不舒服，心里痒痒得很。就在这时候，他心里开始有了一个令自己激动不已的计划。院子里残留的味道让他有点头疼。院子里原本有八棵苹果树，灶房门前的一棵是"国光"苹果，其余的七棵是"香蕉"苹果，大概年月长了，果树都生了虫子，爸爸刷了几次白灰，不顶事，索性都砍掉了，栽了几棵梧桐树苗。梧桐树出叶子后，需要从根部锯掉一次，让它重新努出新树苗来，这样将来不容易生病。爸爸每年都要围着梧桐树根部刨个环形的坑，把茅缸里的大粪给每个坑里倾倒一桶，搞得院子里的空气让人窒息，那些大粪里的水分被太阳蒸发后发出的气味，辣得人眼睛睁不开。每到这个时节，村里谁也不到马开家来串门。

马开不再关心宇宙里的那些事情，他爬起来，挪到爸爸和马顿那边去，坐到爸爸身下那条麻袋边上，装作听他讲故事。马开已经过了听故事的年龄，爸爸给马顿讲的那些故事，他早就学会了，从小学二年级起就翻讲给班上的同学听，这时候他又跑到爸爸跟前来听，很让后者得意于自己的常讲常新的本事，从而放松了警惕。

马开尽量让自己的头和肩膀保持不动，在爸爸的视野之外，借着墨汁般的黑夜的掩护，他的手像只大蜘蛛一样爬动，慢慢地钻进了爸爸盖在肚子上的衣服兜里，摸到一卷钱，凭手感判断，外面的一张大的是十元票，马开没敢要，他用手指把这张大票子剥开，把里面包的小票捻出两张来，轻轻地团进手掌心。大蜘蛛无声无息地爬回来，把钱压在屁股底下，马开观察一下爸爸，知道他浑然不觉，又让大蜘蛛爬进他衣兜去，用那张大票把剩下那卷小票包住。这一切做得神不知鬼不觉，当马开把屁股下那两张大概是一元票或者两元票的钱成功地转移到自己裤兜里，他大大地松了一口气，在黑暗里静静地笑了。

3

奶奶坐在前排人家屋后的房檐下，面对着自家大门口，不时挥舞手绢驱赶围绕着她的两只小苍蝇，看似有一句没一句地和邻居那个从来不洗脸的婆婆子闲扯，心里记着马开他们这一上午总共送了几车粪，马开虚报了一车，奶奶把她在竹椅扶手上掐出的指甲印印给长孙看："你嘴犟哩，你弟兄俩拉一车粪我掐一个指甲印，你自己数数这是几道？"马开心里气得要死，却笑得坐在地上起也起不来。邻居奶奶帮着奶奶教训他："你学生娃娃欺负我们老婆婆子没上过学，不识数，你不知道我们吃的盐比你吃得饭还多几碗。"马开索性把平车搁下，招呼马顿去喝碗水歇一歇，奶奶就对着邻居奶奶说他的爸和妈多能受苦，多么辛苦，提醒弟兄俩别老想着偷懒，"总是老大不带好头儿！"她愤愤地说。

马开领着马顿钻进灶房，从暖水瓶里倒出一碗白水，小声命令弟弟："你在这里等着，我回屋去找找咱妈的红糖藏在哪里了，咱一人喝碗红糖水。"马顿的眼睛变得亮亮的，很敬仰地望着哥哥说："行！"马开从灶房门里溜出来，先探头张望了一眼栅栏门外的奶奶，断定她正望着别处，闪身钻进了正屋。

进到父母住的西屋里，马开的心跳得"咚咚"响，这里是禁地。平素马顿和妹妹马丽跟着奶奶在东屋炕上睡，马开一个人在堂屋里支的木板上睡，妈妈严禁他们跑到自己屋子里去瞎害。但是马开已经无数次地潜入这里了，他轻车熟路地打开妈妈的红漆大衣柜，一眼就看见了那包拿两层马粪纸包着的红糖，受了潮的糖把黄绿色的纸浸得斑斑点点，但他只轻轻地看了它一眼，就把头埋进衣柜底部的几个包袱里面去，细长的胳膊从包袱之间的缝隙里一直伸到最底下，他摸到了一个坚硬的木头盒子，费劲地拉出来，是一个描龙画凤的红漆梳妆盒，盒盖上的把手和荷叶扣锁都是黄铜的，据奶奶讲，这个梳妆盒是她老人家当年的陪嫁，马开的妈妈嫁过来后奶奶就送给了她装首饰。马开心情激动地打开梳妆盒，同时闻到了一股好闻的木头香气，这香气和妈妈衣柜里樟脑的味道不一样，闻了头不疼，还有点眩晕。盒盖里面嵌着一面锃亮的水银镜子，照出了马开圆脸上所有的雀斑和一两颗粉刺，马开呆了一下，觉得镜子里那张脸如此陌生。他不敢耽搁时间，拿开粉红色的隔层板，看到了盒子里所有的东西，没有戒指，没有耳环，也没有项链，只有一把他们兄妹三个小时候在褓褓里戴过的长命锁，那把如意形状的银锁，底下吊着几串银片片，每个银片片上都刻着一个姓，叫作"百家长命锁"，还有两串手串，布条已经被奶水和口水渍成黑色，上面缀着银质的簸箕、弥勒、鼓槌，还有猪的耳腔骨。马开考虑着是不是拽下几片百家姓银叶子来，那样的话准够打个戒指的，正在那里眨巴眼睛，突然想起什么，扭头望望炕头上的碗橱，碗橱上有几排小抽屉，抽屉外面都挂着黄铜的叶片当把手，马开一纵身跳上炕头，拉开最上面角上的那个抽屉，把里面的铜螺丝拧开，拽下了那片铜叶子。刚跳下地，听见奶奶在大门外喊叫自己，以为妈妈中途赶回来拿东西，赶紧把梳妆盒的隔板放进去，把盖子扣好，又塞进包袱最底下去，关上了衣柜门。半个身子出去了，又收回脚来拉开柜门，抠了一块红糖握在掌心里。

他从正屋冲出来时，院子里阳光灿烂，梧桐树的浓荫笼罩着南墙根和他的平车，让那一片地方看起来像是被水浸湿了。

无边无际的蝉鸣催人长睡不醒，正午的村子里连个狗的影子都看不到，马开趁着全家人都在午睡，轻手轻脚地溜出了家门。他用肩膀把栅栏门上的木杆扛起来，挪开道缝，挤了出去，再把门搭上。一转身，他就进入了一个无人的世界，满世界只有墙根下土坑里睡觉的花母鸡，呆立不动的槐树、杨树和柳树，蝉鸣和热浪像沸腾的热水从头浇下来。马开贴着前排屋子的墙根走，脚下的苔藓几次差点把他滑倒。拐上村中的大路，左右的巷子里都空空荡荡的，这让他心里无比狂喜。离远就看到井亭下，那个打戒指的手艺人靠着大青石，正端着一把大茶缸在吃饭，马开走过去，看到他吃的是开水泡馍。那人听到脚步声，看他一眼，继续埋头吃饭。马开等他放下茶缸，朝他伸出手去，摊开手掌，让他看到掌心里的铜叶子。那人没有去拿，抬起眼白多黄睛少的眼睛看看他。马开没底气地问："打个戒指多少钱？"那人抹抹嘴，自顾摇着头说："铜的不能打，火的温度到不了那么高，化不开的。"马开另一只手插在裤兜里，掌心攥着那三块钱，一霎时汗流遍体，感到了无比的凉爽。

4

午后竟然刮起了沉闷而有威力的雷声，像有个人把几块石头装在铁皮桶里放在你耳边摇，马开躺在木板床上幸福地想，要下大雨了，没法往地里送粪，可以睡他一后晌了。随即他就听见雷声里爸爸和妈妈比平时声调要高些、紧张、略显慌乱的说话声，马开想那大概是院子里有点晒好的粮食要装袋子或者用塑料布遮起来，一点点活儿，父母不会叫他起来的。但是他又听见平车的辕杆掉在地上的"吧嗒"声，——他们收拾平车干什么呢？终于听见妈妈严厉而急促的声音："快把马开叫起来，叫他起来！"马开的心又开始"咚咚"地响，好像跟那一声紧似一声的雷声比赛，他觉得大难临头：爸爸一定是发现丢了三块钱，而妈妈也看出来衣柜被人翻过了。他一时不知道该如何为自己开解，绝望到不能动弹。

门上的竹帘子响，奶奶已经站到了他的床头，她急促地责怪着："你就听不见？你老子和你母子说话你就听不见？眼看着就要落雨了，人家要抢着去地里撒肥料，你就不能去帮个忙？一会儿你妈躁了要打你，我可护不了你。——再不起来，看你母子进来揪你哩！"马开明白了是这么一回事，恢复了他懒洋洋的神态，他拧着眉头冲奶奶发泄着自己的不满，的确，他刚刚睡下没一会儿，跑了一晌午，还没尝到睡午觉的香味呢。但是奶奶已经甩着小脚跑出去了，院子里传来妈妈责备老人越帮越忙的呵斥声："你能不能坐着去？说了你干不了，这要再把你撞到了，怨谁？马开呢，怎么还不出来？！"

马开摇摇晃晃地出现在院子里，一副睡迷糊了的样子，但是他的皮肤已经觉察到闷热的空气中不断袭来的一丝丝凉气，风是雨头儿，院子上空的树冠已经被很大的力量扯动着摇摆起来。妈妈把住辕杆，命令他和爸爸一起抬一袋"尿素"，他没忘了提醒父母："马顿呢？叫他也起来么！"妈妈马上就恼了："你十四了他也十四了？！"马开很嫉妒马顿年龄小，这种天气可以想睡到什么时候是什么时候，而自己却要淋着雨去地里施肥，他的心被妒火烧灼着，情绪坏到了极点。

情况确实是紧急了，爸爸一句废话没有，平时他都要笑呵呵地让马开把辕拉车"锻炼锻炼"，这时拉起车来就往外冲，不惜把人撞倒的架势，妈妈和爸爸保持着一致到惊人的速度和节奏，他们脸上是一般无二的如临大敌的面无表情。妈妈在左边推车，马开在右边推车，他渐渐被这种紧张到神圣的气氛感染，感受到一种快乐了，本来他以为家家都像要打仗一样去地里抢着施肥，拐上大街一看，所有的人都往家里小跑着躲雨，只有他们一家三口穿着雨衣，全副武装地向着大雨和野地里冲锋。有个人迎面匆匆走过，笑嘻嘻地问了句："老马，还往地里跑啊，要下大啦。"爸爸没有展露平素遭到庄稼汉嘲笑时的羞涩笑容，而是很郑重地回答："雨前给玉米苗子撒'尿素'效果好。"

风并不大，但是因为夹着点雨星显得很有力，鼓胀起马开身上披的塑料雨衣，他心中的懊恼也被风吹了个干净，只觉得这样紧张的气氛有些像做梦。路过十字路口的井亭，他看到那个手艺人已经不在哪里了，他到谁家躲雨去了呢？

绿色的庄稼地浩瀚地摇曳着，像是海上的巨浪，因为有它们的庇护，风柔和多了，马开甚至感到有些如沐春风的惬意。一家三口顶着风赶到了地头，爸爸把尿素袋子拽到车边，抽掉密封线，妈妈把脸盆接到下面，让那些钻石般晶莹的颗粒流淌到盆里。尿素不像碳铵，没有浓烈的味道辣眼睛，也不怎么刺激皮肤。装满三盆，爸爸拉过塑料布盖住袋子，压上两块石头防止被风吹开。马开学着父母的样子端起一盆肥料，卡在腰间，钻进了玉米地，此时的玉米苗才到他的腰间，很粗壮，叶子像海带，但是有些嫩绿发黄，马开知道施肥后叶子就会变得墨绿，庄稼是需要呵护的。庄稼也是很神奇的，雨后夜深人静的时候，走在田间路上，能听到它们吱吱拔节的声音，就像老鼠在耳边喧闹。风拂过玉米地，送来远处河谷里的鱼腥气息，马开的思想信马由缰，想象着外星人是不是也会种地，他们主要种什么庄稼呢？妈妈手脚最快，她已经遥遥领先，顾不上回头地说："你俩快点，总共一人两盆就完了，非要等着遭雨？"正好顶风，风把妈妈的话清晰地送到马开的耳朵里，他顿时焕发了精神，一点乏力的感觉也没有了，抓一把肥料，很准确地投到每株玉米根部五到八厘米的土地上，这个距离既不浪费肥料，也会让庄稼充分吸收。那个大雨欲来风满河谷的下午，马开展示了他做庄稼的天分，竟然让他赶上了妈妈的进度。第二盆撒完，他还去接了爸爸一段，因为他的超常发挥和出色表现，一家三口竟然在大雨到来的前几秒钟，胜利地逃回到了自家的屋檐下。

马开脱掉雨衣，浑身的衣服已经被汗水浸透了，他偷偷地欣赏了一下父母脸上快乐的笑容，心里感到很激动，而且竟然有那么一点鼻酸。

5

　　雨还没来得及停,太阳就迫不及待地出来了,娃娃们没见过太阳雨,欢喜地冲到雨地里去,喊也喊不住。从院子里能看到,西天上霞光万道,一条彩虹横跨在村子东面的上空,奶奶说:"东虹轰隆西虹雨,不会再下了。"爸爸号召两个儿子:"看你们谁能捡到蘑菇和马疙包(马蹄菌),你妈晚饭给你们炒了吃。"这是他们家雨后的传统活动,马顿从来不吃蘑菇,但他是最积极响应的,率领着马丽先跑去了茅房门口的大椿树下捡马疙包,马丽最害怕椿树上被雨水打下来的椿蛾,那种黑色斑点的红色飞虫总是突然落到她头上,把小丫头吓哭。

　　因为赶在雨前给玉米地施完了尿素,爸爸和妈妈心情非常好,他们坐在屋檐下的台阶上,快乐地交谈着科学种田的经验,作为功臣,马开站在那里偶尔插那么一句,也没有遭到呵斥。他甚至还试试探探地说:"十字路口来了个打戒指的,我看到福喜妈把两个耳环化了打成了戒指;妈,你有银子吗,也给你打一个,那个人刻的花可好了。"妈妈先是剜了他一眼,继续着和爸爸的快乐话题。马开刚想到灶房里去,把同样的事情说给奶奶听,奶奶腕上的好银镯子是全村人都知道的。但是妈妈却喊住了他,说她记得马丽小时候戴过的一对小银镯子断了一只,她要回去找一下看是不是能找到。马开心里暗笑,那个梳妆盒他上午早看过了,根本没有什么小银镯子。爸爸看到他脸上的笑容很诡异,问他笑什么,马开说没什么就是想笑。一回头，妈妈手里握着一只断成两截子的小银镯子出来了，嘴角还挂着点神秘的笑容。马开有些发呆，他没想到除了那个梳妆盒妈妈还有宝藏他没找到，妈妈说："反正家里也没小娃娃戴了，断了就不接它了，打两个手环吧，福喜妈那么老了还戴哩，咱也戴一个。"马开马上说："打两个给我一个。"妈妈呵斥道："你什么也想要，娃娃家妆幌个什么哩！"可能是念及他撒肥料的功劳，她招呼马开："走，和妈一起去打手环。"马开大声说："我先去看看那个人还在不在，要在我回来喊你。"

马开奔出家门去，旋即又奔进来，大声喊："妈，在哩，那人又出来了！"妈妈嗔道："慌张什么哩，又不是去抢，看把你滑倒摔死！"

雨后的黄昏闲人最多，十字路口早围着一群人，整个打戒指的过程里，马开都觉得是自己在表演给围观的那些人看，他突然觉得戒指上刻个老虎和龙都很俗，提出自家的两枚戒指一枚上刻兰花，一枚上刻梅花，但妈妈还是坚持自己要戴的那枚上刻了一只凤。妈妈把打好的两枚戒指包在手绢里往回走，马开跟在旁边歪缠："妈，你就让我戴一个吧，以后你让干什么活儿我都干，挑大粪也行，真的！"妈妈快步走着，扭头看他一眼说："让你戴一个容易，天黑前你到前村地里给猪割一筐草。"马开响亮地说："行！"妈妈就用满是老茧的手指打开手绢包，拣出那枚刻着梅花的，递给马开。

梅花戒指套上手指的一刹那，马开的胸腔膨胀到他无法呼吸，他发出一声类似狗被踩住尾巴的声音，飞快地从妈妈身边跑开，在水泊间跳跃着，奔回自家院子，从厦屋里的砖缝里拔出镰刀来，背起挎篓去割草。

马开肩上背着挎篓，戴戒指的那只手扶着挎篓把儿，手搁在肩头那里，这个位置正好让所有碰见他的人看见他手指上多出的那个亮闪闪的东西。柳枝上积攒的雨滴落入他的脖颈，他缩了缩脖子，脚下拣那干燥的地方，继续往巷子口走。一两只不知时光的蝉又开始了悠长的鸣叫，马开拐上村街，往南走，去村前前村的庄稼地里，他知道雨后只有豆子地里不会泥泞，豆子的根系会织成一张网，把泥土都编成结实的一大片，再大的雨也不会让豆子地变泥泞。路过前排巷子口，碰上了十五岁的铁蛋，铁蛋不怀好意地逗他："好家伙，你不是你爸妈亲生的吧，刚下完雨就让你去割草？"马开转过身去，让他能看见自己那只手，果然那个壮硕的家伙就大惊小怪起来："还戴着戒指呢，我看看，是银的还是铝的？"马开心情愉快地说："铝的，你别看，我要赶紧割草去哩。"他扔下铁蛋，迈着悠闲的步子往前走去。

　　很快他就找到了一块豆子地，而且显然是个懒汉家的地，杂草长得比可怜的豆子还要高。马开骂了懒汉一句，把挎篓放在地头，蹲下来，拨拉开豆子长着毛边的薄薄的叶子，揪住一把草，把镰刀伸了过去。蛐蜓和蟋蟀四处奔逃。雨水让草叶变得滑溜溜的，需要用劲才能抓住，好在马开是个割草的老把式了，虽然手指上的戒指让他觉得有些碍事，也不妨碍他的镰刀绕开豆苗把草都割干净。豆子叶上的水珠滚来滚去，被撞落下来，打湿了他的鞋和裤脚，一会儿，脚在鞋里就发出"咕吱咕吱"的怪声音。马开像割麦子一样，把割好的草一堆一堆放在身后，最后再用挎篓把它们都收起来。

　　他蹲在那里割草的时候，想着明天就是星期一了，早晨到了学校，同学看到他手上戴的梅花戒指会是什么样的表情，心里美滋滋的。这时候身后有人说话："是谁家的娃这么懂事，天要黑了还来割草？"马开停下手里的镰刀，扭过脖子去望，看到矮胖的福喜妈提着个小篮子正走进豆子地。他对她笑笑，那肥婆娘说："是马开呀。我给我那几只鸡揪点草叶子,要不它们不肯上架,满院子跑。"她吃力地弯下腰来,马开看到她手上没有戴昨天打的那个戒指,他感到有点奇怪。

福喜妈在马开后面揪了一小篮草,浅浅的,就匆匆走了。马开想,她跟在我后面,就是怕露水打湿她的鞋。天黑前,马开把草在挎篓里捆好,蹲下来背到肩膀上,用镰刀把儿撑住,"咕吱咕吱"地回了家。

灶屋里亮着灯,奶奶在那里生火,妈妈和爸爸对面坐在灶屋门口投射的长方形黄光里洗蘑菇,马顿带着马丽出去玩还没回来。马开沉稳地走到厦屋那里去,拉着灯,把挎篓里的草倒出来摊到地上晾着。做完这一切,他又像个男人一样无声地从父母跟前走过,进了灶房,从水瓮里舀了半盆凉水洗脸,妈妈提醒了一句:"洗手的时候把手环脱下来,别把银子腌臜了。"马开"哦"了一声,然后他就看到自己举起的两只手掌都光秃秃的,哪根手指上也没有戒指,他生生地把又一个"哦"咽到肚子里去,觉得自己的心不知掉到哪里去了,胸口空荡荡、凉飕飕的。

6

马开断定戒指是在自己割草的时候掉豆子地里了,晚饭胡乱喝了几口米汤,悄悄揣着手电筒出了门。他不是个胆子大的人,平素去邻居家喊爱串门的妈妈回家,必定要叫上马顿做伴,这次,他硬着头皮一个人跑到了村前的庄稼地里,打着手电筒,蹲在自己割草的那块豆子地里,扒拉着豆子叶子,寻找他失落的梅花戒指。豆子地有一大块地方泛白，那是因为马开割草的时候把叶子翻乱了，发白的叶底翻了过来。此刻，虫声已经很高潮，密密地冲击着耳膜，如鼓如雷，马开却听到了喧闹后面巨大的寂静，他怀着无望的心绪埋头寻找，手电筒昏黄的光芒仿佛宇宙中的星云，那时候，马开拥有天地万物，可他似乎没有未来，除非他能找到他那枚戒指。

在蚊子一轮又一轮穷凶极恶的攻击下，马开终于决定放弃了，他已经把割草的那片豆子地翻腾了好几遍，确信自己的戒指已经不在这里了。手上有好几处被蚊子叮了的地方奇痒难忍，马开搔着痒痒，心头升起一片疑云，他想起那会儿跟在自己身后揪草叶的福喜妈，那肥婆娘为什么篮子里还没满就匆匆离去呢？显然她是捡到了自己的那枚梅花戒指。想到自己心爱的戒指戴到了肥婆娘粗短的手指上，马开懊悔地抽了自己一个耳光，他冲动地想去那肥婆娘家里问问她，叫她交出自己的戒指。想想又怕她不承认，闹起来让妈妈知道自己把戒指丢了反而要挨骂。马开就那样满腹心事垂头丧气地走回来，家里人都在院子里纳凉，邻居奶奶照例来串门，正坐在哪里唱歌似地聊天，看到马开回来就说："来，娃，奶奶看看你打的新手环。"马开心里就是一沉，他没好气地说："你想看就看啊，你自己又不是没有！"妈妈和邻居奶奶一起骂他死娃娃、妆幌鬼。

马开走到厦屋底下去，拉着灯，装作翻晾猪草，用镰刀仔细地把割回来的草检查了一遍，还是没看到梅花戒指。他站起来，蔫蔫地垂着头，绕过那些聊天的人们，钻回屋子里面去睡觉。他听见奶奶说："娃今天干活儿不少，黑了还割回筐草来，累了就让他歇着去。"马开伸出手掌，在黑暗中捧住了自己的脸，像个女娃娃一样无声地哭了起来，肩膀耸动，不能自已。

载《芒种》2011年第2期

师傅越来越温柔

1

师傅下岗后，来利民招待所找徒弟吕利民。师傅坐在吕利民的办公室里喝着徒弟的龙井茶，他对歪靠在对面沙发上的吕利民说，这茶没劲，不如咱们车间休息室里的大叶茶。吕利民懒洋洋地哼哼了两声，看了看师傅刚刚放下的红泥茶碗。在车间的休息室里，师傅喝大叶茶用的是一个大号的洋瓷缸子，缸子盖儿用一根脏黑的麻绳系在把儿上，揭开缸子盖可以看见里面足有半寸厚的茶垢，深红色的茶垢层叠剥落像风化的层积岩。端着这个沉重的茶缸子的师傅是个像岩石一样坚硬的人，在吕利民的记忆里，师傅无论工作时还是休息时，都是一个严厉的人，用当时刚分配到车间的一个文科大学生的话来形容：师傅面沉似水不怒而威。那时吕利民在工厂和车间都是天不怕地不怕的人，号称天字第一号光棍儿，但师傅还是敢收拾他，不但敢收拾他，还支持领导把吕利民开除留厂察看一年。那是上个世纪90年代初的事情了，当时吕利民在车间睡了两个月大觉，自己卷上铺盖卷回家了。回来的第一年师傅经常来找他，给他做思想工作，劝他上进。当时吕利民说，他死猪不怕开水烫，叫师傅不要瞎子点灯白费蜡了。师傅暴跳如雷，美美把吕利民骂了一顿，对他这辈子没出息做出肯定后，就再也不来了。吕利民在师傅走后的第三天开始觉得憋气，他觉得应该给师傅点颜色看看。于是他就借钱开了个理发店，他当然不会理发，就雇了个老师傅，后来把老师傅换成了一个大姑娘，再后来又来了好几个大姑娘，当然服务项目也不是理发那么单一了。三年后吕利民把理发店转让出去，承包了一个招待所的澡堂子；又三年后吕利民买下了这个招待所；又三年后，他成了本市明星企业家之一，正准备对招待所扩建改造。吕利民觉得自己的成绩比打了师傅一巴掌还厉害，如果有一天碰了面，肯定要让师傅下不了台，——他实在想不到师傅十年后还会来找他，一时半会儿不知道该怎样对付了。

　　师傅坐在吕利民对面的沙发上，动作有点不太自然地喝着龙井茶，他只说这茶不够劲，没夸赞一句吕利民的成就。吕利民猜到了师傅的来意，他也知道师傅说不出口，就故意不问，心里说，死要面子活受罪，让你也知道知道没有活路的滋味。师傅是吃过午饭后来的，坐了整整一下午，其间吕利民就那样靠在沙发上打了个盹，他跟师傅没话，他们的共同语言就是过去车间的事情，但谁也不想再提起在车间的那些事。因此一下午两个人基本没话，师傅不停地喝茶，一会儿起来上一次厕所。师傅刚进来时吕利民还有点手足无措，他发现自己事隔十年还是有点怕师傅，一看到师傅冷峻的脸色吕利民就觉得有块冷冰冰的铁板压在了他的心上。就在吕利民不知道该用什么态度对待师傅时，刚在沙发上坐下来的师傅却对他客气地笑了笑，这笑容让吕利民很不舒服，心说你还是板着脸吧，没见你笑过想不到你一笑这么难看。师傅一笑吕利民就知道了他有求于自己，至少是认识到目前不如徒弟了，于是吕利民的心理就占了上风，他仰躺进沙发里，展示出跟十年前毫无二致的懒洋洋的样子。师傅没有像十年前一样对着他皱眉头，他只顾喝茶，偶尔对吕利民表情艰难地笑笑。吕利民躺在沙发里，不愿看师傅的脸，他受不了那别扭的笑容，十年前他曾跟师兄弟们打赌谁能把师傅逗笑了大伙儿把饭盒里的肉都挑给他吃，但师傅始终没有笑过。现在师傅主动地笑，反而让吕利民很受刺激。半睡半醒之中，吕利民看见师傅在偷偷地打量他的神色，师傅悄悄流露出来的怯懦和老态让吕利民有点可怜他。师傅相貌堂堂，不怒而威，十年前是吕利民及其他徒弟们心目中的偶像，如今师傅依然是十年前那个三七分的小背头，依然相貌堂堂，但师傅显然随着年华的流逝失去了很多东西，脸上布满密密麻麻岁月的刻痕。十年后的再见面，吕利民发现自己不再那么敬畏师傅，他把师傅冷落在沙发上一个人喝茶，并带着报复心理等待着对方放弃最后一点尊严。吕利民就是要让师傅威风扫地，让他也涎着脸求一求自己。他懒洋洋地靠在沙发里打盹，等着看师傅如何拿出像他茶缸里的茶垢一样厚的脸皮说出求自己给一条活路的话来。

天快黑的时候，师傅终于坐不住了，吕利民听见他被茶水漱了一下午的肚腹开始咕咕地叫唤。为了掩饰这声音，师傅调整了一下坐姿，干咳一声说，我半年前下岗了……

吕利民注意地看着师傅，他发现师傅的面皮和眼睛都在瞬间充了血，显示出非常难为情的样子。吕利民享受地欣赏着师傅的尴尬,十年前的怨恨像一个口袋被扯开了个口子,积怨沉沉地压在心头,他在心里重重地哼了一声。

师傅接着说,一点基本生活费,不够养活我们老两口;乡下的儿子日子也不好过,我不忍心拖累他。师傅抬起眼皮问吕利民:你这里是不是……

吕利民从沙发上坐起来,端起面前的凉茶,喝了一口。师傅赶紧端着茶壶站起来说,凉了吧,换一换。师傅把吕利民手里的茶碗拿过去,把里面的残茶倒掉,重新倒上一杯热茶,放在吕利民面前。吕利民低下头,鼻子里重重地出了一口气,他对师傅的殷勤有点反感,他觉得还是十年前那个师傅比较顺眼,最起码不会让人不舒服。吕利民不说话,因为他觉得面前这个人很陌生,根本就不是十年前赶他出厂的那个师傅,——既然不是十年前的那个人了,这一肚子的陈年怨气也就不应该冲他撒了,吕利民心想,如果你还是十年前的那个师傅,我冲你撒上一顿气,还要报答你的激将之恩呢,可现在你变成个对我无所谓的人了。于是吕利民心情平淡地说,你想在我这里找点事做吧?

有没有?看看门房、烧烧锅炉,都行。师傅身体往前倾,眼里放出点光彩来,脸皮和眼白更红了。

吕利民看着别处,撇撇嘴角说,这些活儿都有人了,不过你找上我了,没活也得给你安排个活儿,——嗯,目前就是澡堂里还能安排个服务员,要是愿意,你就去那里吧,每天打打水扫扫地,主要的工作就是给池子里放水,每天把休息室的床单和浴巾洗一次,——不过不用用手洗,咱们有洗衣机。你看怎么样?

行,行,没问题,这是好差事嘛。师傅笑得很可爱,又站起来给吕利民添茶水。吕利民看着那股冲淡了的茶水把红泥茶碗注满,往后一靠,咧了咧八字胡的嘴角说,工资嘛,先给你每个月200元,以后每过一个季度加50元，这是所里的规定。

行，行，怎么不行，有收入就比在家里坐着强。师傅笑成了一朵花，脸上的纹路变化让吕利民的脸部肌肉抽搐了一下。

那你明天就来上班吧，每天上午8时到下午8时，中午所里管一顿饭。

行行，还管一顿饭，好好。那我就先回去呀，天快黑了，耽误了你一下午的时间。

没事，你是我师傅嘛，多年没来了，一个下午算什么。要不吃了晚饭再走吧，所里的饭很方便，我陪师傅喝几盅？吕利民恢复了他商人惯有的那种客套和假热情，但师傅显然对他的这种热情非常感激，说不了不了我得走啦，家里老伴做好饭等着呢。一边逃跑似的慌慌张张往门外走。吕利民暗笑一声，他把师傅送出来，师傅推住他叫留步。吕利民站在檐廊上看着师傅在初春傍晚砖蓝色的夜幕中走下铁楼梯，又转到楼梯后面推出他的二八自行车，推着向门口走去。吕利民回想着刚才师傅下楼梯前推住他时脸憋得通红是要说什么话，琢磨了半天，明白了是要对他说些感激的话，但碍于当师傅的面子，死活没说出来。吕利民哼了一声：真是死要面子活受罪，都到这份上了，还忘不了他是师傅。

2

吕利民爱打通宵麻将，只要不是病得爬不起来，每夜都不落空。天亮收手，喝杯洋参酒啃个猪蹄儿接下来就睡一个大白天。家里不能睡，办公室也不能睡，有人来找就把觉给搅了，所以吕利民总是去澡堂里的休息室睡,竖着"自觉交票"牌子的桌子后面那张床就成了他的专铺。师傅来当服务员后,吕利民由于过去的情绪残留,心里还隐隐约约有点怵这老头,生怕他说出句什么不好听的来,在顾客尤其是常客们面前不好下台。因此头几天吕利民保持了一点警醒,前半天半睡半醒,留心师傅的反应,后半天实在是困了,也就踏踏实实地睡了。但师傅好像没看见吕利民在这里,吕利民睡觉中间心血来潮睁一会儿眼睛和常客们瞎侃,师傅似乎也不怎么朝他看。这让吕利民有点拿不准,不知道这老头究竟是个什么心思,难道他真把自己和那些打扫卫生的服务员同样看待?他一点也不记得和吕利民的关系了?吕利民觉得自甘人下不是师傅的脾气,猜想他或许另有心思——师傅从前也不常说徒弟们的不是,他总是把每个人的小毛病一点一滴记在心里,等到忍无可忍了就会来个大爆发总算账——要真是这样的话吕利民的面子上可真下不去。不行,他还真以为他还是谁的师傅呢吧!吕利民有点忍不下去了,他故意找机会和师傅的目光相撞,想探探师傅的底。但每逢这个时候,师傅总是看上去很无心地把视线躲开了,甚而,吕利民还从老头的目光中捕捉到了一丝胆怯。这下吕利民的胆儿壮了,腰板儿直了,眉头也皱起来了。他开口喊师傅时就加了个姓:"任师傅!"顾客多的时候也喊:"老任!"

澡堂里有五六位常客,都是这条街东头一个国营大厂的退休工人,每周一、三、五下午两点半以后准到。其中有两位比较引人注目的,一白一黑,都很有特点:白的那位是白头发红皮肤,黑的这位是黑头发灰皮肤。两位都已年近七旬,共同的特点是嗓门大、爱吵吵;不同点是白头发喜欢洗澡水越烫越好,并且好当众表演"白开水烫猪毛",黑头发却只是忠实地坐在池子边上看热闹。白头发每次一进澡堂总是先把手插进池水里,然后大喊:水凉水凉,太凉太凉。没来得及进门的黑头发就一脚里一脚外地冲服务员喊：吹气吹气！——当然是吹蒸气——然而池子里的水温还让有些怕烫的人下不去呢。

　　这个时候顾客一般还不多，白头发就让把池水吹得烫到有些人连手指尖也下不去了。当大家都望水兴叹时，白头发就会一连串地大喝道：闪开闪开，下吧下吧。然后他"扑通"一声跳下去，拿个脸盆把池水凉热搅匀，只见猛吸一口气就溜进了滚烫的水里。不消一刻，浑身的皮肤就变得通红，如同剥了皮的猴子。池子边上坐的人于是大声赞叹起来。等到喝彩声一起，白头发就呼地从池子里蹿了出来，然后满不在乎地爬上池沿，靠在墙上看着别人试试探探地现丑。澡堂里就这么一个大池子，白头发每次完成"沸水表演"，半个小时内没有人再能下去。那些等着泡澡的人要么去蒸气浴，要么在淋浴底下冲冲，大多数都跑到休息室来等水降温，一片声地抱怨白头发的壮举给大家造成的不方便。这个时候白头发正由黑头发陪着坐在池子沿上用石头蹭脚后跟呢。都是老工友了，大家也不好当面指责白头发，况且不等白头发开口，黑头发就会尖着嗓子冲着你的鼻子嚷：说什么呀，有本事你也下去试试，人家有两下子，犯不着你心里不平衡呀！这种事情，吕利民听见了也装睡，只要你买了澡票，在池子里游泳也随你的高兴。

　　师傅刚来的那几天，虽然板着个脸，但对谁都客客气气的，对白头发和黑头发更是迁就。白头发得知了师傅和吕老板的关系，就趁吕利民不在时问师傅一个月能领多少钱，师傅照实说了，同时脸上微微红了一红。白头发却不顾师傅的感受，大大咧咧地嚷：我说任师傅，这点钱还不如去街上捡破烂，捡破烂每天都有个十块二十块的进项呢！这吕老板也真是，拿他师傅当廉价劳动力。黑头发也说，任师傅，现在一个保姆月工资还挣二百五呢，你要跟你徒弟好好讲讲价钱。师傅讪讪地笑着说，没事没事，不少了，反正闲着也是闲着，有点算点呀，全当帮忙吧。跟这群老头比，师傅并不能说老，他还60岁不到，况且相貌堂堂，穿着也体面，不知道的还以为是个没退休的大干部。但在这里，师傅和他们是服务和被服务的关系，因此这些赤条条的老胳膊老腿就把师傅这唯一穿衣服的当成垂怜的对象来看。因为他们很清楚，师傅有一点是不能和他们比的，就是那一个月几百块的退休工资的有与无。

有天，白头发又喊，太凉太凉；黑头发接着喊，吹气吹气。师傅正在休息室给那一溜暖瓶灌水，厚嘴唇动了动，没吭声。白头发就提高嗓门喊，老任，水太凉，叫吹蒸气。师傅慢条斯理地给暖瓶加完水，瞥了一眼写着两个鲜红的"浴室"的门，走出去了。十多分钟后，师傅才回来，白头发裹着条浴巾迎上去问，老任，你跑球到哪儿去了，水太凉。师傅面沉似水，进了浴室，白头发跟了进去。师傅把手掌插进池水里，马上又抽出来，尽量笑着对白头发说，这还凉啊，多烫才算不凉？白头发说，我洗着凉，你叫吹气吧。师傅冷笑着看看他说，你觉得不凉了别人就下不去了，洗你的吧哪来那么多事！师傅说完就走出了浴室。白头发像颗炮弹一样追了出来，一把拉住师傅的胳膊叫道，老任，你吹不吹气？师傅干脆地回答：不吹。

你为什么不吹？白头发措手不及，语无伦次地说，我买了澡票，叫你吹你就得吹。

大家都是买了澡票的，吹了都下不去了，你说该吹不该吹？！师傅的脸色有点变了。

老任，你这分明是冲着我来的，你说，你为什么跟我作对？白头发作势欲扑。

师傅冷笑一声：跟你作对？值得吗！我只是想让你知道澡堂子

是让大家洗的,不是让你逞能的地方……

谁逞能,谁逞能?你不要给脸不要脸,以为你是什么人呀,不就是个伺候人的吗!白头发撕破脸皮骂了起来:你以为你是老板的师傅就了不起,他妈我们来这里还是照顾老板的生意呢!

你骂谁?师傅的脸涨红了,他伸手去捉白头发,可对方身上一丝不挂,一时不知道捉哪里好。大家看动了真格的,赶紧围上来拉开两个人。白头发不依不饶,跳着脚骂,师傅指着他说,你再骂,你再骂我今天让你好看!

这时候吕利民进来了,他手里夹着一支烟,打了个哈欠,好大一会儿才弄清怎么回事,慢悠悠地说,怎么回事,我还以为走错了。白头发马上冲过来叫道,吕老板,你这里到底是不是做生意的,要不打算做了,我们以后去别家呀。吕利民看看他,又看看他那几位工友——除了白头发和黑头发,其他人都一副局外人的公平神情——,吕利民又看了一眼已经退到人圈后面拖地板的师傅,也就明白了怎么回事,他撇开仰着头瞪大眼睛等着答复的白头发,跨出两步懒洋洋地躺到他的"专铺"上,又打了个哈欠,看着别处说,干什么呀,都这么大年纪了,还跟小后生们一样闹,省省吧,出了事情我可没买保险。白头发愣了,一时不知道该说点什么好,黑头发从他身后蹿上来,指着吕利民叫道,吕老板,这么说吧,你是支持你师傅呢,还是支持顾客?吕利民笑了笑说,你这话问得严重了,我谁也不能说支持,我是对事不对人的;这样吧,刚才的事情呢,我没看见,大伙儿都看见了,让大家评评理吧。他把手一挥,眼望着半裸或全裸的那些人。大家都说,算了吧算了吧,有个谁对谁不对的,不就是洗个澡吗,水热一点凉一点还不是个洗?白头发没想到自以为同盟军的都作壁上观,回头瞪了瞪眼睛,看见大家都一脸息事宁人的笑容。——看来白头发的作为早就被人看不惯了,不过大家碍于面子不好意思直说，现在有人出头，正中下怀，谁还会替他说话呢。吕利民每天在这里睡，很了解这一点，他收敛了笑容，对白头发说，我的工作人员做得不好，我替他们向你道歉，可我这澡堂子是为大多数人服务的，我也不能让人人都满意呀。他话锋一转，面带笑容地说，你能洗热水澡，可大家不是谁都有你那么大的能耐呀，要不你做教练，叫大家慢慢练吧，多会儿都能洗开水澡了，我照样烧。白头发噎得说不出话来，腰也不自觉地弯下去了，转身分开众人，进澡堂子去了。吕利民舒服地长出一口气，边往下躺边唱歌似地拉长着嗓音说，谁要是觉得我的澡堂子不满意，外面就有大浴苑哪——！大家都迎合地发出哄笑，说那是你吕老板这样的人去的地方，我们洗个大堂子就不错了。师傅拖地走到吕利民床脚，看了他一眼：吕利民闭着眼睛，皱着黑乎乎的眉头，一脸痛苦状。

晚上客人都走光了，师傅正收拾浴巾，吕利民进来了。他走到一个茶几前，弯下腰，把手里的烟在烟灰缸里转动着蹭烟头上的灰，一边说，我知道你脾气不好，不过以后对付这帮子常客，要讲究策略，跟他们打哈哈嘛，他们一周洗三回，真不来了，对咱们还真是个小损失；今天我替你说话，实在是因为你是我师傅，要是个小后生，我也犯不着得罪他们；我的意思是你也要注意维护所里的形象，在这里你也不是师傅，他们也不是徒弟，我们用不着把他们当上帝，但我们得把他们的钱当上帝……不过话说回来了，今天你做得很对，换上别人就不敢这样对付他们，什么玩意吗，拿换澡堂子来压我，我就不信他们下次不来了，他们要真不来了我开着轿车去接他们。

师傅不说话，嘿嘿地笑着，他有点感激吕利民，但心里却也有点凉凉的。

3

　　白头发果然没那么大的脾气,吕利民没拿轿车去接他,他自己照常骑着自行车来。他给师傅递澡票的手有点僵,眼睛发红,不大看人,但进了澡堂子照样咋呼:老任老任,水太凉。黑头发也叫道,老任,吹气,今天你可得吹,要不然没办法泡。人家主动叫了名字,师傅不答应一声倒在这么多人面前显得小气了,他哦了一声,表情讪讪地进了浴室,踩上池子沿过去放水。白头发反倒比以前更热情地跟师傅搭腔,说老任你跟烧锅炉的说说叫他把气烧大一点,你看蒸气管子咕咕嘟嘟的没一点气势,要像爆炸一样才来劲呢。师傅只是笑,找不到话跟他说。黑头发开玩笑地作势要拉师傅下水,师傅做了个入水的动作,笑着下了池子。

　　师傅出来,听到正脱衣服的那几个还在议论那天的事情,有一个说,他就是那么个球人,咋咋呼呼,把水吹得别人都下不去了,他跳下去待不了十秒钟就上来,然后坐在池子上再也不下去了,别人都能下了他也不下,这叫个什么事。另一个说,报纸上说洗澡水太烫了容易得皮肤癌,不知道是不是真的。这话引起了老头们的兴趣,有个常跟白头发过不去的瘦高个老头说,我看是真的,你看白头发的皮肤红的,准是得癌了。他意犹未尽地坐起来说,人家老任做得对,他妈的他把水闹那么烫,一定是想让我们也得癌。另一个胖老头慢腾腾地说,癌不癌说谁知道,关键他每次把水吹那么烫,咱们就得在外面待上个把钟头才能把水等凉了,要多麻烦有多麻烦。

这时候进来几个小伙子，把澡票交给师傅后踢踢嗵嗵一阵的猛乱，三下五除二把衣服扔床上，光着屁股一摇一晃地进去了。老头们都不说话，有点呆愣地看着年轻人的麻利劲。刷着两个鲜红的"浴室"的弹簧门呼悠悠来回扇，老头们看着那两扇可怜的门，依然不说话，好像等着发生什么惊天动地的大事情发生。那门尚未平静下来，浴室里传来了巨大的"哗啦"声，仿佛水库开了闸。只听见年轻人肆无忌惮的大声说笑，听不见白头发和黑头发的声音。师傅凑近浴室门，从玻璃里朝里望了望，回头悄声说，放凉水呢！

　　谁？老头们伸长脖子神态各异地问。

　　刚进去的那几个小伙子，在给池子里放凉水呢，他们烫得下不去，都蹲在池子沿上。

　　那两位没吭气？老头们都鼓起了腮帮子，显然在抑制着即将爆发的大笑。

　　那两位站起来了，不过干瞪眼没说话。

　　我就知道进来几个小伙子他们就没脾气了，哼，干瞪眼没话说了吧。瘦老头剜了浴室门一眼说。

　　师傅刚退到桌子那里去提暖瓶，白头发和黑头发就出来了，两个人都不说话，气哼哼地向同一个方向歪着脖子，各自拽条浴巾裹住身体。黑头发骂道，这帮小王八蛋！

　　就是要小王八蛋对付老王八蛋！瘦老头嘀咕了一声。奇怪的是白头发和黑头发都没应声，好像耳朵被刚才的喧闹吵聋了。

　　那帮小王八蛋泡舒坦了，杀了人似地大吼：搓澡的——！

　　师傅赶紧叫醒睡着的搓澡工。

　　搓澡工刚进去，一个小王八蛋从浴室门里伸出个水淋淋的脑袋来，冲师傅说，老师傅，把我们几个的皮鞋都擦擦吧。

　　师傅一愣，下意识地环顾众人。老头们都望着他，胖老头哼哼叽叽地说，擦吧，这钱不挣白不挣。于是大家都说，擦吧擦吧，一双就是三块，一盒鞋油擦几十双，值！

师傅尴尬地涨红了脸，又观察了一下大家的脸色，觉得大家说的在理，于是把心一横斩钉截铁地说，擦，反正闲着也是闲着。大家都笑着应和，但那笑容分明跟挣不挣钱无关，师傅也看出来他们觉得擦鞋这活……不过师傅也顾不得这些了，他觉得既然说出擦来了，擦擦也没什么——他现在可不是什么大车间的师傅，而是澡堂子里的服务员。

那个小伙子奇怪地听着他们说话，迷惑不解地问，怎么，没有这项服务？

有，有……师傅用手抹了抹脸，转过身去讪笑着问，一共几双？

四双，没看见我们四个人？都擦。那张年轻的脸还是有点迷惑，亮亮的眼睛不耐烦地望着师傅，眼神有点凶。

知道啦，知道啦。师傅冲他扬扬手，大声大气地说，放心吧，出来就擦好了。——大家都能听出师傅的声音缺乏底气，像个大病初愈的人大着嗓门说话。

师傅弯下腰，找到那四双皮鞋，一手两双提到他坐的旧沙发前边，"啪啪"扔到地上。声音很响，溅起各位的几声干笑。师傅为这笑声所阻，又受笑声的鼓舞，借着刚才扔鞋那劲儿，一屁股坐到沙发上，顺手从沙发底下摸出自己的鞋油鞋刷，摆出一副干活的架势来，一本正经地擦起了鞋，——但那擦鞋的手上动作幅度却有点小，显然放不开手脚。师傅脸上凝结着紫红的笑容，——他的眉毛又粗又浓，与这一脸几近妩媚的微笑很不相称。

大家又开始说笑，谈论国际风云、社会治安、住房困难、天气好坏。师傅不插话，专心地擦着鞋，偶尔朝那些争得脸红脖子粗的赤裸者迅速地瞥上一眼，笑上一笑。

吕利民披着件黑呢大衣进来了，迎面看见干活的师傅，脚步慢了一下，但没有停，绕过去躺到了床上。

师傅没抬头，脖子渐渐红了，一直红到裸露出来的粗糙的胸膛。师傅手上动着，脑子也动着，嘴里还念念有词：擦鞋有什么可丢脸的，街上还有专门给人擦鞋的呢，我老任为了五斗米而折腰，也不是什么不光彩的事情。哼，我本来跟那些聊天的老头子属于同一个阶层的，我还是你吕老板的师傅……可是，这一擦鞋，我就跟你们都不一样了似的。话说回来，我要有那一个月几百块的退休工资，也不至于给人擦鞋。师傅嘴唇动着，但这些话只有他一个人能听见，他不放心地抬头看看，果然有两家伙正瞅着他，眼神有点怪，师傅突然轻松起来，忍不住笑了：一个月几百块肯定也紧巴巴的，他们想给人擦鞋没机会放下这架子，这里肯定有不少人羡慕我这一会儿就赚他个十几块呢。

吕利民躺在师傅身后不远的床上，一时睡不着，可能是鞋油味过浓，他有点不适应。吕利民不由地回想车间时的那个师傅，只觉得那是挺神气挺体面的一个人，具体形象却一点也找不到了。吕利民皱了皱眉头，伸手把头发拨拉乱了，还是想不起来，再想，思想却开了小差，睡了。

4

浴室里有人喊：任师傅，关蒸气阀门，水太烫了。

师傅推门进去，见池水东边漂着一颗白头，池水西边漂着一颗黑头，其他三五个人都在池子沿上坐着。一个毛发很重的年轻人拧着眉头嚷，吹吹就行了，搞得这么烫，又不是要杀猪。师傅忍不住笑了，他踩上池子沿，向阀门走去。白头发突然从水里出来，坐到了池子边上，堵住了师傅的去路，没事人儿一样闭上了眼睛。师傅看了看他，转身向西沿走去，池子沿铺着瓷砖，沾上水滑得很，师傅在上面像山羊走钢丝，战战兢兢走到一半，发现黑头发坐在西沿上正低头用石头磨脚上的死皮。师傅站住，望望盯着他的其他人，跳下地，哼了一声说，我不管了，你们自己商量着解决吧，我又不洗。

　　任师傅，你怎么能这么说？！大家都嚷起来。

　　师傅自顾走出来，重重地摔上门，坐到他的沙发上，脸色铁灰。吕利民躺在那里，睁开一只眼睛看师傅，有气无力地问，怎么啦？吹了这么长时间了还没关阀门？师傅不说话，用侧脸对着吕利民。吕利民坐起来，叉开五指梳着乱蓬蓬的头发，嘴里低声骂着：妈的……

　　那个毛发很重的小伙子推门出来，嘴里骂骂咧咧的：他妈的，吹成开水了还吹，要不是看他们老，又是一个厂的，我非把他们摁到里面烫成烤猪！

　　吕利民抬头看看他，问道，还是不让关？

　　小伙子刚要答话，白头发推门出来了，浑身上下红通通像剥了皮，缭绕着白气。吕利民盯着他皮笑肉不笑地问，泡好了吧，你下去过几次？

　　白头发有点不敢看吕利民，拉条浴巾裹住身体，粗声粗气地说，我下了两次，真他妈的舒服。

　　两次加起来没有三十秒，别人却半个小时下不去。小伙子愤愤不平。

　　白头发不吭气了，坐到床上去，拿毛巾擦着他的那颗肉乎乎的白头。他冲师傅说,老任,关阀门去吧,水太烫了。师傅正襟危坐,眼观鼻鼻观心,像老僧入定。师傅自来这里很少这样不动声色,白头发讨了个没趣,嘴里嘟囔了几下。吕利民看看师傅,皱着眉头伸脚去勾床下的鞋。

瘦高个儿老头出来了,几步跨到他的床前,把毛巾摔到茶几上,气咻咻地说,下不去,等着吧,等上一个小时就能下去了。他拽条浴巾躺下来,闭上眼睛说,今天等到天黑也要下去泡泡,泡不好不走。

吕利民笑笑,穿上鞋站起来,懒洋洋地推开门进了浴室。"咕嘟嘟"的吹气声渐渐听不见了。

白头发看见没人可以搭话,有点费力地躺下来,盖着浴巾闭上了眼睛。黑头发跟在吕利民身后气鼓鼓地走了出来,站在白头发床前拿毛巾擦着身上的水。吕利民从浴室出来,自顾自撩起门帘走出休息室去了。师傅这才有点不安地望着吕利民的背影,他问黑头发:关啦?

可不是,你老板亲自关,我敢说什么。黑头发愤愤不平。

哼哼。师傅笑了,真是三十年河东三十年河西,这要在十年前,是他这个师傅让别人不得不服呀,吕利民算个什么东西!

黑头发拍拍白头发的小腿,鼻音很重地问:你不搓背?

什么?白头发好像刚刚睡醒的样子,师傅忍不住无声地笑了:你也有无可奈何装孙子的时候。

咱们进去搓背吧,我先给你搓。黑头发说。

好吧。白头发费劲地坐起来,躺了一会儿,他竟然显出老态龙钟的样子。

他俩进去没几分钟,吕利民从外面回来了,他从门上的玻璃朝浴室里瞄瞄,好像策划什么事情。师傅有点不解地盯了徒弟一会儿，又赶紧把目光从人家身上挪开了。

吕利民坐下来抽了支烟，又起来朝浴室里偷窥，休息室里的人突然听见他冷笑了两声，吕利民已经呼地推开了浴室门，他站在那里，夹烟的那个手臂伸在门外，把上身探进去大声叫喊：嘿，出来，谁叫你们在池子里搓澡？这么大年纪的人了，不懂个公共守则？墙上的公约是给我自己看的呀！

师傅赶紧凑过去往里看，只见白头发弓腰曲背趴在池沿上，黑头发手上戴着澡巾还按在他背上，两个人站在水里讪讪地望着吕利民笑。白头发说，没有没有，我们……

没有什么！吕利民不客气地打断他，叫道：出来，池子是让大家洗的，你们弄得漂一层脏东西，还怎么让别人下，马上出来。他回头看看师傅，师傅想到看护池子应该是自己的职责，赶紧冲黑白二人挥挥手，两个人灰溜溜地从池子里爬了出来。吕利民回头对师傅说，你来这里不是仅仅搞服务的，你还要为浴室的卫生负责。师傅诺诺连声。吕利民转身躺回了床上，脸色都不变一下。师傅开始敬佩起徒弟的胆略来：嘿，真是三十年河西三十年河东，如今风水已经转向了。

黑头发和白头发在浴室憋了好一阵子才老着脸皮出来，看样子黑头发想骂几句，扭头看见吕利民闭着眼睛躺在那里，就没敢出声。师傅心情复杂，一种烦乱和担忧已经代替了刚才的窃喜和快意。他轻手轻脚地拖地，没声没息地给客人倒水，没敢再看徒弟一眼，也拿不准他是不是真睡着了。

浴室里没什么人了，大家都洗完了躺在休息室里睡觉，师傅也坐在沙发上打盹。有两个人穿上衣服出去了，师傅睁眼看了看他们的背影，又闭上了沉重的眼皮。刚刚发出一点鼾声，听头顶上有人喊：任师傅！师傅赶紧睁开眼睛，看见吕利民站在面前，黑着个脸。

什么事？师傅怯怯地问。

什么事！刚才走的那两个人有没有交澡票？吕利民声音不高，但口气硬邦邦的。

哎呀！师傅惊叫一声，脸和脖子几乎同时就红了，他不自觉地陪上一个卑恭的笑脸说，忘了，你看我这记性。他望着吕利民的脸色，希望徒弟能一笑了之。但吕利民却恶毒地盯了他一眼说，你记性不好没关系，我的损失谁来弥补？

师傅愣了，他嗫嚅地说，从我工资里扣吧。

从你工资里扣，你才有几个钱的工资，每天少收上几个澡票，我这澡堂子还开不开？你既然挣我的钱，就应该为我负责，我挣不下钱，怎么给你开工资？你肯白干吗？

师傅感到一阵气火攻心，但他发作不起来，脸上僵硬地保持着笑容。吕利民在他面前喋喋不休地抱怨，师傅一下一下地抖动着颧骨上的肌肉，承受着这意料之外的打击，他知道吕利民今天肯定要找他的茬子，可没想到徒弟竟这么不给面子。师傅在吕利民的唾沫星子下晕头转向，莫辨东西，吕利民什么时候出去的他都不知道。

师傅清醒过来，感到老脸皮臊得像鏊子上的煎饼，他顾不上自家心里的感受，摸摸整齐的背头，赶紧扭头去看躺着的各位的表情。——大家都睡得很好，谁都没被惊醒，而且一动不动，连个打鼾的也没有，包括白头发和黑头发在内，都很给师傅面子。

5

星期一，白头发和黑头发骑着自行车一前一后进了利民招待所大门。风很大,两个老头子下了车,瑟缩着走向澡堂。吕利民披着件蓝西装站在背风的檐廊下抽烟,他笑着对缩着脖子的老头们喊:澡堂正在翻修,过几天再来吧。

翻修?好好的为什么要翻修?白头发瞪着眼睛问。

什么时候能修好?黑头发站在白头发身后问。吕利民望着他想:这家伙总是一副苦大仇深的表情,真可笑。因此他开心地笑着回答,也快吧,两三天还完不了?我也不想让老顾客们着急,很快,很快。吕利民的笑容越来越和蔼可亲。

就是,我们都在这里洗惯了。俩老头恋恋不舍地推上车子走了。

星期三是个好天气,阳光灿烂,白头发和黑头发进了大门,看见师傅站在澡堂门口明亮的光线里。他们老远就冲师傅喊:老任,修完了吗?能洗了吧。师傅黑着个脸,冷冷地说,星期五再来吧。

星期五人很多,老顾客逢单逢双来的今天都凑一块儿了。白头发像个老猩猩一样抢先推开浴室门,看见那个大池子被一分为二,成了两个小池子,送水管的阀门上分别挂着两个硬纸板,一块上书:热水池;另一块上书:温水池。师傅不等他们咋呼,跟进来拧开热水池上的蒸气管,池水咕嘟作响。师傅笑着说,这下想吹多热吹多热,随你们的便吧。黑头发百年不遇地笑起来,说这个主意好,大家都方便,老任,是你的主意还是吕老板的主意?白头发却一言不发,怅然若失。师傅不置可否地笑笑,出去了。

温水池里人多得像开会,热水池里一个人也没有,白头发和黑头发都坐在池子沿上,——水太烫了,他们试了几次,下不去。温水池里有人嫌挤,看见这边池子没人下,把手伸进热水池里试了试,像被蝎子蛰了一样猛地抽出来,大骂起来:操你妈,这么烫!白头发双手抱膝,发愣。黑头发咬着牙走进水里,用一只水盆来回搅着,一股馊臭的气味翻涌出水面。等那股呛人的白气散去后,白头发慢腾腾地下了水，把身体沉入水中。不到十秒钟，他又哗地站了起来，皮肤变得通红，他习惯性地望望周围，水汽氤氲，说笑声充斥浴室，但没人看他的表演了。白头发叹口气，把毛巾浸到水里，撩起水来洗他的白头，把头皮烫得通红。他爬出池子，穿上拖鞋走到喷头下开始洗淋浴。黑头发也爬出水来，坐在池子边上喘气。

师傅走进来，慈祥地微笑着对黑头发说，这下愿意怎么吹怎么吹吧，谁能受得了，用开水烫也没人管。白头发看见师傅，走过来刚要搭话，搓澡工探头进来用山西大宁口音叫师傅：任师傅你出来一下。师傅赶紧出去了。

黑头发迷惑不解地对白头发说，老任这个家伙，怎么越来越温柔了？白头发嘿嘿地笑笑，弯下腰去把手插进池水里说，水不热了。

师傅出来，看到年轻的搓澡工正跟一个又黑又脏的小矬子说话。小矬子瞪着白多黑少的眼睛说，一件衬衣一件夹克，多少钱？搓澡的大宁小伙子像个白鹤站在一只黑母鸡面前一样弯下腰对小矬子伸出一个手指去：十块，没十块不洗。小矬子歪着污垢满布的黑脖子想了好大一会儿说，十块就十块，给我洗干净，我去拿衣服。搓澡工扭过头来对着师傅做了个聪明的鬼脸，师傅低声说，洗衣机坏了，你不知道？搓澡工操着浓重的大宁口音神秘地说，就是因为洗衣机坏了才揽他这买卖，等他拿过衣服来你用手给他揉揉，十块钱不就成了你的了？师傅看着小伙子得意的笑脸，心中升起感激和酸楚：这是些多么善良和讲义气的小伙子，可吕利民就是留不住他们，三天两头换搓澡工，他吕利民要能像眼前这个小伙子一样怜老惜贫就好了。转念又想：不会的，虽然吕利民曾经是我的徒弟，但他现在跟我是老板和雇工的关系，只有工友间才有平等和照顾，老板和工人自古就是两个阶级。

小矬子把衣服扔给搓澡工，一阵臊臭的汗味差点把师傅两个人轰倒，搓澡工骂道，什么你妈衣服，这么脏！小婊子瞪着眼睛说，不脏让你挣十块？给我洗干净。师傅看着小婊子趾高气扬地进了浴室，对搓澡工说，还是你洗吧。搓澡工笑道，你嫌脏？师傅赶紧解释，不是不是……

不是就拿上洗去吧，我还要进去给人搓澡。小伙子把那堆脏衣服递给师傅，走进了浴室。师傅知道他这是托词，里面根本就是几个从来不花钱搓澡的家伙。师傅叹口气，觉察到许多人在看他，就把那衣服冲大家扬扬说，操，揽了这个好事。大家说，任师傅快去洗吧，这钱不挣白不挣。师傅红着脸讪笑着，摇摇头出去了。过了一会儿，他端着一盆泡在泡沫里的衣服进来了，一边自言自语：妈的，还是去浴室里面洗吧，别让老板看见，里面水也方便。没人注意到他讲什么，大家正高谈阔论国际风云家长里短。

下次来的时候，大家发现服务员换了个中年的胖子，都问，老任呢？

胖子说，回老家种地去了。

种地去了？白头发、黑头发以及大家奇怪地反问。胖子憨厚地笑着说：

任师傅说还是回乡下种地好，靠天吃饭，日子过得舒坦。

怎么说走就走了，也不跟我们告个别？

昨天才走的，我来了他才走的。

那你是谁？

我是吕老板的大舅子。

原载《鸭绿江》2002年第9期

《小说选刊》2002年第11期转载

留　鸟

1

　　房子都被推倒后，村子像极了一个荒凉的坟场，一条野狗在废墟上嗅来嗅去，忽然扭回头来，把委屈的目光黯然地望向西落的太阳。除了流浪的猫狗，残垣断壁间已经没有人的影子，废墟形成的坟堆埋葬了几辈人存活过的气息。用不了几天，这些坟堆也将被铲车装上卡车运走，然后压路机会开进来，消灭掉村子最后的痕迹。

　　村子不在了，人都还活着，只是换了一种活法，"农转非"了，成了城市户口，不种地了，自谋职业了，等着开发商的安置楼盖好，就要住进去了。原本，村里还有一户人家的房子没被推倒，就是李启发老两口的，他不肯和县里的征地办公室签协议，就不能推倒他的房子，可是，别人家的房子都推倒后，村子就不再是村子，成了一个瓦砾场，住在残砖碎瓦堆里，就好像住在荒郊野外的乱坟岗。李启发老两口都快七十岁的人了，不怕这些，就一直住着，让县里征地办公室的孙主任很头疼。幸好，有人对李启发嫁在邻村的女儿说她的爸和妈住在坟堆里，出村一趟就得在砖瓦堆上爬上爬下，万一摔一跤可怎么办？人家笑话的是做儿女的啊。女儿就赶来劝老两口赶快签了协议搬到她家去住。孝心之外女儿有自己的打算，她思谋着爸妈除了她再没有其他儿女，怎么着也是她养老，有一天老两口去了，房子和地都得收归村里，她一个外村的没办法继承，不如趁县里征地的机会把房子和地都卖了，转不转城市户口不重要，重要的是可以领到四万块的赔偿安置费。女儿早打听过了，县里给五十岁以上的夫妻的赔偿政策是，给一个人头的现金，另一个人头的钱作为养老生活费存进银行，按月领取七十多块钱，还给两间半安置楼房。来之前女儿已经跟丈夫商量过了，把爸妈接到自己家养老，他们都七老八十的人了，住不惯楼房，那就让二老住在自己家里，至于那两间半楼房，儿子结婚正好用；再有就是二老百年之后，那笔钱不留给女儿留给谁？女婿一听很激动，一口气说："接来接来，你的爸妈就是我的爸妈，老两口就你一个女儿，不靠你他们喝西北风去呀。"本来女婿要借个小四轮拖拉机跟女儿一道来接爸妈，女儿知道她老子的脾气倔，开个四轮子拉着架势去搬他的家，非把老头子惹毛了不可，就没让丈夫来，自己前脚先来做通了老头子的工作再说搬家的事。

果然，老头子照样不买女儿的面子，李启发说："我还没老到走不动路，干活没有问题，你妈也能做饭，住到谁家也不如住自己家舒坦！协议我不签，搬什么家？"女儿就说："人家多好的光景都签了，你们不签还等着干什么？三间烂北房二亩多旱地，公家给四万块钱和一套楼房,还给转成城市户口,到哪里找这样的好事情呀?过了这个村可没这个店了,你们千万不敢糊涂啊!"李启发哼一声说:"我还是那句话,谁想签谁签,反正我不签,我种了一辈子地,没地了怎么活人?父母生下我就是个泥腿子,我不稀罕当城里人!"女儿在她老子跟前没办法,就对坐在一边的她妈说:"妈你看我爸想的和人一点都不一样,不知道他想干什么,你也不说说他!"她妈翻老头子一眼说:"死老家伙,越老越倔,什么都爱和人不一样,我跟上他受了一辈子苦。"女儿知道她妈一辈子做不了她爸的主,这时候更不能指望她,接着对她爸说:"爸你不为自己考虑,不为我考虑,你不为我妈想一想?都七十的人了跟着你住在这没人的乱坟堆里!"李启发说:"乱坟堆怎么了,这村子本来就是先人的坟地,原来的村子在河边呢,因为发大水六零年才搬上来的,也没见个鬼毛毛,现在我倒怕它了?!"女儿从小就怕她老子,道理讲不通了就抹眼泪,女儿抹着眼泪说:"爸,人都笑话我哩。"李启发问:"笑话什么,有什么可以笑话的?"女儿说:"人家笑话我不孝顺哩,说我不养活老人,把老人扔在这乱坟堆里不管。"李启发瞪着眼睛看女儿,不说话,当妈的心疼女儿,安慰道:"笑话,笑话,谁笑话打破他的脑瓜!"这没用的宽心话让女儿更伤心了,她干脆擤起了鼻涕,顺手把鼻涕抹到凳子腿上,红着眼睛像兔子似的看着她妈说:"我作难的不行么,知道的人是我爸不签协议,不知道的人还寻思我这亲生女儿坏了心,是个忤逆子,虐待老人哩。背个坏名声我倒不怕,小强正说媳妇子哩,这要让人家女家知道他妈是个黑了心的人,谁还能把闺女嫁到这种人家?娃的媳妇怕也没指望了呀。"小强是李启发老两口的外孙子——都说亲孙子命根子,没有亲孙子,外孙子就是命根子啊——当姥姥的心疼起来,开始旗帜鲜明地对付起李启发来:"老家伙,我听了你一辈子的话，你就不能听我一句话？真要是因为你咱外孙子说不下媳妇了，我看你老家伙的脸往哪里搁！"

女儿一提到外孙子，李启发就已经犯了犹豫——活在这世上，谁没个牵肠挂肚的人啊，外孙子就是他这当姥爷的牵挂——老婆子的临阵倒戈，更是把李启发逼到了墙角，其实他也不是没有想过签了协议住到女儿家去，将来把县里给的赔偿安置费和楼房都给外孙子留下，只是还有另一份牵挂，那就是他那二亩地，打了一辈子土疙瘩的庄稼人，突然没地种了，想想手脚都没处放，魂儿都要丢了。李启发还有一个不愿意，就是整天没事干坐下来等着吃一天三顿，他是个勤快惯了的人，身板还很好，不愿意像有的人一样上了六七十就圪蹴到墙根晒老阳儿，再说女儿是亲生的，女婿终究是外道人啊，他过不惯看人脸色的日子。可是女儿把外孙子抬出来了，人心都是肉长的，李启发还真得在心里合计合计，眼前只有两条道可选择，要么为了外孙子委屈自己，签了协议搬到女儿家过剩下的日子；要么顽固到底，让女儿觉得自己是铁石心肠，继续把地种下去。无论如何，李启发是得表个态度了，他对老婆和女儿说："你们先去做饭，我再想想。"老婆却来了劲，仿佛把这辈子没用的主意和勇气都积攒到这件事上了，她有些轻狂地叫道："不行，老家伙，你今天行也得行，不行也得行，你不搬你住着，我吃了饭就和我女相跟上走呀，留下你个老家伙替人家看守砖头瓦块。"李启发看了老婆一眼，眼神里透射着不容置疑的威严，他多少有些烦躁地说："你能不能先去做饭？！"女儿听出来老头子的口气有松动，赶紧顺坡下驴，拉起她妈："走走，妈咱去做饭，让我爸想想，他和小强才亲哩。"

想些什么呢？该想的李启发都想过了，现在他只需要做出一个选择，走，还是留。小强是他李启发的亲外孙，他的命根子，他能为了一块地让女儿恨了自己,让外孙子说不上媳妇?李启发很痛苦,他其实已经别无选择。

吃饭的时候,那母女两个谁也不跟李启发说话,显然只要他胆敢固执下去,必将面临众叛亲离成为孤家寡人的下场。李启发也不说话,他把饭都吃进了肺里,女儿给他端过碗面汤来,他也看作这是在逼宫,是秦桧给岳飞下的第十二道金牌。他想过遂了她们的心意,却放不下这张比帆布还倔的老脸皮,也着实心疼他那二亩好地,就端起面汤来慢慢喝着。喝完面汤,李启发竟然想出第三条出路来,他咳嗽一声对正洗锅刷碗的老婆和女儿说:"我想过了,搬过去也行,可这不是说我同意签那个狗屁协议,我是为了你妈和小强。家搬过去,地我还要种,同意呢我就搬,不同意咱各过各的。"老婆急了,做饭时女儿已经把对将来的安排对她全盘托出了,她认为很好,此时断然不能同意老头子的说法,她撅起嘴来,打算彻底造老头子的反,她已经悄悄对女儿说过了:"老家伙不上套,就造他的反!"

女儿赶紧给她妈使个眼色,她把她爸的说法视为面子上下不去,其实已经默认妥协了——只要肯搬家,签协议还不是迟早的事情?——她安抚好她迷惑不解的妈,欢快地答应着:"行行,爸只要你肯搬家,别的不急,不急。"手脚麻利地洗涮完,解下腰里的围裙拍拍拍打衣裤说:"就这么说定了爸,要搬咱今天就搬,我回去让小强和他爸开四轮子来,也没几件东西,一车就拉上了。"李启发不吭气,他有些生老婆的气,从今天开始,这世界上已经没有跟他站在一边的人了,李启发不由叹了口气。

2

　　李启发老两口突然搬走了，县征地办公室的孙主任在第一时间获得了消息，他又喜又疑，不知道这个倔巴老头是被哪路神仙降伏了，还是阴险地躲到哪里准备跟他打游击了。打听到李启发是被女儿接走了，孙主任就决定去他女儿那看看，探探底，最好能通过他女儿让李启发把协议痛痛快快签了，他也好给县里和开发商一个满意的交代。但是孙主任领教过李启发的脾气和认死理，他没有把握，就想找一个帮手。吃过午饭，孙主任开车来到镇上的菜市场，找到正在卖菜的村支书刘军茂，要他一起去做最后一家钉子户李启发的工作。

　　"老刘啊，后天是县里和开发商签的合同的最后期限了，李启发的房子和二亩麦地明天一定要推掉压平。"孙主任皱着眉头对刘军茂说。刘军茂回头看看正忙着招呼顾客的老婆和女儿，回过头也皱起眉头说："你看我现在正忙着，走不开啊。"孙主任朝那边望望说："你一个大支书，卖的什么菜！"刘军茂知道早晚得跑这一趟了，烦躁起来："我不管你这闲事，村子都没了，我是鸡巴的支书啊！我现在是自谋职业的城里人，光管卖菜，其他球事不管！"孙主任笑了，拔出一根中华烟来递给他，点上，抽了两口才有些语重心长地开口说话："老刘呐，不是我非要找你，不找你不行啊——老刘你想想，南无村一千多口人，都在你当支书的时候'农转非'了，一千多口人呐，扔了锹镢耙子成了城市户口，这是多么具有划时代意义的事情，这是造福子孙万代的事情啊老刘，你这是积德呢，南无村的子孙后代都会记住你的。"

刘军茂抽着烟望着孙主任的嘴，听到最后一句，手微微一抖，一截长长的烟灰掉在鞋面上，赶紧跺跺脚把它震下去。他把烟屁股摔在地上，踏上一只脚碾着，习惯性地摸摸后脑勺说："孙主任，不是因为你给我打'麻醉针'我才答应去找李启发，说实话在我手里让一千多口子把地扔了，我现在真拿不准是好事坏事，我想既然是县上的政策，我只能贯彻，我既不图千古流芳，也不怕留下骂名，为的是做一件事就把它做圆满。话说到这里了，我跟你去找李启发两口子。"过去交代了老婆几句，跟着孙主任朝停在市场口的桑塔纳轿车走去。这一排十家菜摊倒有八家是南无村出来的人，看见支书刘军茂和孙主任一起走，忙里偷闲都喊叫起来："我说军茂啊，你和县里说说么，赶紧把咱的安置房盖好，不能老租房子住啊，咱现在卖菜挣的钱不够交房租。"刘军茂只能笑笑，不知该回答什么，他自己也租别人的房子住呢，就趁势问孙主任："安置房怎么老不见动工啊，不是糊弄老百姓吧？"孙主任快步走着说："早些把李启发这颗钉子拔了，人家开发商就能全面动工，捎带就把安置房盖起来了，那算什么大工程？"刘军茂想想也是，县里不能把这一千多口人像放鸽子一样放出来，不让回窝吧，这不是逼着老百姓上访吗？他就放心地坐进孙主任的车里。

车停在李启发女儿家院门口，两个人进了大门，看见院墙下的一畦蔬菜地里一个女人正端着一个倭瓜朝这边张望，大概是听到了汽车的声音。一眼看见刘军茂，赶紧打招呼："军茂啊，你怎么有空来？"刘军茂迎上去，笑着说："找我叔叔哩，人呢？""哎呀不在，你找他有什么事？"李启发女儿有些支吾，目光绕过刘军茂打量走在他身后的人。刘军茂说："不是我找他，是县里征地办的孙主任找他哩。"李启发女儿眼睛似乎一亮，笑着迎上来招呼："你就是孙主任啊？"孙主任笑道："你也认识我？你爸老在你跟前骂我吧？"李启发女儿赶紧把倭瓜抱在怀里，腾出一只手来拼命摇着说："没有没有，南无村的人谁不认识你呀！"又紧着招呼两位客人："屋里喝水，进屋里喝水。"

孙主任背起手来，打量着屋子和院子里的物什，慢悠悠地说："你爸不在我们就不进去了，他大概什么时候能回来？"李启发的女儿又支吾起来："早哩，早哩吧，他吃过饭才走的。"孙主任突然严肃起来，问道："你爸没有说什么时候签协议？"李启发的女儿正笑着，没提防这个人变了脸色，笑容就僵到了脸上，说："没有呀，他没吭气。"说完去看刘军茂，有求助的意思，刘军茂却假装没看见，径直走到墙根那畦菜地去，看样子对她家种的菜发生了兴趣。孙主任照旧板着脸说："你们做儿女的要劝劝他，他老了糊涂了，你们也糊涂了？今天我和刘支书专门来就是要跟他说，跑是跑不了的，跑了和尚跑不了庙，协议该签还得签。"李启发女儿说："是这话是这话，我也劝过我爸不知多少回，叫他签了算了，可他就是那倔脾气。"留意一下孙主任的脸色，赔着笑说："有一点你没有说对，我爸他不是跑，是我硬把他接到家来的，村子里已经没有人了，两个老人住在坟堆里让人笑话，我就把他们接来了。"孙主任说："你把他接来了，协议签不了责任你得负，县里领导发了火，说再不签协议就来硬措施，叫我带土地局和公安局的人强制执行哩。我今天本来就是去南无村强制执行的，还是你们刘支书拦住了我，说你爸上年纪了，别惊出病来，先让他出面劝劝，不行再说。去了村里不见人，打听了半天才知道是你接来了，你接来了，就要负责把协议签了，不行咱就强制执行。"李启发女儿的脸都吓白了，赶紧回头叫刘军茂。刘军茂已经听见孙主任满嘴的胡说八道，纯粹吓唬老百姓，又好气又好笑，回头说："孙主任，你跟人好好说话，别跟日本鬼子似的。"孙主任被他戳破了把戏，也忍俊不禁了。

李启发女儿看见孙主任有了笑脸，也有些小心翼翼地笑了，压低声音神神秘秘地讨好说："孙主任，其实你不来，我也正想找你哩。"孙主任愣住了："找我，找我干什么呀？"李启发女儿没有回答，却问道："你说现在签了协议，还和别人一样吗？"孙主任有些迷惑地说："一样啊，怎么不一样？"李启发女儿又问："赔的钱，房子，户口，一样不少吧？"孙主任有些明白了，笑着说："怎么会少呢，一样也不少！"李启发女儿脸上的一点忧色转为明显的喜色，她大声说："其实我找你就是想跟你签协议哩。"孙主任一时面露喜色问："你能让你爸签了？""他不签我签呀！"李启发女儿很决绝地回答。孙主任苦笑着皱起了眉头："你签不行，就得你爸签。"李启发女儿不解地说："我爸就我一个闺女，将来他的东西都要留给我，我替他签还不行？"孙主任叹口气说："不行，必须要户主签，这是法律。"李启发的女儿半张着嘴，直愣愣地望着孙主任，看得出来，她比孙主任还要失望。"还得我爸签啊？"她不甘心地又问了一句。孙主任闭了下眼睛，点点头。

刘军茂走了过来问："我叔到哪里去了，我和他谈谈看吧。"李启发女儿顿时喜出望外地叫道："对了对了，军茂你要说话，我爸一定肯听。"她看了孙主任一眼，像犯了错误的小学生一样不安地说："我爸，他，他给他那块麦子拔草去了，你们去找他吧。别说是我告诉你们的啊，怕他骂我。"

孙主任感到不可思议："他还真想收一季麦子啊！"

刘军茂说："走吧，看看他这季麦子绣穗了没有。"又指着菜地对李启发女儿说："给墙上靠几根棍子，倭瓜吊着长得大。"

路上，孙主任说："老刘，今天能不能说动李启发就靠你了！"刘军茂开玩笑说："说动了他，你把他那二亩地奖给我种菜？"孙主任愣了一下，两个人同时大笑起来。

抽上支烟，刘军茂说："其实李启发的地在全村耕地最边边上，也就二亩，不影响施工吧应该。"

孙主任说："我还不知道？关键是他不签协议就不能推他的房子，他的房子可不在边边上，事情还不是个没解决？"

刘军茂想想说："实在不行，我跟他说说，先把他的房子推了动起工来，那二亩地慢慢再说。你说呢？"

孙主任想了半天说："实在谈不下来，这倒也是个办法，就怕李启发也不肯，那个老家伙少见的倔，真倔！"

刘军茂心中一动，其实这个主意是他那会儿一个人在李启发女儿院子里看那畦菜的时候就想出来的，不由眉间有了喜色说："那就这么办了！李启发舍不得的是那二亩地，这我知道。房子他应该不太在乎，死了也没人可留，还得归村里，这个理他明白，何况现在住到了女儿家。"

孙主任赶紧强调："咱可说好了，这是权宜之计，协议迟早得签。"刘军茂说："那是那是，包在我身上！"又催促孙主任："你开快点，事情完了我还要赶回去卖菜哩。"

快到南无村时，又嘱咐孙主任："一会儿你先到工程指挥部等着，我一个人去找李启发谈。"孙主任说："我知道，那老家伙见了我就要发火，就像见了日本人！"

3

　　刘军茂一个人下了车，一脚踩在南无村的土地上，身后是已经废墟一片坟堆似的村庄，面前是被压路机平整过的耕地，庄稼被压进了土里，阳光无遮无拦地铺洒着，瓷实的土地焕发着水泥地般的光泽。走了几步，刘军茂下意识地回头看看，都没能留下脚印，不由得鼻子一酸，赶紧擤出一把鼻涕才把酸味压回去，心道："这是怎么了，才几天没回村里，怎么好像离开了几十年似的叫人心里不是滋味。"他想大概是房子推倒后租别人的房子住的原因吧，等安置楼房盖好，住进去心里就熨帖些了吧。

　　已经能看到李启发的麦子地了，方圆数百亩白花花的土地上，就钉着那一块绿斑，像秃子头上的烂疮——庄稼还是连成片的时候看着赏心悦目，不成片的时候的确难看，要多难看有多难看。李启发戴着一顶难看的烂边草帽弯着腰给麦子拔草，腋下夹着一捆麦石榴草，细碎的粉色小花抖抖地颤着，老头子直起腰来，僵硬的大手扒拉开那些素淡的星星般的小花，找到一颗饱满的麦石榴，揪下来塞到嘴里，慢慢地嚼着，眼神望着他绿得发黑的麦田，麦田前方远处是公路，公路那边是一排树林，树林后面是什么雾雾的看不清楚，只有一根大烟囱顶天立地竖在那里。麦石榴的香甜让李启发脸上的表情显得安详和淡漠，农民在田地里劳作的时候都是这样安详淡漠的表情，倔老头李启发也不例外，不过现在的南无村，只有他一个人有这样的表情了，除了他老两口，村里人都不再是农民了,是城镇人口了。李启发多少感到有些寂寞,安详淡漠中就平添了一丝的苍凉。在李启发背后不远处的地头,刘军茂站在那里,他看了一眼李启发的背影,弯腰揪下一个成熟较早的麦穗,放到左手掌心里,又把右手掌压上去,用力地搓着。麦子刚刚灌浆,尚不饱满,刘军茂费了很大的力气,才搓出几颗绿色的麦粒来,他端着肩膀,嘴巴噘成筒状,小心地把麦芒和麦壳吹掉,猛地把那几颗麦粒倒进嘴里,慢慢地嚼着,麦子的香甜让刘军茂脸上出现若有所思的表情,他微微翻着白眼,用心品味着。他把麦子咽下去,打量着眼前这二亩绿色的庄稼,他有些嫉妒李启发了。如果这二亩地是他的菜地,那么他就用不着蹬着三轮跑十几里路去别人的地里批菜,而是那些菜贩子来找他,吵闹着要他把价钱往下压压了。这个念头让刘军茂的眼睛瞬间变得亮亮的,但转瞬又熄灭了,他的菜地已经卖了,被压路机压瓷实了,他已经成了城镇人口,再也不会有土地了。刘军茂似乎现在才意识到自己已经没有土地了,他感到两条腿有些发软,直想蹲下来,他甚至想躺下来,在南无村最后一块土地上睡上一会儿。

　　这是南无村最后一块耕地了,她的主人是李启发。刘军茂望着李启发的背影,心理交织着羡慕和嫉妒,还有一种敬意。他沿着李启发修葺得笔直高耸的地垄往前走,嘴里叫道:"老李叔!"麦地里的李启发转过身来,望着渐渐走近的刘军茂,他扬手把腋下的那捆麦石榴扔出地垄外面,人也走了出来。刘军茂笑眯眯地站住等着他,手伸进衣袋里去掏香烟,嘴里说:"老李叔,你这地垄再高,能挡住压路机?"李启发接过刘军茂递过来的烟,又凑在他的打火机上点着,蹲下来往地上弹着烟灰说:"叫他试试,没有国法了!"刘军茂也蹲下来,正色说:"叔,我有正事跟你商量。"李启发说:"要是签协议的事就别张嘴。"刘军茂被噎得有些恼,想想自己不是支书了,就压下火儿说:"我来还真是为了你这二亩地,不过不是让你签协议,是给你想办法把地保住,你别把好心当了驴肝肺!"李启发说:"不是那个姓孙的叫你来的?"刘军茂说:"是,可我又不是他孙子,他又没给我跑腿钱!"李启发说:"反正协议我不签。"刘军茂扭脸望着麦地,不说话。李启发看看他,低声说:"你说么。"刘军茂这才说:"我和孙主任说了,你这二亩地在最边边上,不影响施工,暂时不签协议也行,可你的房子在村子当中,不推肯定不行,我的意思地你先种着,房子要先推了,将来要愿意签协议了,赔偿安置费不变,安置房也有你一套。你的意思呢?"李启发不言语,刘军茂又递给他一支烟说:"反正你已经住到女儿家了,百年后房子也没人继承,早推也是推迟推也是推,没必要搞成僵局你说呢?"李启发问:"姓孙的能同意吗?"刘军茂说:"包在我身上了!"李启发说:"那行,你做中人,立个字据。"刘军茂想想,交代一句:"我先去找孙主任说,你一会儿到工程指挥部来找我们。"李启发朝远处那几间简易房望望说哦。

刘军茂推开门,孙主任从椅子上弹起来问:"怎么样?"刘军茂说:"有个样样了。"孙主任眼里放出光来:"李启发同意签协议了?"刘军茂摇摇头,笑道:"他倒是同意先把房子推掉,但要和你立个字据。"

"立字据?立什么字据?"孙主任狐疑地皱起眉头。

刘军茂依然笑着:"先推房子,将来签协议时赔偿安置待遇不变。"

孙主任冷笑道:"我还以为他到死都不签协议了呢!"

刘军茂说:"一步一步来吧。你同意吗?李启发一会儿就过来。"

孙主任把手里的烟头扔地下踩灭，喷一声说："不同意怎么办？总不能真的把他抓起来吧！我现在是火烧眉毛了，能先把他的房子推了，就不影响人家开发商动工，后天就要奠基，县里给我下了死命令，今天一定要扫清一切障碍。这次多亏你了老刘。"抽出一支烟来递给刘军茂。刘军茂摆摆手说："谈不上，镇上要我配合你们的工作，你的事情不完，我也清静不了。先写字据吧，事情完了再抽不迟。"孙主任说对对对，拉开抽屉拿出几页信纸。

等到李启发来了，看过字据内容，没有意见。于是三方签字，一式两份，李启发和孙主任各一份。立完字据，孙主任带着推土机去推李启发的房子，临走悄悄对刘军茂说："你别走，晚上我请你吃饭。"

孙主任走后，李启发对刘军茂说："收了麦子，我送你两麻袋谢你，以后每年送你一麻袋。"刘军茂笑着摆摆手说："叔叔，我不要你的麦子，和你商量个事情。"李启发说："你说。"刘军茂问道："你今年有七十了吧？"李启发把食指弯成钩给刘军茂看："六十九。"

"还能种几年地？"

"能种几年算几年，干不动了再说。"

刘军茂半开玩笑地说："等你干不动了，或者不想种地了，你把这二亩地转包给我种菜吧？"

李启发望着他嘿嘿地笑了："我早说了，你们早晚还得思谋着种地，城市人是那么好当的吗？现在后悔来不及了吧？"老头子很得意，但他没忘了是谁帮他保住了地，没等刘军茂再开口就爽快地说："行，怎么不行，不能让你白费劲么。"

刘军茂眉开眼笑，马上说："要不咱也立个字据？"

李启发说："立吧，先小人后君子。"

两个人用孙主任丢下的信纸又立了一份字据。

4

孙主任请刘军茂在镇上最好的饭店喝酒，刘军茂两头落好，心里高兴，就喝醉了，又哭又笑。

刘军茂脚下打着晃儿，走回镇上的家。实在说这是人家的房子，刘军茂一家租住其中的两间，每个月得付人家二百的房租。进了院子，刘军茂先上茅房放了放水，出来在院子里响亮地擤着鼻子。等他头昏眼花掀门帘进去，发现屋子里除了老婆和女儿还有一个婆娘在床边上坐着，看见他进屋就打招呼："军茂回来啦，我等你半天了。"刘军茂定睛一看，是李启发的女儿。李启发女儿憋着一股子什么劲，把手扬起来拍到自己大腿上说："军茂你怎么能这么个干法？"话出口眼圈子就红了，又拿手掌去抹眼泪。刘军茂这些日子最怕的就是村里人找来指责他，还没明白怎么回事，心里就是一沉，像坠了个秤砣，他借着酒劲遮脸，坐下来嘿嘿笑着。李启发女儿站起来了，从怀里掏出一张纸拍在刘军茂眼前的桌子上说："你说你怎么这么不顾人，我爸年纪大了，他糊涂，你还哄骗他？啊？" 刘军茂挤挤醉眼，看清了那是他和李启发签的字据，小辫子被人捏在手里，只能装龟孙，心想真是好汉折在儿女手里，李启发多倔巴的一个人，转眼这字据怎么就落到了他女儿的手里？他拿起那张纸，笑着说："要哩，要哩，我和我叔要哩，地他都种不了几天了，哪能轮上我种呀！"

刘军茂的婆娘过来拉李启发女儿："坐下说话，坐下说话，你没看到,他喝多了。"又盼咐闺女:"给你爸倒杯凉茶。"李启发女儿暴露出跟他爸一样的倔脾气,戳在哪里指着刘军茂说:"耍哩?耍哩你把它撕了!"刘军茂嘿嘿笑着,把那张字据慢慢撕了,心里很惋惜那二亩地。李启发的女儿待着没趣,就说回呀,气鼓鼓就走。刘军茂婆娘热情地把她送出大门去。

　　回来,刘军茂已经仰在椅子上睡着了,婆娘把桌子上撕碎的纸拼在一起看了一遍,扑哧笑了。女儿跑过来瞧热闹,婆娘笑着指指睡得呼呼响的刘军茂说:"怨不得人家跑到家里来哭,你爸想的都是好事,这不是做梦娶媳妇吗!他以为天底下就他最聪明,别人都是三岁小孩呢!"母女俩把刘军茂拖到床上,关上门,趴在桌子上用电子计算机算今天的账,一个念,一个算,完了又把毛票和块票分开,五十和一百的整钱藏起来,零钱放进塑料袋里明天找零用。

　　半夜里,刘军茂又醒过来了,对老婆说:"种李启发的地没指望了,咱看看能不能在附近村子里租块地吧,贩菜不如种菜,你说呢?"老婆很及时地醒来了,附和道:"就是,批菜价钱高,买主买莲菜要抠泥,买白菜要扒皮,两头亏欠,今天毛收入才一百多块,不够摊位费的,还得吃喝还得租房子啊你说。"刘军茂说:"明天我去批菜时打听打听有没有人出租地。"老婆说:"肯定有,现在种庄稼不赚钱,你给的租金高一点,有的是地。睡吧睡吧,别寻思了。"

5

　　刘军茂骑在三轮车上,一路东张西望,正是初夏小麦灌浆的时节，路边的庄稼一派绿油油，像两条长长的新地毯，刘军茂没有发现他期望中的闲置的田地。

"真日怪，记得以前老能看见隔三岔五就是一块长满野草的空地，现在专门找它，怎么又找不见了？"往车上装菜的时候，刘军茂问菜农老五，老五讥笑他："你这不是三暑天借扇子吗？秋庄稼不种是因为养牲口的少了，不种麦子，人吃啥？"刘军茂想想是这个道理，递给老五一根烟嘱咐他："你给操点心，看村里谁家收了麦子不种秋。"老五问："怎么，你又想种菜？"同行是冤家，刘军茂没说实话："闲着也是闲着，总想有块地动弹动弹，还没想好种什么。"老五说："你都城市户口了还不忘种地，没福气啊。等等吧，等麦子下来我给你操心问问。"刘军茂说："靠了你了啊，别忘了。"

刘军茂没有靠了老五，人一旦有了什么念头，就急切地想早点实现，他把菜拉回去，骑着老婆的坤式摩托去附近村里转悠去了。骑着摩托穿行在绿色的庄稼当中，刘军茂恍惚回到了童年，麦浪的荡漾让他有些头晕，他呼扇着鼻翼，贪婪地把青麦的芳香吸入肺里。多好的庄稼啊，怎么没有一块是自己的，刘军茂感到很不可思议，他忘了自己已经不是个庄稼汉，碰上陌生的庄稼人，就停下车在地头跟人家讨论今年的雨水和年景，那口气仿佛自己还有地似的，人家问他是哪个村的人，他就撒谎，不敢说自己是南无村的人——都知道那个村子的地被征用了，全村人都成了城市户口。

连着转悠了七八天，愣是没有找到一块闲置的地，刘军茂垂头丧气地想，看来只有等麦子下来了。他有些不明白，按说这些年土地没这么金贵了呀，他当了快十年的支书，还不知道种庄稼实际上谈不上收入？粮食不值钱，农民才出去打工，要不然也不会那么容易让全村人都放弃了土地，难道别的村的人都是和李启发一样离了种地就活不了吗？想不通。

想不通，也得等啊。

等到麦子都割了，刘军茂又顶着大日头去附近村子的地里转悠，看到麦茬地都点上了玉米和高粱，他的心就向下沉去。没办法，他只好又向种菜的老五开了一次口，老五皱着眉头咂着嘴说："难，你没看电视吗？不收农业税了，我们村出外打工的人都回来种地了，不好找啊。"刘军茂说："真的假的？"老五说："一看你就是城市人了，不关心土地了。"刘军茂苦笑："我做梦都想有块地啊。"老五说："那你没赶上好时候，我们村红记把果园子都砍了，准备种粮食哩。我也打算匀二亩菜地出来种麦子呀。"刘军茂觉得心里冒酸味，脱口道："不收农业税种粮食也没几个收入，我看还是不如种菜。"老五看看他，嘿嘿笑："这账我能不算算？我刚交了公粮，跟往年不一样了，保护价收购，比以前高多了，我看了电视，市场价涨得更多。你看着吧，粮食越来越贵了，买不起啊，还是自己种吧。我算了笔账，买粮不如种粮，还是先把地种了粮食的好。"老五的得意刺伤了刘军茂，他从来没有这样感到在人前抬不起头来，眼前这个人有碧绿的菜地，还有可以种粮食的土地，而自己要批他的菜过活，还要买粮食吃，他找不到一点做城里人的优越感了。刘军茂知道这是早晚的事，但没想到来得这么快。

"再找找，再找找看，兴许有不种的地呢。"刘军茂低声下气地给老五递烟，没有了土地的人，就是这样没有底气。

李启发找上门来了。李启发有些脸皮发红地解释："我家女子找你，不是我让他来的啊，你看把咱们的字据也毁了，我这张老脸都没法来见你呀。"刘军茂摆摆手："好汉折在儿女手里，谁都是这样。"李启发说："字据没有了，说出的话还算数，麦子收了,我打算种一亩地的秋庄稼,另外一亩你种菜吧,以后每年让你种一季的菜,不要钱,没有你咱那二亩地也保不住。"刘军茂想了想说:"老李,一亩菜地一季也没多少收入,不够买一年口粮的,我想包你一亩地种粮食,能行吗?"这话让李启发很意外,他瞪着刘军茂,嘴唇动了动,又低下头去。刘军茂干笑一声说:"不行就算了。"李启发抬起头来说:"军茂不是我忘恩负义,地是我的命啊。这样吧,我还是每年送你二百斤麦子,你也别种了,还是卖菜轻松啊。"刘军茂心里很不高兴,就说:"粮食涨价了,我可不能白吃你的麦子。"李启发摇着头说:"不在乎,我不在乎,二百斤粮食能值多少钱!我回去就给你送过来。"刘军茂没说要还是不要,嘱咐李启发:"你回去在你女子的村子里打听打听,看谁家的地不种了,转包给我,我真的想种地哩。"李启发说:"行,行,我让她去问。"送李启发出来,刘军茂又说:"老李,我说真的哩,有一亩算一亩有二亩算二亩,我都要了,水地旱地都行。"

李启发竟然自己带着二百斤麦子就来了,自行车前梁和后衣架上各绑着一个编织袋,推着走来的,真是个少见的老倔巴。刘军茂就有些过意不去,装了一袋白菜让老头子带回去。李启发送了麦子,还了人情,气就粗些了,拍着胸脯揽下了刘军茂租地的事,但绝口不提把自己的地租一亩给刘军茂种麦子,只是说:"那一亩地你还是先种着菜吧,种一季是一季"。

李启发重新点燃了刘军茂心里的火,他坐不住,第二天又装了一袋子茄子放在摩托车的脚踏板上来到李启发女儿家,正碰上李启发推着自行车出门,看见他叫道:"军茂,正要找你去哩,地给你找下了,人就在家里等着呢。"

地是一个寡妇的,儿子要接她到城里去住,地正好没人照看。刘军茂喜得像捡到了金子,一起去看了地,地是水地,可只有一亩二分。寡妇却张口要每年五百块的租金，李启发的女儿对寡妇说刘军茂是她娘家人，又说了很多好话，寡妇还是死活不下四百二十元，嘴里说："早知道就让我本家种了，他们还不给我四百五？粮食涨价了，地就金贵了，也就是我儿子非让我去城里，不然我自己还种哩。"刘军茂只好自认晦气，租下了，只怪自己没赶上好时候，刚把地撂了，土里就能生金了。

回来跟老婆一说，老婆听说他四百多租了一亩来地，立刻要跟他吵架。刘军茂不跟她吵，刘军茂和颜悦色地对老婆说："先别吵，先别吵，我还要租几亩地，等我找到了地，都租下了，咱们好好吵一架高兴高兴。"

6

种菜的老五捎话来，说他们村有一家有地出租，叫刘军茂快些去。刘军茂饭正吃了一半，搁下碗骑上摩托车就赶去了。老五领着他赶到有地租的那家，一说事儿，人家先笑了："你准是南无村的吧？没错儿！来晚了一步，地刚叫你们村的大贵租下了。"刘军茂听着这话，像被人施了定身法，瞪着眼戳在那里张不开嘴。

人家却不肯放过他，笑嘻嘻地继续说："不用问，你肯定是南无村的，这一上午，来了三四个要租地的了，都是你们南无村的。我就想不通，你说你们把自己的地撂了，都成了城里人了，这又是哪根筋没扭对，又抢着租别人的地了！可是现在的地多金贵啊，有钱你也没处租啊是不是？"

"没地就算了，算了算了。"刘军茂拉着老五逃也似的出了人家的门儿，他生怕老五说出他的名字——不是因为他曾是南无村的党支部书记，是在找地租的人里，他现在已经是名气最大的了，都被人编成笑话了，说他去别的村的支书村主任家喝喜酒，进门第一句话总是："你这村子里有人出租地吗？"

这一段儿，南无村的人都在找地租，把方圆村子里的地价都抬了起来，一亩地现在每年最低也要五百的租金了，就这，很多人还是没租到地。提起李启发来，南无村的人都羡慕得咂嘴，当初还笑话人家死脑筋倔死驴呢，看来这姜还是老的辣啊。有人去找李启发，想租他一季的秋地，老头子说："我不租地，我倒是有一亩地不种秋庄稼，我让军茂种菜了。"

刘军茂就没再客气，把那一亩地种菜了。除了这一亩单季菜地，李启发把寡妇那一亩二分地种了粮食，他还在托人四处打听着，计划着再租一亩八分地，种够三亩地的粮食。他明白这是很不容易的事儿，只能慢慢等待机会。

转眼夏去秋来。

刘军茂给菜地的韭菜浇大粪，李启发在旁边的地里给他的玉米锄草，现在南无村就只有他们俩还有本村的土地了。李启发从玉米叶子里钻出来，挂着锄头把子歪着脑袋望望近在咫尺的开发工地说："这帮龟孙子不说先盖安置楼房，忙活什么呢？"刘军茂闻声望去，目光却越过那些爬来爬去的机器，投向远处的长天，那里正有一排大雁向南飞去，雁阵下是无边的田野。再有个把月秋就收过了，在第一场霜落下来之前，那些留下来过冬的鸟儿已经开始修筑自己的巢。

原载《山西文学》2006年第12期

后 福

张小贵的胃被切掉了，成了残废。张小贵只道自己不过有点痔疮，万万想不到还会有胃癌。不过张小贵并不知道自己已经没有胃了，医生和亲属合谋欺骗他，告诉他坏掉的三分之二胃切掉了，他还有三分之一的好胃留在肚里。医生开导张小贵：三分之一的胃是小了点，可那玩意儿就好比橡皮口袋，会越撑越大，好好吃饭吧，用不了几年你的胃就像原来一样大了，而且不会再疼。张小贵因此很振奋，蜡黄的脸上努力地绽开了笑容。

张小贵觉得自己大难不死，必有后福，回到家里也躺不安生，脚刚能沾地就挨家挨户地开始串门。张小贵得病之前是个不尿人的主儿，鼻孔朝天，下眼瞧人，人缘并不好，眼下就不同了，双颊深陷面色黑黄，眼珠子都没力气动，全身向胸部集中，萎缩成了一颗霜打的老倭瓜，人家就对他表现出了空前的热情和客气，努力地展示给他像平日里一样轻松的笑容，尽量用漫不经心的语调劝他好吃好喝。张小贵谦虚地说，日他娘，我现在还有三分之一的胃了。人家就说，够用了，撑撑就大了，又不是牛，要那么多胃有个屁用。

坐一会儿，张小贵就满足地告辞了，慢慢地站起身来，脚不离地地蹭向下一家。背后，人家脸上堆出的笑容渐渐熄灭，眼里浮上一片感慨的云来，注视着张小贵的背影摇摇头，很大度地原谅了一个将死的人过去的一切。

张小贵躺在床上的日子里，他哥张大贵早就把全村的人家跑了一个遍，挨家挨户地诉苦，告诉人家他弟弟张小贵就要死了，今后他弟媳的盖房子、养老以及侄子娶媳妇就全靠了他了，那是多么重的担子呀。张大贵一把鼻涕一把泪地诉说着，好像要死的人不是张小贵，而是他自己。有时候，张大贵会站在村里的十字路口拍着胸脯向围观的村民讲述他后半生不可逃避的重大职责，一讲就是大半天。因为事关一个就要死去的人的事情，大伙儿都很乐意更深入地知道一些细枝末节，不时还会有人提出问题来请他回答。只要天不黑，张大贵就会没完没了地讲下去，除非，远远地望见他肥胖的弟媳一摇一晃地从巷子深处走出来。

因此，全村人都知道张小贵已经没有胃了，在别人眼里，张小贵已经是个死人了。

大伙儿多少有点怀念以前的张小贵，虽然他不务正业懒惰成性，打老婆打儿子，牛气哄哄，跟女人开玩笑不讲分寸，但这些都不足以判他的死刑。一个人还没活到老就死掉，对曾经跟他一起活着的人来说，不能说是件无所谓的事情。张小贵进东家出西家，大家就交换意见说，真可怜，快走的人了，这是挨家的告别呢，人之将死，其言也善哪——可不是吗？可怜了他的老婆和儿子了。

张小贵什么也听不见，他满心欢喜地向亲近的及不睦的人们——宣告着他的大难不死和活下去的心劲儿。

由于张小贵的将死，张大贵在村里人眼中空前高大起来——这个男人即将成为两个家庭的顶梁柱，这将是多么艰难和悲壮的一件事啊。张大贵的女儿和倒插门的女婿一边为张大贵鸣不平，一边又认为那是他们一家义不容辞的本分。这家人开始令人另眼相看。与张大贵一家的风光无限相比，主角张小贵执着的脚步和无声的微笑更让人感慨生死的无情。

张小贵在街上慢慢朝前蹭，有那第一次看见他这副模样的人一惊一乍地问道，哟，这不是小贵么，怎么成了这副球胎势了？！

张小贵不好意思地冲人家笑着，有气无力地回答，可是个球呀，我被人家把蛋骗了。

人家掩饰着笑容劝他：好好吃，好好吃，吃着吃着就吃过来了。

张小贵回答，好好吃，好好吃。头也不回地，向前慢慢走去。

张小贵的老婆来到张大贵家说，哥、嫂，你们给准备副好寿材吧，我看他也没多少日子了。张大贵瞪起了眼睛说，胡说哩，丧事和寿材的费用应该你们自己出。你将来的养老、盖房子和你儿子建军娶媳妇都是我的事呢，我管将来不管现在，管大事不管小事。张小贵老婆说，哥，小贵做手术花了5千块，全是我问别人借的，你一分钱也没出。张大贵嘲笑道，5千块算什么，我将来还不知道要在你们身上花几个5万块呢。

张小贵老婆哭着回家，有人拦住问，她就说，小贵做手术花了5千块，他哥一分也不出，全是我借的，现在要打寿器，他还不肯出，让我到哪里去借呀。

人家就打抱不平：张大贵真是个铁公鸡，亲弟弟要死了都不肯出一分钱，自己又没儿子，留着钱给女婿擦屁股呀！

也有人劝张小贵老婆想开点：将来你和儿子都要靠人家呢，眼下就自己做点难吧。

张小贵老婆红着眼睛说，谁靠得上他？早把我们都饿死了。

张小贵老婆哭诉了一路，大伙都看清张大贵的真面目了，背地里骂他假善人、铁石心肠。

张小贵回到家里，看见老婆坐在灶前擦眼泪，问怎么了。老婆说，家里没钱给你买药了，我去找你哥借，你哥不借。张小贵指责老婆：谁让你去找我哥借钱，他的日子也不好过。老婆争辩道，他一个月一千多块钱的退休工资，怎么没有钱？张小贵说，他要攒钱盖新房。老婆顶嘴道，盖房重要还是人命重要？他根本就不管你的死活。张小贵喝道，你住嘴，不许这样说我哥！老婆说，就是，他不配当你哥。

张小贵骂了一声，摸住个茶壶盖就扔了过去，砸向老婆的脑袋。他没有力气、茶壶盖扔偏了，只把老婆的额头打出了一个小包。老婆一屁股蹲在地下，号啕大哭。张小贵从案板上提起菜刀，凶神恶煞地威胁道，再哭，再哭一刀劈了你！老婆边哭边喊，来来，劈死我吧，劈死我省下受这份活罪了……

这时候，有个人从厨房门外头蹿进来，一把夺下了张小贵手里的菜刀。张小贵差点被他带进来的风刮倒，手扶着水瓮定神观瞧，原来是他的儿子建军。建军从地上把他妈搀起来，扶到一把小椅子上坐下，然后走到张小贵跟前，盯着他的眼睛说，我不上学了，我要去挣钱！

张小贵说，你想死！

儿子毫无惧色地说，我要挣钱养活你和我妈，反正我学习也不好。

张小贵想了想，笑了，对儿子说，不想上就算球喽，又省下一笔费用。反正你老子就这球样了，你能挣下钱就盖房子娶媳妇，挣不下就打你的光棍吧。他扭头对老婆说，听见没有？你儿子不想上学了。

老婆抬起哭肿的眼睛看了他父子一眼说，只要他自己不后悔。

儿子坚决地说，我决不后悔。他把书包一扔，抓起扁担挑水去了。

这小子，什么时候长这么大了！张小贵望着儿子的背影美滋滋地琢磨道。

张小贵老婆的哥哥在县城开了一家羊肉泡馍店，手里有点钱，张小贵做手术的钱就是老婆问他哥借的。老婆跟张小贵商量：眼下儿子不上学了，在村里种地肯定挣不到钱，年龄又小，干不动重活，不如去他舅舅那里打杂，一月也挣个两三百块。张小贵不愿意在大舅哥面前低架子，沉默了半天说，这事情最好找我哥商量一下。老婆说，找你哥商量个什么？张小贵说，我们老张家就这么一根苗，建军是我儿，也是我哥儿，我哥有文化，当然要跟他商量一下。老婆酸溜溜地说，屁，他连你这个弟弟都不管，还能把侄子当儿？张小贵说，再多嘴我扇你两巴掌。老婆也不答话，站起来出去串门了。

张小贵一步步走到张大贵家，请教他哥建军该不该去他舅舅那里打杂。张大贵把手一挥说，不行，咱老张家的人怎么能给别人当长工，咱祖上是地主，不能丢先人的脸；这样吧，我跟厂里打个电话，看能不能让建军顶我的班，就说是我儿。张小贵赶紧说，就是就是，建军可不就是你儿？

张大贵跑去邻居家里打电话，邻居不太高兴地说，你一个月拿那么多钱，咋不装个电话？张大贵说，先盖房子，盖下房子就安。

张大贵拨了个号码，电话里说：对不起，您所拨的号码是空号。又拨了一遍，还是空号。张大贵对守在跟前的邻居家小姑娘说，是我要拨的电话号码变了，还是你家的电话坏了？小姑娘摇摇头，不吭气。张大贵放弃了，走出门去。邻居在院子里问，打完了？张大贵回答，那边的号码变了。张大贵刚走出门去，邻居小姑娘低声对她爸说，爸，你真有办法，把拨号键调了调，"铁公鸡"就打不出去了。

张大贵回到家，对欢欢喜喜坐在那里等他的张小贵说，厂里说要上会讨论，叫咱们等消息。张小贵说，当然要讨论，这么大的事情，谁能一个人说了算？张大贵的女儿进来说，叔，跟我们一起吃午饭吧，我妈捏的饺子。张小贵说，不了，我不能吃饺子，我来时你婶子正做饭呢，我得回去啦。他对张大贵说，哥，建军就在家里等你的信儿呢，我叫他每天过来问一问。张大贵说，你路上慢点。

张大贵的女儿送张小贵出了门，回来问他爸：我叔刚才说让建军等什么信儿？是不是想让建军顶替你？张大贵赔着笑说，八字还没一撇呢。女儿沉下脸说，爸，这就是你的不对了，虽说海平是你的上门女婿，他可是要给你养老送终的，再说，还有我呢，我们两口子不比个侄子强？你不让海平顶替，你让海平怎么想？张大贵笑着说，我不糊涂，我心里有谱，建军今年才十四，厂里不会要童工的，我骗骗你叔，叫他安心上路。女儿笑了，说，那海平能不能顶替你？张大贵说，吃了饭我再去打个电话。

张小贵慢慢吃胖了，脸上的黑气渐渐褪去，泛出点红光来。村里人就开始议论。

有人说，这人是不是有两个胃，切了一个还有一个？怎么没死还吃胖了？

有人说，八成张小贵是属鹅的，用肠子也能消化。

有人说，这种人平时看见跟好人没两样，其实就像那没根基的墙，哪天说死就死球了。

说法归说法，张小贵却没有一点要死的迹象，虽说走路还慢腾腾的，嘴皮子早活泛起来，把他儿子要顶替大伯上班的事到处说给人听，牛气哄哄的，又瞧不起张瞧不起李了。他的一位堂兄当着张小贵的面对别人说，看见没有？这副球胎，这就叫狗改不了吃屎，死不悔改。张小贵不生气，他很得意。

张小贵吹过瘾了，又来到他哥家，打听建军顶替上班的事。张大贵有点烦了，给弟弟脸色看，唠叨道，急顶个屁用呀，你们父子俩每天追在我屁股后头，好像我是厂长，我也是求人家办事呀。张小贵唯唯诺诺，他从小听惯了张大贵的话，不敢顶嘴。

张大贵的电话终于打通了，那边说，顶替个屁呀，那是哪辈子的政策了？在职的还不停下岗呢，你们不干活了还拿高工资，知足吧。

张大贵唯唯诺诺，一个劲儿地赔礼。

回来，张大贵对张小贵说，不行，没有顶替的政策了，还是让建军跟他舅舅干去吧，给亲戚帮忙，不算扛长工。

张小贵说，不能就算了吧，那是人家国家的政策，不能咱们想干啥就干啥。

打发了张小贵，张大贵脸上愁云不散，他不知道该怎样向女儿交代，女儿可不像弟弟那么服他。

张小贵回到家里，把自己那辆旧自行车推到院当中，擦干净了，把车闸紧了紧，又给链条上了油。老婆说，怎么，叫建军上班去呀？张小贵嘲笑道，天底下哪来那么便宜的事情。老婆说，那你修车子干什么？张小贵半晌不吭气，未了说，给你哥打个电话，说建军明天去给他帮忙。老婆冷笑道，我就知道你哥靠不住。张小贵火了,抡起手里的扳手来喝道,再敢啰唆取你的命呀!

张小贵老婆心疼儿子年纪小,舍不得让离开自己,又担心他受不了苦,一边为儿子收拾明天的行装,一边唠叨他没有一个有本事的爹。儿子诚恳地说,妈,你别再埋怨我爸了,学是我自己不想上的,我一看见书本就头疼,只要能不上学,我不怕受苦。张小贵夸儿子:好小子,有志气,只要不怕苦,将来准会有出息。老婆挖苦道,幸亏建军没像了你,像了你,懒得筋都断了。张小贵得意地说,我是老牛贴在案板上——就这副球胎势了,建军,你给咱好好干,让你爸你妈跟上亨亨清福。

这一个晚上,张小贵一家空前地幸福,其乐融融,每个人都感到了一点年三十儿的味道。

天不亮,张建军就蹬上自行车奔向县城。他妈起来给他冲鸡蛋汤,发现大门开着,儿子已经没影了。他妈站在大门口,望着晦暗的巷子,撩起裙围擦着眼泪。张小贵"胃"疼,早早就醒了,听见儿子哒哒哒地把自行车推到门口,又哗啦啦地开大门,他躺着没动,无声地笑了。

张小贵走出屋门,看到院子里装满了阳光,他咧开嘴,大大地打了一个哈欠,问正在给羊添草的老婆:那鸡巴娃走了?老婆专心地喂羊,没吭气。张小贵没生气,笑着说,给我冲碗鸡蛋汤,我喝了出去转转。

喝过鸡蛋汤,张小贵往口袋里装了几块干馍片,慢腾腾地出了门。

张小贵蹲在十字路口,和几个闲汉吹牛。一个叫小记的指着他的鼻子说,小贵,你他妈的真是瞌睡遇了个枕头,本来就是个懒汉,这下更不用干活了。张小贵掰了一块干馍片,放到嘴里格嘣嘣地嚼着,腮帮子鼓出个圆疙瘩来,上下滑动,像钻了只老鼠,费劲地咽下一口才说，你不用笑话我，天无绝人之路，我还有个儿子呢，我儿子比我强。张小贵的儿子的确是好样的，能干能吃苦，这大伙有目共睹。小记不甘服输，悻悻地说，吃苦算什么，现在这社会，脑子好、学习好才会有出息。张小贵说，我就不信除了上学就没出路了，走着瞧！小记轻蔑地笑了笑，无话可说了。

张小贵的眼神很牛逼，很目中无人。别人也不跟他计较，有个万一的话，谁担得起？

张大贵的女儿来到张小贵家，劈头盖脸就问，叔，建军是不是顶替我爸上班去了？张小贵笑着说，没有，建军给他舅舅帮忙去了。张大贵的女儿将信将疑地问，去了多长时间了？张小贵老婆没好气地接过话头说，两个多月了，你有什么让建军捎的买吗？我把他舅舅铺子里的电话给你。张大贵女儿堆起笑脸说，没有没有婶，我爸让我来看看我叔，我是专门来看我叔的。张小贵不好意思地说，有什么好看的，跟你爸说，以后没事不用专门来看我，都挺忙的。张大贵女儿说，叔，我爸让你别买那些特效药了，买普通药就行，两样价钱，一样治病。张小贵说，行，行，买便宜的，我现在已经好了，基本不用吃药了。张小贵老婆说，少吃一顿行吗你！张小贵呵斥老婆：你是不是不想活了！

张大贵的女儿一走，张小贵老婆就说，光耍嘴哩，谁也不帮一分钱的药钱！

张小贵的确没钱买药了，他又不愿低下架子问人借，全都推到老婆身上。老婆说，能借的我都借过了，实在没处去借了。张小贵说，你也不用作难，我死了算了。老婆就开始哭，张小贵抡起笤帚啪啪朝她头上脸上打。老婆一把夺下笤帚，扔到门外，把虚弱的张小贵带了个趔趄。老婆擦了把泪，冲出门去。张小贵在后面喝道，站住!

老婆就站住了,怕把他气死。

张小贵说,你去给建军打个电话,叫他回来把羊带到城里卖给他舅舅。

老婆说,羊还小哩。

张小贵叫道,等羊长大了,我早死球啦。

张小贵老婆红着眼睛去邻居家给儿子打电话。邻居嫂子看见她披头散发,知道又挨张小贵的打了,关心地问怎么回事。张小贵老婆哇地哭出来,前前后后把一肚子苦水全都倒了出来。张小贵老婆说,辛辛苦苦养的羊全给他买了药了,还每天挨他的打;他哥家一分钱都不出,他把他哥敬到了天上,天底下哪来这么糊涂的人呀?!

打过电话,邻居嫂子把张小贵老婆送回家,责怪张小贵:你这么一把年纪了,每天还打老婆,你知道她跟上你受了多少苦?!张小贵不接茬,先骂老婆:打个电话用了这么长时间,我还以为你死到那边了。邻居嫂子说,小贵,你怎么说话呢?张小贵瞪起眼睛说,我打我老婆,关别人什么事?不就打你个电话吗,给你一块钱。他从口袋里摸出一张皱巴巴的一元票来,递向邻居嫂子,阴阳怪气地说,不用找了,发财去吧。邻居嫂子脸上挂不住,转身就走,出得门来,呸呸呸吐了三口,低声咒道,活该,该死,死了才好,真是个混账鬼!

张建军回到家,天已经黑透了。晚饭也没吃,倒头就睡。张小贵老婆看儿子累成这样子,坐在他床边守了一夜。张小贵在里屋骂道,又不是守灵,你坐在那里不得活啦!

天还黑着,张建军就起来了,他先到里屋张小贵床前站了一会儿。张小贵醒着,不愿睁眼睛。

张建军喝着鸡蛋汤,看她母亲在晨曦中喂羊。张小贵隔着窗户骂道,马上就杀它呀,还喂个球呀,真是败家!张建军母子都没吭声,像是都没听见。

张建军这两个月来练了一把子力气,一个人三下五除二就把羊捆好了,架在自行车后衣架上,头也不回地出了门。

晨光初现,初冬的早晨寒风贼贼地直往衣缝里钻。张建军边哭边蹬车,孩子心疼他妈,可怜他爸,又无能为力,只剩下了个哭。哭又不愿在父母跟前哭,也不能在舅舅跟前哭,就在路上一个人痛痛快快地哭。起早做生意的人们,骑着摩托、开着三轮从他身边掠过,坐在车斗里的人木然地望着这个哭泣的孩子,弄不明白怎么回事情。

天大亮时,张建军已经进了城,这时,城里夜里排出的污浊之气结成了一层薄薄的雾帐,被稀落的汽车扯来扯去。孩子望见马路对面红底白字的"羊肉泡馍"招牌,一扭车把,冲向门口。他隐约看见一辆墨绿色的客货两用车冲过来,自行车突然被扯住,他的羊发出了一声惨叫。孩子想,坏了,羊被压死了。

张建军的舅舅正用一把铁锹搅锅里的羊骨架,突然听到一声羊叫,吓了一跳。这时门外剥葱的伙计跑进来叫道,老板,建军被汽车撞了。张建军的舅舅扔下铁锹,跑到马路上,撩开薄雾,看到他的外甥安静地躺在清晨潮湿的沥青马路上,头边的窨井口散发出令人恶心的羊腥臭。张建军的舅舅仰头问旁边站的两个穿皮夹克的:怎么了?那两个人中一个拿着车钥匙的说,撞了。张建军的舅舅又低下头仔细地端详外甥,这孩子可能是摔昏过去了,浑身上下找不出一点破伤。那个司机说,别看了,帮忙送医院吧。张建军的舅舅这才醒过神来,站起来一把揪住人家的衣领子叫道,你别跑,你撞了人，你跑不掉的！

司机煞白着脸说，我不跑，我要送他去医院，看还能不能救活。

羊死了，张建军也死了。没出一点血，但孩子的确死了，车轮从肚子上压了过去，肋骨全断了，五脏都挤坏了。

张小贵正在家里骂老婆，邻居嫂子撞开门冲进院子大喊，电话，快接电话，建军舅舅的电话！

张小贵不屑地说，他舅舅怎么了，打个电话比圣旨还重要？

张小贵老婆却脸色大变，冲出门去。

很快，张小贵听见老婆在隔壁发出一声大哭，张小贵腿一软，跪到了地上。

张小贵两口子没能见儿子最后一面，建军舅舅怕小贵的身体受不了，没让见。

张小贵在太平间的门外骂老婆：都是你个丧门星，昨天给他守了一夜灵。

张小贵老婆傻呆呆地没有反应。

张大贵也一块儿来到县城，作为见过世面的人，他没掉一颗泪，皱着眉头和肇事司机一道去了交警队。他住下来和死者的舅舅一块儿解决赔偿金的问题，张小贵两口子被送回了家。

肇事司机的单位答应赔偿三万九千元，来了一位处理问题的领导，没带现金，带的是转账支票。这笔钱先转入了死者舅舅的账户。除去打点交警队的九千元，还剩三万元整。由于死者长辈和亲戚们的努力，这件事情不到一个星期就解决了。结果双方都还满意。

人们知道，张小贵这回必死无疑了。儿子一死，张小贵和他那个家的顶梁柱可就塌了。人们都看出来了，张小贵他哥张大贵一边积极地为侄子撮合冥婚，一边悄悄地筹备着下一个丧礼了。因为此举，许多人改变了对张大贵的看法。

张大贵的老婆在侄子冥婚后曾在人多处说，瞧人家两口子多省心呀，早早就把儿子打发了，房子也省下盖了，把养老的钱也赚下了。

说归说，张大贵一家这回真是经了心了，好几个晚上，张大贵都住在张小贵家。要知道，他这个哥哥从来都是有身份的，父母过世后，轻易不来弟弟家串门。

张大贵从镇卫生院请来医生给张小贵看病，亲自给张小贵陪床。

张小贵昏睡了两天，睁眼看见他哥坐在床边，咧开嘴先哭了一阵。张大贵也哭了，他拉住弟弟枯瘦如柴的手。张小贵眼泪汪汪地说，哥，我没儿了，我还怎么活下去呀。张大贵摇摇弟弟的手说，别胡思乱想，好好活他后半辈子，没儿了，你不是还有个女吗？张小贵又哭了：哥呀，我还没糊涂哪，我就建军这一颗蛋，我哪来的女呀？张大贵责怪弟弟：你怎么忘了咱们是亲兄弟啦，你的儿就是我的儿，我的女就是你的女啊。张小贵问，你是说我翠云侄女？张大贵说，除了她还有谁？你放心，翠云、海平两口子就是咱的儿女，将来叫他们给咱养老送终。张小贵想了想，哭了。

邻居嫂子不计前嫌地去看望张小贵，张小贵靠在被子垛上阴阳怪气地说，看我笑话来啦？我才舍不得死呢，我儿给我挣了几万块钱，我要好好花一花。邻居嫂子骂道，真是个活畜生！转身就走，张小贵老婆拉也拉不住。

邻居嫂子刚要进自家大门，听到巷子口有人喊，嫂——嫂——扭头瞧见巷子口有几个女人探头探脑地冲她招手。邻居嫂子回头看了看张小贵家门口，不见有人，就小跑着来到巷子口。那几个女人立刻把她围了起来，神神秘秘地问，嫂、嫂，张小贵是不是快死了？邻居嫂子气咻咻地说，死他妈的逼，活得好好的，坐在炕头上骂人呢！女人们都惊讶地瞪圆了眼睛，有人说，不死拉倒，省下一笔上礼钱！有人骂道，真是个没人心的，儿都死了，换上别人心疼也心疼死了，他怎么跟没事一样！有人叹气：好人短命、坏人千年！

骂归骂、咒归咒，张小贵愣是不吃那一套，半个月后，他挂着根棍子出门了。

有看出玄机的人说，张小贵的儿子替他死了，他活的是他儿的命。

大伙恍然大悟，发出一片惋惜的声音。

张小贵披着一件皲满了小裂缝的皮夹克，慢慢地走出村里的小百货铺子，怀里抱着一卷果丹皮和一包雪米饼。对于他虚弱的身体来说，那件陈旧的皮夹克似乎太重了，压得他不得不斜着膀子走路。

背后赶上来两个人，张大贵的女儿翠云跟着上门女婿海平快步来到张小贵面前。

叔，张翠云用责怪的目光盯着张小贵说，我们正要去看你呢。

张小贵抱着堆吃食面对着两个空着手的晚辈，有些难为情地笑着。

海平伸出手去说，叔，我拿着吧。

张小贵躲了一下，让他把东西拿了过去。张翠云和她的女婿一左一右虚扶着张小贵，慢慢向前走。张小贵有点挂不住，劝他侄女：你俩走得快，先回去吧。

叔，慢慢走就行，不着急。张翠云很乖巧的样子。

张小贵很听话地慢慢走。

叔，建军的钱还没要回来吗？张翠云问。

明天我就让你婶去城里问他哥取。张小贵很自信地说。

早取回来早安心，咱的钱放在别人手里，总不是个事儿。

明天一定取回来。

张小贵老婆站在屋檐下蓝色的阴影里,看见三个人进来,没吭声,站在那里望着。张翠云叫了一声婶,她答应了一声,依然没动。张小贵呵斥道,你站在这里干啥,像个旗杆!张翠云的女婿海平拉过一把椅子来,扶张小贵坐下。张小贵坐下,命令老婆:你马上去城里,叫你哥把建军的钱提出来,明天给我取回来。张小贵老婆木木地问,取那钱干啥?张小贵说,干啥?我儿给我挣下了,我要花,我要在死前把钱花得光光的。老婆说,这也是当爸的能说出来的话?!张小贵捡起一个空酒瓶掷了过去,打中了老婆的肚子。老婆一屁股坐到地上,哭起了她的儿。哭,我叫你哭,这个家就是叫你哭败的,建军就是叫你哭死的!张小贵骂着站起来,抡起椅子上朝老婆身上砸。张翠云和女婿赶紧把他抱住,张翠云责怪道,叔,你这是干什么!张小贵气咻咻地,大喘粗气,觉得有点头昏眼花,赶紧蹲下来。海平把他重新扶到椅子上坐下。

老婆却不哭了,站起来走出门去。不一刻,听见她在向邻居嫂子借自行车。

最好把你也撞死!张小贵恨恨地骂。

叔,你歇一会儿,脾气大了对胃不好。张翠云示意海平陪张小贵聊天,她去了厨房。

张翠云做的面条不软不硬,张小贵破天荒吃了两小碗。张翠云说,叔,往后我每天来给你做饭。张小贵笑而不答。

饭后,张大贵来了。张大贵对张小贵说,我原本打算替你把盖房子和建军的婚事都办了,想不到建军出了事。我和你嫂子商量了一下,目前你身体还没恢复,建军妈又受了点刺激,家里没人照应不行,就让翠云和海平住过来吧,将来盖房子的事由他们俩口子承揽,你好好保养身体。

张小贵笑着听他哥讲完，推辞道，他们有他们的事要忙呢，我手头有建军的那几万块钱，够养活自己了。

张大贵问，建军的钱拿回来了吗？

张小贵回答，他妈已经去城里去了。

张大贵若有所思地说，我看这钱不好要，她哥肯定要替她留一手，你万一有个三长两短，人家不得不防啊。

张小贵大怒：他敢，他敢我杀了他全家！

张大贵说，这钱要回来也不能留在她手里，那跟没要回来一样。

张小贵想了想问，哥，那你说怎么办？

张大贵说，翠云和海平是我的儿女，也是你的儿女，我看最好能把钱交给他们，将来反正由他们养咱们的老，盖房子呀、买健康保险呀，都是他们的事了。

张小贵看了他哥一眼，沉吟片刻说，先要回来再说吧，翠云和海平需要，就先拿去用。

张翠云插嘴道：叔，我们不缺钱用，这都是为了你。

张大贵说，可不是吗？有我在，他们什么时候缺过钱？！

张小贵不好意思地笑了：哥，就按你说的办。

张小贵的老婆回来了，没带回钱来。张小贵怒不可遏，拿刀要砍老婆，结果自己摔了一跤，跌了个半死。老婆把他背回床上，哭着问，你都快死了，要钱干什么？张小贵挣扎着说，老子要住院。老婆说，你别折腾了，那点钱要养你老的。张小贵骂道，养个屁，你急得我死不了，你好带上我儿挣的钱改嫁。老婆气疯了，掀起背子要蒙张小贵的头，张小贵紧紧地揪住被子不放，叫道，你杀不了我的，杀了我你也得抵命。

老婆大哭，老天爷啊，我活得有什么意思！

趁张小贵老婆不在家,张大贵和女儿、女婿雇了一辆面包车,拉上张小贵去城里问张建军的舅舅讨钱。张建军的舅舅板着脸说,钱我一分不留,但我要给到妹妹手里。

张大贵义正词严地说,不行,你马上把钱拿过来,小贵要住院。

张建军舅舅问,我妹夫住院,我妹妹怎么没来?

张小贵说,她下地去了。

张建军舅舅说,那我不能给,你们去把她拉来吧,我已经把钱存到了她的名下,存折要给她本人。

张大贵拉下脸说,你们兄妹串通一气,居心不良。

张建军舅舅冷冷地说,你再说一遍,再说一遍我拿大巴掌扇你,作势欲扑。

张大贵不吭气了,回头看看女儿女婿。女婿没动静,女儿挡在张大贵身前说,有理讲理嘛!

张小贵突然抢到建军舅舅的店门口,歪了歪身子,躺在了地上。他仰面朝天地对建军舅舅说,我儿死在你门口,我也打算死在这里了,你看着办吧。

建军舅舅望了妹夫一会儿,伸手从内衣口袋里摸出一张褚红色的存折来,张开举到张小贵脸前:妹夫,你看好了,三万整,一分不少,从今后,再没我什么事了。他把存折扔到张小贵头边的地上,从他身上跨过去,进了店里。

张大贵弯腰把存折捡起来,翻开看了看,递给女儿。张翠云把存折揣起来,示意女婿一块儿扶起了张小贵。张大贵和张小贵不依不饶地骂骂咧咧着,四个人慢腾腾地朝马路对面的饭馆走去。

走,吃他娘,我儿给我挣下的!张小贵意气风发。

四个人要了一桌子菜,一边吃一边骂。张小贵竟然吃了一只油汪汪的鸡腿。太阳从窗户里射进黄白的光,照着一桌子残羹剩肴。

张大贵黑油亮的脸庞上晃动着笑，他灵巧地剔着牙问张小贵，你说咱是先去取钱，还是先回呢？

张翠云说，爸，没我婶的身份证，取不出来。

张小贵不屑地说，那就先回，明天拉上她再来取，倒成了她的世事了！

张大贵劝道，你跟她好好说，别闹僵了。

四个人再次来到大街上，张翠云两口子一边一个扶着张小贵。张大贵笑道，小贵，你看看你，真是有福气的人呐。张小贵很幸福地笑了。

2002年12月09日01时22分初稿

2002年12月12日10时18分定稿

还 乡

我坐在阳台的落地玻璃窗前,望着刚刚睡醒的大街。晨雾打湿了粉尘,使空气呈浅灰色,街边的建筑都微微有点发蓝,像宋朝时用草木灰染过的布。偶尔,有一辆出租车驶过,在潮湿的路面上造成飞机起飞前巨大的声势。这是污染严重的城市特有的晨景。我拿着手机,给菁菁发了条短信:失眠加剧,恐过量药物副作用太大,已请假病休,这个双休日,老婆孩子就送我回老家疗养,走前再见一面吧。

火车上,我回味着和菁菁在她住处做的那件事情,明白了为什么中国人把男女之事叫睡觉,原来这件事情也不过就是像做梦一样,做过了也就完事了,本身并没有太多的乐趣可言。阿Q对吴妈说要和她困觉,对方马上大哭大叫,那是因为阿Q对她来说是个噩梦,假如是赵秀才要和她困觉,她一定迷迷糊糊,觉得那是个好梦。就是说，梦本身没有意义，和谁一起做才有意义，做爱本身也没有乐趣，和谁一起做才有乐趣。从这个意义上说，有个情人生活多一点乐趣。

时值盛夏，火车穿过田野，像一条蛇钻过热带的草丛。黄土高原进入了她一年中的盛装时节，绿色的礼服把黄色的肌肤遮盖得密不透风。又浓又亮的绿到处流淌，以草为毯在地上泛滥，以树为旗到空中去招展；空气都微呈淡绿，天空像倒挂的巨大湖泊，倒映着大地上汹涌的绿潮，这一切仿佛印象派的画作。我把手臂伸向车窗外，它马上被染成了绿色。我想起儿时看过的一本苏联的科幻连环画，讲述一些执行特殊任务的战士，被实验室注射了叶绿素，从而具有能从阳光中分解养分的功能，可以不吃不喝地完成艰巨的任务。他们中有人爱上了一个敌国的正常姑娘，拒绝继续注射叶绿素，最后为爱情牺牲了生命。从这个意义上说，爱情就是一种背叛。

从出租车上下来，我和妻女走在绿色的乡村，像三条鱼游在青萍掩映的湖面之下。乡村的中午，阳光在宽大的梧桐树叶形成的屏障外无比灿烂，树荫下却温凉如仲春，干爽似初秋。我们家的院子很大，地上绿白相间，图案跟长颈鹿的身上相仿，那是阳光透过梧桐树的枝叶形成的效果。我们无声地走进这寂静的中午的斑斓。母亲从厨房跑出来，一边用围裙擦着手，一边站在门口用老花眼望着我们走近。这一切都让我怀念少年时总也睡不醒的中午觉，在那些个安静的晌午，母鸡和黄狗还有黑猪白猪都睡了，整个乡村无声无息地趴在旷野上打鼾，像一头巨大而温顺的野兽。

母亲做的是揪片，里面有些许的西红柿和长豆角，味道在清淡里充满了生活的丰富。妻子和女儿吃得满头大汗，我也吃得满头大汗。母亲匆匆吃完，又去厨房盛了一碗，倒在一个旧饭盒里——那是我上初中时用过的铝饭盒,如今变成了黄色,像是磨砂的杯子,并且布满了浅浅的坑。母亲把它交给我说:去给你爸送饭吧,西瓜地还是在河边的沙地上。女儿要跟上我去,妻子喝止住她说:刚回来别乱跑,咱们和你奶奶一起洗锅。

我提着饭盒,从巷子里前排房子的阴影里走出来,穿过一片小榆树林,继续沿着河边走,远远地望见了一片青绿直接天际,那就是瓜地了。河水在这个时节是白里泛黄的,而远看就是灰色的,瓜地却是青绿的,还泛着点点的银光,像是落了一层霜。风不猛,但很宽大,也有力,好像无数看不见的手要把你提起来。这种风吹在身上很舒服,不但是因为它干净,还因为它的无拘无束,被这样的风吹着,人很容易忘记城市是个什么东西。走进瓜地,光能看见瓜蔓,看不见西瓜,但只要有一股滚地的风吹过,将瓜叶海浪一样层层掀起,就会看见遍地都是西瓜,带着水雾,好像蚌开珠现。父亲的看瓜棚在瓜地的中央,上面爬满了丝瓜吊瓜的藤蔓,几乎是密不透风,以至于我围着瓜棚转了几圈,始终找不见门在哪里。举目四顾,看见远处的老柳丛中似乎有一张床,床上睡的好像是父亲。我把鞋踢掉,赤脚踩着沙地向那里走去,果然看见那棵二十年前就歪着脖子的老柳树下支着同样古老的藤床,床上睡着跟它们年龄相仿的父亲。父亲脸朝柳丛睡着,枕的还是他那古老的筒形枕头,那是他和母亲结婚时祖母做的,砖蓝色的枕头套都洗得发白,隐约能看见被脑油滋润出的暗色。我没敢叫醒父亲,因为有两只不知名的小鸟正在他枕头边跳来跳去,我怕惊飞它们,或许,它们是父亲的梦乡里的主角呢。父亲摇着蒲扇——在睡梦中摇扇子是老一辈乡下人的绝技,到了我们这一代就失传了——扇子上用工楷写着一句诗,诗曰:燕子飞来枕上。床下,闲放着多年前我给父亲买的那双老头鞋,父亲的那本竖排本《唐诗三百首》不知何时从床上掉了下来,正砸在那双鞋上。这就是我回来后见到父亲的情景,当时,我在鱼腥味的热风中感到了宁静。宁静,是甜梦的温床。

夜里我替父亲看瓜,我们父子俩见面从来就有说不完的话题,那天晚上星光又好,因此父亲回去的时候已经接近午夜了。父亲说:睡吧,我走啦。他走出去几步,又回过头来说:凡事不必计较,做个真实的人就是了。我说知道了,你路上小心点。父亲消失在乡村纯黑的夜色里,我突然觉得在这虫声此起彼伏的野外,即使醒着也跟睡着一样安逸。中天是无垠的黑色,天际却是浅灰的,星星落在河里,河水变成黑色的暖玉。我正在感受宠辱偕忘的美好境界,看见河槽里爬上来一个黑影,像一只狗熊一样摇摆着走进瓜地,我以为是个偷瓜贼,就站起来瞪着我的近视眼看他如何动作。那家伙却径直朝我走来,我感到他莫名其妙但充满了友善,果不其然,他在我身边坐下,嘿嘿地笑了一声说:今天回来的吧?我一听这声音,像被谁推了一把,差点坐地上,他伸手扶住了我,问:你怎么了?

我说怎么了,你怎么起来了?他说你不是也想让我起来吗?我说我问你为什么要起来。他沉默了片刻,低声说:我爸真的死了。我又坐到了地上。他也坐到了地上。这家伙从小跟我一块儿长大,我刚参加工作的时候,有一天接到他爸打来的电话,叫我回去劝劝他,说这小子得了懒驴症。所谓的懒驴症,是从驴那里衍生出来的,我小时候,村里几乎家家养着一头驴,主要用来拉庄稼和给地里拉农家肥——就是驴踩出来的粪。因为驴是有名的倔脾气,所以村里的大路上每天都能看到一头驴走得好好的扑通就卧倒了,任你怎么打它骂它求它,就是不动窝,最后往往是赶车的喊来几个人把驴卸了套,抬上一辆小平车拉回去。因为人着急要干活,没工夫跟驴怄气,所以驴往往是无往而不胜,舒舒服服地躺在平车上像个九十岁的老太太,高兴了还要吊几嗓子,难听得人恨不得把耳朵揪掉喝了面片儿汤。据说这种病可以传染给人,尤其是年轻的棒小伙,本来一个很能干的后生,突然就心灰意懒躺在床上不下来,而且往往一躺就是好多年,甚至躺到死。我这个伙伴当年就是得了这样的病,他爸念过几年书,认为这不是什么驴传染的病,而是心病,希望我能回来跟他好好谈一谈。我回来坐在他的床头,这家伙笑嘻嘻地看着我,说你别白费劲,躺着多舒服,我不会起来的。我真恨不得抽他几下,就恨恨地说:你真没出息,别人都在想办法发家致富,你却在这里挺死猪。想不到他听了这话把被子往脸上一蒙,瓮声瓮气地说:我就是没出息,你们当干部的当干部,做生意的做生意,老子什么也不会,还不如睡大觉。我才明白他这是猪八戒摔了耙子了——这家伙小时候和我们一起捉迷藏,找不见我们就不找了,一声不吭地回家吃饭去了,害得我们躲在麦秸垛里差点闷死。看来现在他看到自己挣不下钱,活得不如人,干脆犯了老毛病,不玩了。我给他打气,给他讲了许多男儿当自强、少壮不努力老大徒伤悲的话,讲了半天不见有动静,掀开被子一看,他已经睡歪歪了。我当时很忙,不敢把领导们的讲话稿耽搁了,就匆匆回去上班了。

　　后来有几年,我停薪留职加盟了一家理疗连锁中心,菁菁就是那个时候认识的,我回单位上班后,她成了老板。当时,我在报纸上发表了一篇关于"懒驴症"的文章,南方某城有个小伙子慕名来求诊,他是躺着被家里人拉来的,据说已经在床上睡了十年了——原来城里人也会被传染懒驴症。小伙子说他十年前失恋后觉得世界一下子没有了光彩,但又怕自己死了父母也会心疼地死掉,索性一睡不起,现在还是觉得没什么必要起来。我给他讲了两个故事,一个故事是这样的:开天辟地的时候,世界上只有一座山一个神仙和一个魔鬼，神仙住在山上，魔鬼住在山下。神仙每天用土捏一个人，叫他下山去，这个人就会被魔鬼吃掉。就这样不知道过了多少万年，魔鬼终于沉不住气了，跑到山上来质问神仙，他气呼呼地说：你这个讨厌的家伙，明知道我把你捏的人都吃了，为什么还要不停地捏？神仙委屈地说：你总得让我干点什么吧。魔鬼一听，也像泄了气的气球，垂头丧气地说：唉，谁说不是呢。这个故事是说：这个世界原本很无趣，但既然活在世上，就该找点事做，哪怕最单调的事情。小伙子听了说：不错，无论干点什么事情，总比每天都捏泥人要有意思，但是谁能保证这个世界比神仙和魔鬼的那座山有乐趣呢？我就给他讲了第二个故事：古老的中东有一个叫山中长者的王公，他在两座大山之间建造了一座世界上最大最美的花园，花园里有描金的宫殿、各种果树、清凉的泉水、香甜的美酒、取之不尽的美食，漂亮的少男少女们在花园里唱歌跳舞，过着神仙般的生活。山中长者经常去民间访问那些对生活失去信心的人们，用灵药把他们麻翻后带到这里，这些每天昏睡不醒的人醒来后，看到这里的美景，以为自己来到了天堂，就重新找到了生活的乐趣。这个故事就在马可·波罗的《游记》里，应该不是虚构的，我把这本书拿给小伙子看，他捧着书看了好几遍，最后说：我知道这个故事要说的是什么，每个人的生活中都有天堂，看你自己想不想去找到它。我说太对了，你打算怎么办？他做了个鬼脸说：我要自己跑到那个花园去，抢一个美丽的姑娘做妻子。然后那小伙子就挣扎着要下床，我和他激动的父母搀扶他下来，但是他根本站不住。去医院检查了一下，医生说：他过长时间不运动，双腿的机能完全丧失，这辈子都不会走路了。我们都惊呆了，但是小伙子含着泪安慰我说：谢谢你李大哥，虽然我不会走路了，但我的心已经长出了翅膀，我会飞到那座美丽的花园的。

小伙子走后，我想起我那个也已经睡了好几年的伙伴，想到他也可能永远睡下去，我吓出了一身冷汗，第二天就坐火车回去看他。那家伙还是躺在被子里嬉皮笑脸，我压住火说：你媳妇呢？他看我一眼说：早离了，她嫌我光会睡觉，连干她都懒得做。我知道对他这种没文化的人讲什么故事也白搭，只有让他知道后果才能吓住他，就拿出南方那个小伙子的照片和病例来，告诉他再睡下去将来想站都站不起来了。他先是愣了一下，接着看着我嘻嘻地笑，坐起来朝窗外看了看，然后猛地跳下床来，来回走了几圈说：我早就有预防了，家里人一出去我就跳下来锻炼锻炼，他们一回来我马上上床睡觉。我说：呸，你这是吃上鳖肉的发洋憨哩。他垂头丧气地爬上床去说：我他妈早就不想再睡了，过去是活得心里累，现在想开了，可是已经睡了这么多年了，哪里有脸起来见人呀。我说起来就是好汉。他说说的容易，你给我一个理由。我说你他妈还要什么理由，不愿意当一头猪就是理由。他不吭气，过了半晌才说：只有家里着火烧光了或者我爸死了，这才像个重新做人的机会。我当时恨不得掐死这个龟孙子，但看到他已经不想再睡了，也就放了心，迟早他得起来，他自己拉的狗屎自己吃吧。

　　想不到现在他终于起来了，而他爸也真的死了。他坐在那里，看着夜空中的星星，自言自语地说：我觉得我爸是累死的，我要是早点起来，他也许不会死。可能是星光的缘故，他的眼睛变得很亮，我想骂他一句早吃屎去了，却说出一些安慰他的话来。这家伙见我没有责怪他，渐渐变得又讨厌起来，把眼睛凑到我的鼻子底下问：听说你得了失眠的病，是不是受了什么刺激？我说你是因为没事干睡着不起来的，而我是因为事情没完没了才睡不着的，压力，你懂吗？他想了想说：不懂。

还 乡

清晨，河上的雾气像一根巨大的牛奶冰糕，以卧式长方体的形式往上迅速增高，像是有个巨人在拿牛奶做出的砖砌一道长城。后来牛奶的城墙轰然倒塌，雾气滚滚而来，吞没了沿河所有的一切，包括我的瓜田还有站在瓜棚前面的我。就在这汹涌的雾气里，手机响了，是菁菁打来的。她急不可待地告诉我好多事情，有几件重要的，但大多数没什么意思，大概这就是女人吧。最后她郑重地告诉我：你留给我的那本《十日谈》我已经看到第三天的第八个故事了。我说好呀，是不是关于睡觉的故事？菁菁像只小麻雀一样啾啾地说道：是的是的，是个很有意思的故事。我说你把话说清楚一点，是关于睡眠的还是关于做爱的。她轻笑了一下说：都是，我讲给你听听吧。这小妮子等不到我的同意就颠三倒四地讲起来，幸亏我的逻辑思维比较强，偶尔问上她两句，还能听个大概。菁菁讲到，有个修道院的院长看上了一个愚蠢的农夫的妻子，她长得很漂亮，所以他就很妒忌。我说谁漂亮，谁妒忌？菁菁说农夫的妻子漂亮，农夫妒忌她跟一切男人打交道，包括不让她一个人去修道院做忏悔。

后来呢？

后来那个院长设计打发走了农夫，单独听他的妻子忏悔。

她是不是后悔嫁了一个又蠢又妒忌的丈夫？

是的，但是她不知道怎么办才好，所以很痛苦。

那就正中院长的下怀了，他是不是给农夫的妻子出了一个奇怪的主意？

对对，他提出要帮农夫改掉妒忌的毛病，让他妻子获得自由，但是他说在农夫不在他妻子身边的这段日子里，他晚上要亲自给她快乐，希望她能接待他。

她答应了吗？

是的，因为他向她表白了热烈的爱，并送给她一枚精美的戒指。

这就是你们女人的弱点，后来是不是她把丈夫出卖了？

不能这么说，是院长叫她传话给她的丈夫明天来修院谈话。他是个好教徒，所以就高高兴兴地来了。

后来呢？

后来就有意思了，院长在给农夫喝的酒里下了一种药粉，他就睡着了。农夫睡着后，院长和一个心腹把他抬到一个地窖里，那个心腹就拿个大棍子守在那里等农夫醒来。他们给农夫换上教士的衣服，院长穿上农夫的衣服跑到他家里睡人家的老婆去了。

你讲这种故事怎么一点也不害羞，后来农夫怎么样了呢？

讨厌，别说我。农、农夫醒来后，看见黑洞洞的，就问这是哪里。院长的心腹说这是地狱。农夫一听就大哭起来，说他漂亮的妻子一定要改嫁了。那个心腹就在他的头上敲了一棒子。农夫问为什么打他。心腹说：上帝知道你这个人妒忌心太重，所以让你在此炼狱中受惩罚，要能痛改前非，还有复活的机会。农夫一听还有机会回到妻子的身边，就表示一定努力改造，让那个心腹用棒子狠狠地敲他。

他妻子和院长睡得怎么样呢，她感到比和农夫在一起有乐趣吗？

当然了，她甚至爱上了他，不想让丈夫醒来了。因此他们就让他在地窖来待了整整十个月。后来……

后来农夫的妻子怀孕了，他们不得不让那个可怜虫出来做挂牌父亲了。

对对，院长又悄悄在农夫的食物里放上了那种药，让他睡在一个棺材里。农夫醒来后就以为自己复活了，非常感谢上帝，并且改掉了妒忌的毛病。

后来他就得到了一个儿子,还允许他的妻子一个人跑到修院去做忏悔?

是呀是呀。咦,你怎么好像都知道?

那是我的书呀,我当然都看过了才给你。

讨厌,那你还让人家讲给你听,浪费手机费吧。喂,说正经的,你还是睡不着吗?乡下是不是很美丽?

当然很美,你怎么样,生意还好吧?

嗯,都挺好,就是想你得厉害。

这时我看到渐渐稀薄的雾气的缝隙里,出现了我老婆的身影,压低声说:我先挂啦,你嫂子给我送饭来了,让她听见不好,回头打给你。

菁菁赌气叫道:我偏让她听见——我爱你!

我刚挂了电话,老婆已经走到跟前。她放下饭盒,把手机抢过去说:这个我保管,今后中断你跟外界的一切联系,安心做个瓜农。她看了看我的脸色说:今天晚上咱俩一起在这里看瓜,爸妈已经同意了。我说这里风大。老婆说:不管,能看住你不被狐狸精勾了魂就行。我只有干笑。

是夜,我和老婆在四面漏风的瓜棚里做爱,激情无比,高潮迭起。我发现我比在城市里的时候能干的很,完了我老婆骑在我身上拧我的肉,跟我算账说:原来你这么凶,为什么以前不肯卖力气,害得我浪费了十几年的青春。这就是说,同样是和我做爱,我老婆感到比从前有乐趣,不知道是我改变了还是环境改变了。唯一可以肯定的是,那一夜,天快亮的时候,我老婆赤身裸体地在我的怀里睡着了,她的身体柔软而温凉,像上好的缎子,抱在怀里很舒服,抱着她,我感到了睡意阵阵袭来。后来河上的雾墙轰然倒塌,像给我们撑上了一个铺天盖地的蚊帐。真是天为房地为床呀,我诗兴大发,抱着睡眼惺忪的老婆又干了一回,我老婆在睡梦中打着哆嗦说:怎么云呀雾呀的,我们是不是成了神仙?雾的确很重,搞得我们俩浑身湿漉漉的,像两条浪花里的鱼。

追述我们一家三口回到村里的那个上午,我老婆和女儿帮我妈去厨房做午饭,我则习惯性地踱入了父亲的书房。父亲的书房,其实是西厢房,多年前父亲着迷于科学种田的时候,养着一头老牛,那西厢房就是牛厩。后来牛老死了,父亲不肯再买头牛来代替它,就把耕地转让了出去,承包了河边的一大片滩地种起了西瓜。牛厩空着也是空着,他就把那里做了书房——他使我想起《悲惨世界》里的那个同样住在牛棚里的卞福汝主教,主教的牛棚有个很诗意的名字叫"冬斋"。但父亲没有什么信仰,他唯一着迷的是中国一切的传统文化,包括诗词、书画、音律、武术等等,这只要看看他书房里那座巨大的笔架子就知道了。关于这个笔架子,它超乎平常人的想象力,首先它不能说是个架笔的用具,而是一个能挂一百把笤帚那么大的毛笔的大铁架子,也就是说,它高有一米七十,而长度足足占满了一面墙。上面挂的那些毛笔,有很多是整根的动物尾巴,小的有松鼠尾巴、黄鼠狼尾巴,大的有马尾巴、狗尾巴,其中最漂亮和引人注目的是狐狸的尾巴和狼尾巴,而且有银狐、红狐、花狐及大灰狼、小母狼、土狼等不同,但这并不足以说明我父亲是个猎人,相反,他是个跟一切动物都很有感情的人,要不你怎么理解他让一头牛老死在家里,而且为了纪念它放弃了自己做了一辈子的庄稼活呢?所以有关这些尾巴,据父亲有一次给孙女、孙子和外孙讲故事时说,是那些即将老死的动物自己趁着夜深人静的时候跑来见爷爷和外公的,它们早就听说世界上有这么一个可以做朋友的人，就想在弥留之际把它们的尾巴留给他，让生命留下存在过的痕迹。当然这些话都是逗小孩子开心的，可父亲讲得跟真的似的。他说，在动物世界里，趁着梦境来找我割尾巴已经成为一种时尚，我总是满足它们的最后愿望，将它们的尾巴珍藏起来，并挑选其中的光洁柔软者做成毛笔，那些毛笔各具形态，因为它们比主人生前更加像一条尾巴——这就是艺术产生的奇迹吧。那些世界上最珍贵的毛笔还有一个特征就是笔杆不是竹管或者木管的，而是铜管的，这里面有青铜、黄铜、红铜等不同，而且粗细各异，这使那毛笔挂在那里不像笔架子，而像一座编钟。讲到高兴处，父亲拿出一个锦缎包来，从里面拿出一根乳玉般的象牙——据说，这是一个非洲象群的首领临死前不远万里跑来让父亲割下了它的尾巴，而众所周知，大象虽然无比伟岸，而它的尾巴比猪尾巴强不到哪里，而且这样光秃秃的尾巴割下来非但没有保存价值，还会很快地腐烂掉，因而当时父亲很为难，但又不忍心让跨洲而来的象王失望，只好展示了自己的旋刀绝技，用比激光还快的速度替象王割下了一根大牙——夕照里，用象牙去轻敲那些铜笔管的时候，一曲上古时代的刀剑铿锵热血奔流的乐曲就回荡在村庄和原野的上空，让飞鸟盘旋走兽回眸。这样讲述自己的父亲脸上挂着迷人的笑容，仿佛自己就是万能的上帝，其实，父亲年轻时曾经是个狂热的文学爱好者，因为没受过正常的教育而始终不能圆梦；中年时他又做过一段时间的基层小官，也因为太要尊严而最终弃官归田，这就是我父亲大半生的生活，用一句话就可以概括，完全不像他给孩子们讲的那样神奇。

我生日那天，正是暑假的开始，弟弟妹妹都拖家带口从外地赶回来。晚饭后，我们一家人都到瓜地里去乘凉。我们在沙地上挖了一个浅浅的大坑，往坑里铺了十几个大西瓜，然后再用沙子盖上，在上面生起篝火来——用这种方法烤出来的西瓜，所有的水分和糖分都向瓜瓤的中心聚集，切开一看，靠近瓜皮的瓜瓤都变成了棉絮一样东西，只有中心那一小块红里发黑，咬一口甜到骨头里，一辈子也忘不掉。这是我父亲的发明，这样的西瓜，既不会把人吃成大肚子，又让营养和美味都升华到了最高的境界，应了那句浓缩就是精华的说法。而且由于高温和脱水，瓜子都烤熟了，又鲜又香，抓一把烤成棉絮的瓜瓤，用手搓一搓，然后用嘴一吹，就只剩了一手心瓜子。吃完了西瓜嗑瓜子聊天，是时天上月明风轻，真是神仙般的生活。那天晚上我们一家围着篝火而坐，幸福和快乐伴着河水流淌，孩子们大喊大叫，大人也大喊大叫。吃过了烤西瓜，几个孩子突发奇想，要让过生日的人抱着瓜地里最大个儿的西瓜绕着篝火跑上与他的年龄相当的圈数。我抱着一个四五十斤重的大西瓜围着篝火卖力地跑，赤脚踩在沙地上，舒服极了。大家给我用掌声打着拍子，女儿、侄子和外甥跟在我屁股后面嘻嘻哈哈地瞎闹。我跑呀跑，跑得眼前发黑，突然发现周围有一圈亮晶晶的星星，留神一看，原来是他们的眼睛，他们的眼睛在火光中仿佛泪水盈盈。我心里一酸，实在是跑不动了，小家伙们不乐意，推着我的屁股跑，好像要把一只笨重的狗熊风筝放起来。眼前有雾模糊了我的眼镜，我深一脚浅一脚地跑着，我听见孩子们兴奋地在喊：加油，加油，三十六……还有最后一圈，我双腿一软，跪了下去，五体投地趴在冷热参半的沙地上。只觉得一片寂静，仿佛世界已经告别了我，但我分明很充实……

我醒来的时候，听到寂静中鸟叫得很好听，周天一片淡青色，显然已经黎明了。我身上盖着毯子，躺在父亲那张藤床上，我弟弟从瓜棚里伸出脑袋来，皱着眉头说：老大，你的呼噜打的还是那么难听。太阳喷薄而出了，霞光刺破浓雾，河上的雾墙轰然倒塌时，仿佛一条彩色的河流将我们托起。我望着流光溢彩的田野，感到一切都那么新鲜，自己就像一个刚出世的婴儿。

原载《红岩》2011年第2期
原载《芒种》2002年第4期

面　孔

　　那个人就站在街对面，正对着街这边的大门口。所有走出这座大门的人一眼就能看到他，但并没有人注意到他——各怀心事的人们怎么会对一个无关重要的人感兴趣呢？就像正常人都不会对着一根水泥电线杆子讲话。只有张生看到了他，并且装作无意地打量着他。张生的神情，就是在费劲地想回忆起某一个人来，以至于眼睛都下意识地眯了起来。

　　那是个深秋的下午，天气并不好，云团密集的天空像倒挂的南极冰山。因此天气就有些灰暗。再加上张生有点近视，就很难把那个人的细部特征看清楚，比如脸上是有几颗麻子还是布满了雀斑。但那张面孔的轮廓，张生分明是记得的，同时他感到胸口堵得慌，仿佛那人曾经陷害过或者当众羞辱过他。于是张生有意无意地停下脚步，问与他并肩而行的李离：

哎，你看对面那个人。你觉得他面熟吗？

哪个人？李离也停下步子，向对面张望着。于是他很快也看到了那个人——他正仰面看天上的云，嘴里叼着一支烟，一只手的两根手指夹着那根烟，另一只手插在口袋里，整个人看上去很悠闲。

李离说，那个人吗？他……

你见过他吗？我觉得他很面熟……张生皱着眉头说。显然，他还在费劲地回忆那个人到底是谁。

我没见过。看样子他好像在等人。你见过？

想不起来了……但是，这张脸太熟悉了，他让我感到不好受。

走吧走吧，世界上长得像的人多的是，别疑神疑鬼了。李离拉了张生一把，他们又沿着人行道向征费所家属区走去。

那个人依然站在那里，这时候他正目送着那两个谈论他的人远去。

我还是觉得他一定冒犯过我，至少我们闹过别扭，但这家伙是谁呢？张生不甘心地回头望了一眼说。

是你的同学吧，他在学校欺负过你？李离满不在乎地笑着问。

不是，但肯定是个以前很熟的人，并且我们一定有过不开心的过节……张生思索着说。

那就是你以前的情敌，找人揍过你吧。李离开玩笑。

嗯，好像是这么回事，但不是情敌。我好像记得那次他带了两个人来找我的麻烦……不对，是我跟他们撞上了，当时是为了什么就不清楚了。张生仿佛想了起来，站下来两眼放光地看着李离说，是这么回事，我们没有打架，但互相对峙着。我清楚地记得他当时穿着崭新的麻色夹克衫，穿一条笔挺的蓝裤子，黑皮鞋擦得很亮。他很严肃地站在我面前，身材矮小但很有精神，背后站着两个彪形大汉……

但他是谁呢？你们为了什么事这样对峙？李离问。

我也想不起来了，最后的结局也忘了，不过……张生摇了摇头，重重地叹了一口气。

到家了，回吧回吧，一会儿也许你能想起来。李离笑着拐进了一条窄巷子。

我想起来给你打电话。张生喊了一句，拐进了另一条窄巷子。

我在单位大门口看见了一个人，很面熟，但就是死活想不起他是谁来。张生回到家里边脱外衣边对妻子说。

哦。妻子正忙着张罗晚饭，忙里偷闲地抬头望了他一眼，问道：你跟他打招呼了没有？是不是本地人？

没有，他在街对面站着。张生回答。

神经！妻子忍不住笑了，疼爱地剜了张生一眼说，你是不是疲劳过度？

啧！你看你这人，我跟你说正经事呐。我真见过那个人，或许是以前为你跟他打过架呢。张生一本正经地说。

胡说八道，你哪里为我打过架！动动嘴皮子就把我哄到手了，你是那种一怒为红颜的人吗？！妻子委屈地抱怨。

你怎么这样看我？张生不满地盯着妻子，足有十几秒钟，看见对方忙得顾不上看他，只好也伸出手去帮忙。

你别乱动，剥葱和蒜去吧，乖。妻子疼爱地冲他柔声说。她温柔地打量了他一眼，生怕他真的生气。

我怎么就想不起这家伙是谁呢？张生边剥蒜边自言自语。

这顿晚饭，还跟过去的每一顿晚饭一样吃得有情有趣——他们新婚不久,吃饭时忘不了动手动脚。但张生今天一直有点心事重重。

你还在想那个人吗?妻子边洗涮边问。

不了,但我肯定认识他。张生坐到电视机前,一边选台一边回答。

你仔细想想,是在学校认识他的,还是参加工作后?是在认识我之前还是之后?妻子边干活边聊。

唉,想不起来了,不过我把他那副面孔记得很清楚,小分头梳得溜光,小圆脸像个皮球,嗨,眼睛和鼻头也是圆的——这样的脸竟然会摆出一副阴沉傲慢的表情来!张生皱着眉头边想边说,同时他感到心脏在收缩,那分明是对曾有过的恐惧的心悸。

这个家伙,我一定要收拾他。张生想,如果我想起他是谁的话……

睡觉前,躺在床上,张生捧着一本外国小说看。妻子洗漱后钻进被窝,抱住张生说,你看书吧,我累了,先睡呀。

张生把书放在胸口上,双手枕在脑袋后面,叹了口气说:

我一定能想起他是谁来!

累不累呀!妻子抱紧了他说,你这个人就是心眼小,又多疑。她睁开眼睛,仰头望着张生,像演话剧的动作,问道:你不会是影射我有外遇吧?告诉过你多少次了,我结婚前只谈过一个男朋友,你也见过他了……

哎呀呀,我哪有工夫翻腾那些破事!我告诉你,我真的认识那个人,他跟我肯定有过过节,很重的过节,我现在想起来还憋气呢!

可你又想不起他是谁。妻子不依不饶地说。

唉——张生叹了口气,又嘘了口气,说:睡吧,也许我能梦见这孙子是谁!

第二天上班时,张生特别留意了一下昨天那个人站的位置——没人站在那里。接下来几乎一整天的时间里,张生都觉得这个人就在脑子里的某个角落里藏着,呼之欲出,又转瞬即逝。这种情形甚至影响了他的正常工作,几次把要上报上级处的报表填错。下午三点半左右,所长来到财务室,绷着脸问张生:

张会计,报表做好了吗?好了叫小王开稽查队的2020送你去处里。

就我们两个人吗?这次要上缴90万呢,返还也有10多万。

你要早做好报表,稽查队还能抽一两个人跟你去,现在他们都执行任务去了,难道让我陪你去!

回来肯定天要黑了……

哎呀!你随便找个包把钱装上,谁知道你是去送100万块钱?你的制服是羊皮吗?所长发过火,觉得自己太过严厉了,又把肌肉发达的脸松弛了一点,露出一丝笑容来,问:做完了吗?

马上就完了。张生赶紧收拾——这时候那个人的面孔反倒没影儿了。张生感激地望了一眼所长壮硕的背影。

张生坐在吉普车后排的座位上,怀里抱着一个绿色的帆布包装袋。他探身对专心开车的司机说:小王,我昨天在咱所大门口看到一个熟人,死活想不起他是谁来,你说,奇不奇怪?

是吗?小王嗓音响亮地说,这种事我也碰见过。想不起来了,证明他在你心目中不重要,没什么大不了的。

年纪小就是想得开。张生想,我怎么一结婚就变得这么婆婆妈妈叽叽歪歪了呢!不,是从谈恋爱时变得多疑和敏感的。他摇了摇头，又趴到前排座背上对小王说，小王，开快一点，争取天黑前赶回来。

张会计，还要快呀，这都快100迈了，你真是要钱不要命。小王笑着说。但他还是把油门踩了下去。

这条由地方上新建的高速路，路面很宽，车行其上根本感觉不到速度，就像轮船航行在没有参照物的无边的海面上一样。但这条路又不封闭，与粗粗细细的乡村道路交交叉叉，如果从空中鸟瞰，像一条百足的蜈蚣。更叫人担惊受怕的是，所有的路口几乎都无减速标识，汽车从路口飞驰而过，嗖的一声，像射过一颗子弹。农民们骑着自行车或者开着各种农用车横穿公路，像冲封锁线一样紧张。就是这样小心翼翼，还免不了出车祸。其实这条新路上车流量并不大，这就使司机们更加肆无忌惮地踩油门。

如上路况，张生原本很清楚，但由于赶时间，他把那个人都抛到脑后了，还能考虑那么周全？所以当前面300米处突然出现一辆横穿公路的摩托车时，张生并没有提醒小王减速，他想：摩托车很快就穿过公路了。小王也是这样想的，所以真的没有减速。

但是当距离摩托车仅几十米时，他们发现骑手把摩托车支在了路中央，而自己却跳到了一边，远远地站着看。张生刚大叫了一声，小王已经猛打方向盘，但车还是撞上了摩托车的尾部。红色的坤式摩托车立刻像张风中的纸片一样在吉普车上贴了一下，又倏了出去。

吉普车撞在路中间的金属隔离带上，又弹到了路边的壕沟里。然后四个轮子朝天，像个大甲虫一样几只脚朝天慢慢地划动。

这个情景是站在路边的摩托车骑手看到的，对张生和小王来说只是觉得猛烈地颠簸了一下的事情。当时是下午四点左右，依然有车飞驰而过，但在那样的速度下，司机们根本注意不到路边发生了什么事情——摩托车骑手是先飞快地把路上的摩托车残骸拖到壕沟里，才去拉吉普车倒立的车门的。

后来公路巡警发现了这起事故，一边把昏迷不醒的张生和小王送医院，一边通知了两位伤者的单位。所长匆匆赶到医院，看了看两位人事不省的部下，扭头问警察：那90万呢？

什么90万？车里没发现有巨款呀。领头的警察惊愕地说。

哎呀，这两个人是专门去处理上缴任务款的，怎么会没有钱呢？所长红着眼睛叫道。他指着张生说，你看，他是我们所的会计，带了90万去上缴处里的。这可怎么办……

警察也着了急，面面相觑。这时一位医生领着几名护士跑过来，指挥护士们去推两位伤者的担架，一边对所长和警察们说：快让开，他们需要马上抢救。然后医生又问：谁是亲属或者领导，快去交押金。

所长让出纳员去交押金，他继续对着警察红眼睛，急得直晃悠。警察说，现场有撞碎的摩托车残骸，没发现受伤的骑手或者尸体，有可能是摩托车骑手拿走了你说的那笔钱。

那怎么办？赶快查一下摩托车的户口牌照呀。所长更着急了。

你别急，我已经派人去查了，很快就能查到。警察不温不火地说。但他的态度显然激怒了所长。

你必须查到，否则……所长伸出一只手去，五指张开，像要揪住警察。

你干什么！警察终于发怒了，推了所长一把，大声说，出这种事情是你们自己的责任，案子我们自然会去查清楚，用不着你教训！

其他两名警察也瞪着所长。

所长愣了一下，瞪着领头的警察。片刻，他如梦初醒，露出一副笑脸，掏出烟来，给警察们每人敬上一支，一边说：别生气别生气，我也是急糊涂了，90万呀，丢了我会被就地撤职。

警察很给面子，就着所长的火点上烟，抽了一口说，咱们都是各司其职，案子查清楚了，对谁都是好事情，我也着急呢。你说对不对？

所长赶紧说，对对，我相信弟兄们。他伸手拍拍警察的肩膀，以示亲切和理解。这时警察的步话机呼叫，他对到嘴边说：请讲话。

刘队长，我刚查过那辆摩托车的牌照和户口，是辆被盗车。

刘队长看了看所长，说：看来下一步只有把案子移交刑警队，叫他们查一下事故发生地点附近的村子，看看有什么可疑对象。他沉吟了一下，深深地吸了一口烟，继续说：

你们那个会计和司机如果能救活，也许他们还记得那个骑摩托车的长什么样子。

第二天，劝走悲痛欲绝的张生妻子。刑警队长和所长站在张生的病床前。刑警队长伏下身来问头上缠满绷带的张生：

张会计，你还记得骑摩托车的那个人的样子吗？

张生费劲地磨着嘴唇说，没，没看清楚，你们问、问小王吧，他坐在前、前面……

所长马上说：小王死了！

刑警队长盯了所长一眼，继续对张生说，你仔细想想，是不是看清了那个人的样子，你描述一下，我们可以现场拼图。

张生沉默了一会儿，慢慢地睁开眼睛，看到刑警队长微笑着望着他，旁边站着皱着眉头的所长。张生叹了一口气，又磨起了嘴唇：

那、那个人个子不高，很瘦小，但很精神……嗯，圆脸，留着分头……穿得好像是麻色夹克衫，蓝裤子，黑……黑皮鞋……

刑警队长回头看看为难地看着他的拼图的警察，又伏下身子问道：五官呢？主要是五官，五官你有印象吗？

五官？有，有，圆脸，圆、圆眼睛……圆鼻头，嘴没看清楚，不过脸像皮球一样圆……那副面孔……张生说完，看了刑警队长一眼，又闭上了眼睛。经过几次修改，张生点头确定了摩托车骑手的头像。

从医院出来，刑警队长边走边对所长说，我觉得这件案子很不对劲，从张会计说的情况看，不像是车祸后救人时见财起意，很可能是有预谋的，说不定……

所长问：说不定什么？

刑警队长说，咱们去你们所里调查一下，看内部有没有什么可疑的人。

所长点点头说，分析的有道理，我也觉得没那么巧。如果查出来是谁，我先抽他几个嘴巴，你再抓那龟孙子！

回到所里，所长把全所的职工都通知了回来，刑警队长在所长办公室逐一单独问话，察言观色。问到李离时，刑警队长刚出示了那张摩托车骑手的拼图，李离就大叫起来：

这个人我见过，怎么会是他！

刑警队长马上说，不要慌，慢慢说，你认识这个人吗？

不认识。但我见过他。李离瞪圆了眼睛说。

什么时候、在什么地方见过？刑警队长眼里也放出了光芒。

就在前天下午，下班的时候，这个人站在我们所大门口的街对面。李离的表情像在回忆一个噩梦。

你怎么会注意到他？他当时在干什么？队长紧追不舍。

他站在那里抽着烟看天上的云。我开始没注意到他，是张生指给我看的。

　　张会计指给你看这个人？刑警队长几乎要站起来了。

　　是的，张生说他见过那个人，并肯定和他闹过别扭，但他也想不起那个人是谁来了。李离看着刑警队长说，又扭头看了看鹰一样盯着他的所长。

　　这么说，张生认识这个人了，他怎么没对我们说这些？刑警队长陷入了思考。

　　张生也在拼命地想，可是他一直没想出来，昨天上午他还跟我说一定要想起那个人是谁来呢。

　　为什么他一定要想起来？可他却没告诉我他在车祸之前见过那个人。刑警队长眼睛里的疑云越来越浓了。

　　他说那个人让他感到不舒服，还有点怕……李离补充道。

　　不舒服？怕？刑警队长站了起来，对所长说：快，去医院，看来张生是个关键人物。

　　所长像被遥控了一样忽地站起来。这时，电话却响了。他看了刑警队长一眼，拿起了听筒。

　　刑警队长和李离都看到所长的脸刷就白了，像放下了一条白门帘。

　　怎么回事？刑警队长问。

　　所长放下电话，瘫痪了一样坐进真皮老板沙发里，整个人的体积瞬间缩小了好几圈。他低声说：

　　张生死了……

原载《芒种》2002年第4期

生活在别处

　　我在这扇防盗门前站了足有十分钟了，不停地敲着门，并且对着里面那扇门上的猫眼保持着尽量温和的表情和善良的微笑，但是一直没有动静。就在我准备转身离开的时候，里面那扇门开了一道缝。这个意外使我一扫心头的懊恼，快乐地迎上去，用最亲切的口气说："有人在家呀？您好，我是来做人口普查的。"门缝里有个苍老但还算和气的声音问："什么，干什么的？""人口普查，您看电视了吗？全世界最大规模的人口普查已经开始了。"我耐心地解释着。

　　门缝拉大了，足够看清里面的人和让他看清我了，是个老人，他的长相与我的猜想几乎重合：个子不高，眉毛很浓，眼窝深陷在皱纹里，有着厚实的好心人的嘴唇，稍显虚胖的体形，给人毫无危险的放心感觉。老人隔着防盗门稍微打量了一下我，问："我不认识你,凭什么相信你?"

我笑了,用手捏起胸章给他看。老人眯起眼睛注意地看了看,最后还是对着我摇了摇头。"大爷,是这样的",我微微向前倾着身子笑着说,"你们厂退下来的老于您认识吧,本来他是我的陪调员,可是今天是阴天,他有关节炎,疼得下不了地,只好我一个人来了。要不,您给老于打个电话问问?"

"进来吧,看你也不像个坏人。"老人突然和善地笑了,打开了铁门。

我跟着他穿过又小又黑的门厅,走进一间大一点的房间,老人请我在沙发上坐下。这是一间客厅和卧室合并的房间,因为门后面放着一张相对过大的双人床,床单是红格子布的,上面有两套铺盖。

"您家里有几口人?"在老人热情地为我倒茶的时候,我打开夹子,准备填表了。

"我和老伴儿,儿子媳妇,还有一个孙女。一共五口人。"老人边忙边说。

根据老人介绍的情况,我逐一做了登记。因为手里捧着老人递上的一杯茶,我决定跟老人聊一聊,把这杯茶喝完再走。"三代人住在一套一居室里,挤得很吧?"我边说边打量着房间里层层叠叠的布置。

"你也看到了,怎么能不挤呢?那个小门厅跟没有一样,这间大点的一半是我和老伴的卧室一半做客厅,儿子媳妇和孙女挤在那个小卧室里。儿子结婚前就是这个情况,如今孙女都快上初中啦。有什么办法呢⋯⋯"老人叹了口气。

"我听老于说这栋楼总共有63套房子,可是只有你们一家人,其他都空着,为什么不再申请一套呢?"

"谁说没申请,申请了十几年啦。房子是都空着,可我是个工人，就够分这么一套一居室的，家里其他人又都不属于厂里的职工，不够条件再分一套房子呀。"老人无可奈何地笑笑，似有无限苦衷，但语气里似乎并没有怨气。

"这么多套房子，真是可惜，为什么就没别人住呢？"我好奇地问。

老人边喝茶边用缓慢的声调说："刚建楼的时候，是按统一的标准建的，每层都是两套两居室夹一套一居室，同时建的还有两座三居室的宿舍楼。建好后分配住房的时候，当头的和资历老的都去买三居室的那两座楼，像我当时的条件只够买一居室的，有不少人都跟我一样。就这样，够条件买三居室的都不愿买两居室，愿意买两居室的又不够条件，所以一开始这座楼的两居室就都空着。一居室过小，有些人住了些年头就想办法搬到家里在外面上班的人分下的房子里去住了，这些年厂里又停了产，大家都去做生意了，所以剩下不多的几家也搬走了，剩下了我们一家，成了看楼的了。"老人说完，看了看我，竟然有点轻松地笑了，仿佛这种情形让他觉得很好笑似的。

我又稍坐了片刻，随着老人的话发了几句感慨，看见茶几上有一包鱼线，又聊了几句钓鱼的话题，就打算告辞了。老人送我出门，走在黑暗里的门厅里的时候，我觉得眼睛的余光里有什么异样的东西吸引着我的注意，一扭头，看见门厅的另一侧的门口坐着一个老太太，正襟危坐在那扇紧闭的门的正中，注意地看着我，眼神在昏暗里发出类似惊慌的光芒。跟在我身后的老人一边抢上前来替我打开门，一边不经意地说："吓着你了吧，那是我老伴，有点糊涂了，除了我，从不跟别人说话。"

我心头一阵慌乱，像是在梦中被人追赶，听了老人的话，稍许平静了一些，再次谢过老人，客气地跟他说了再见。

走出单元门,我回头望了望这坐奇怪的老式楼房,它像蜂窝一样密布着墨绿色窗框的窗户,那些窗框由于风吹雨打已经有些发白。我还是不敢相信这么一座7层高三个单元的大楼里只住着那么一家人,这家人可也真够胆大的。当我想到它像个空荡荡的坟场时,忍不住又回头望了它一眼。就在那时,我看见顶楼一扇窗户后有个人影闪过,不由疑惑地想:那家人住在5楼呀,7楼怎么会有人,莫非是新搬来的住户,老人不知道?我决定再仔细看一看,如果真有新搬家来的,一定要进行普查登记。我站在一棵不知名的矮树下,抬头望着那扇好像有人的窗户,就在我认为那是我的幻觉的时候,那个人影又在窗前晃了一下,但是,这次是在6楼。我有点害怕起来,想到了鬼这个字眼,因为如果那家人的楼上搬来了两家人,他们一定不会不知道,而且晃过人影的6楼和7楼的窗户上并没有挂帘,——有谁家会不挂窗帘呢?

我想返回去问问老人,走了两步,有点害怕,就向我的陪调员老于家走去。

"没有,那座楼上就那一家人,其余的房子都空着,而且那座楼设计得不好,准备拆迁了,谁还会在这时候搬上去呢?"热心的老于笑眯眯地对我说,"你是不是眼花了,普查出职业病来了吧?"

我笑笑,也觉得是最近老敲人家的门,老从窗户看人家家里是不是有人搞的神经过敏了。从老于家出来,路过那座楼的时候,我忍不住望了望那些窗户,只有5楼那家人的窗户挂窗帘,其余都黑乎乎的,玻璃上布满了灰尘。看来真是幻觉,从明亮的外面怎么可以看见高楼上蒙着灰尘的玻璃窗里有没有人呢,也许是云的影子,或者正好有鸟飞过吧。

第二天是周末,而且是个阳光灿烂的好天气,我猜想老于的腿一定不疼了，就决定去他家会合，现在的人，防范心理都很重，没个熟人，敲半天门也不理你，就是开了门也是烦得不行了打发你走的。路过那座楼时，我看见一个十一二岁的小姑娘蹦蹦跳跳地跑进了那个单元门，那肯定是老人的孙女了。就在我站在那里瞅着小姑娘消失的黑洞洞的单元门发愣的时候，突然想起老人昨天闲聊时曾说过附近有个渔具商店，那里可以买到质量很好的海竿，我决定再去问一下和我有共同爱好的老人那个商店的具体位置，因为我对这个地区并不是很熟悉，好像没有记清楚是哪一条街。我向那个单元门走去的时候，心情与昨天大不相同，昨天没什么感觉，而今天心惊肉跳的，嘴角不自觉地在抖，倒不是因为我要去撒一个谎，而是紧张和兴奋的缘故，好像眼睁睁看着鱼在用可爱的小嘴触碰我的鱼饵。

我敲了几下门，但没有敢看猫眼，而是悄悄地进行着深呼吸。门很快就开了，老人出现在那里，他不冷不热地问："是你呀，昨天的调查不太清楚吗？"

我赶紧摆着手说："不是不是，我本来要去老于家，路过时忘了您说的那个渔具商店在什么地方，想过来再问问您。"

听到说渔具，老人脸上露出了笑容，告诉了我具体的地址，并且说："记得住吗？要不要我给你写到纸上？"

我赶紧说："好啊好啊，可是我没有带废纸。"

"没关系，你进来坐一下，我写给你，有兴趣你再看看我的海竿怎么样。"老人打开门，放我进来。我看了看昨天那个老太太坐的那扇门，问道："大爷，您老伴不在家？"老头可能没听见，一进那间客厅和卧室在一起的房间就忙着找纸给我写地址，又把经过他自己缠过把手的海竿拿给我看。那真是个漂亮结实的玩意，我羡慕地把玩着，一时忘了心里的疑问。老人得意地看着我，享受着我的赞叹。我坐了大概有十几分钟，怕老于等急了，就向老人告辞。

我站起来问:"您家里人都出去了吗?"老人笑着说:"老伴在呢,孙女和他爸妈上街去了,今天是个逛街的好天气呀。"他又拍了拍我的肩膀说:"你要是不忙,咱们就可以相跟上去钓鱼,可惜你还要加班。"我说是呀是呀,一边往门厅里走,我看见那个老太太又坐在了那扇关着的门中间,神色依然很不安——刚才她可能是上厕所了,我想。告别了老人,我走下4楼时,听见门里好像有脚步声,仔细一听,又没有了。我站在那里,感到有些冷。根据老人刚才的说法,他孙女上街去了,那么在我之前进来的那个小姑娘就是别人家的了。看来这座楼里真有老人不知道的住户。

犹豫了片刻,我轻手轻脚地转回身向上走,一直走上7楼,我注意到6楼7楼的楼梯上布满了尘土,一踩一个脚印,显然多年没有人走过了。除了5楼老人那家人的门上安有防盗门外,这座楼其他的门都简单地用白铁皮包着,这也不是住人的迹象。我看了看6楼和7楼房门上的把手,那上面布满了灰尘,锁孔里也有灰尘,可以肯定有多年没插过钥匙了。看来我昨天看到的影子是幻觉无疑了。我松了一口气,轻轻地走下楼来,怀着一点希望沿途把各层楼的房门都观察了一遍,跟6楼7楼的情形没什么差别。那个小姑娘看来只有进了5楼老人家里了,可是老人又说她孙女跟父母上街去了,他没有什么理由对我这样一个可以说陌生的人隐瞒孙女的行踪呀,难道又是错觉?向老于家走的一路上,我尽量地让自己忘记这两天来看到的奇怪事情,并决定普查过后好好休息几天,去钓鱼。

普查一结束,我就去了那个渔具商店,想不到那个老人也在那里。我们决定一块儿去钓鱼。老人的技艺很精湛,而且能沉得住气,小半天时间就钓上来好几条大鱼。午餐时,他在钓鱼俱乐部的小饭馆里请我吃他今天钓到的第一条大鱼,我们有说有笑已经是忘年交了。这种融洽的气氛使我觉得那座楼留给我的疑问像鱼刺哽在喉咙里一样不舒服。于是我忍不住问道:"大爷,你们那座楼上是不是搬来了新住户?"老人一边用筷子灵巧地把鱼肉和鱼刺分开,一边说:"走了的都不愿意回来了,谁还愿意搬来?"我望着他咀嚼的嘴说:"可是我好像看见过你家楼上的窗户里有人影,4楼也有脚步声……"老人突然抬头望着我,眼里掠过一丝不易觉察的奇怪的神情,嗓音有点低沉地问道:"你第二次来的时候是不是看见一个小姑娘进了单元门?"我点点头,望着他,感到呼吸有点困难。

老人又去拨拉鱼刺,叹了口气,念叨着说:"人有病,天知否……"半晌,他抬起头来,看见我还在等待回答,就笑了笑说:"有时候不能过于相信自己的眼睛,就像你看见鱼咬钩了,但往往只是个假象。"

我也笑了,说:"老于也说我可能是工作太忙了,但愿钓鱼能让神经得到松弛。"

老人把鱼头夹给我说:"来,我敬你的,往后咱们每个周末都来这里碰头吧。"

我赶紧谢过老人,表示一定认真向他学习钓鱼的技术。

大概第四或第五个周末,我在俱乐部没等到老人,担心他是不是生病了,就给他家打了个电话。一个年轻的女人接的电话,问清我是谁后,老人接过了电话。他的声音听起来有点疲惫,但不像个病人。

"对不起,忘了告诉你一声了,我正准备搬家,去不成了。"老人说。

"搬家吗?……"我心中一动,问道:"要不要我去帮忙?"

老人犹豫了一下,说:"才准备呢,过两天才搬,不过……你想来就来吧,恐怕你现在不来,下次就没机会再来这里看看了。"

我觉得老人的话有道理，就骑车赶去。远远地，就看见那座楼两个单元之间的墙上用白漆喷着一个巨大的白圈，里面一个"拆"字。我不由叹了口气，抬眼往上看，怎么回事？——7楼的窗户里好像又有人。我使劲眨眨眼睛，走到近前放好车子，再次向上望：人影还在，而且好像还是两个人。我很害怕，但想到也可能是准备拆迁的工人，就鼓起勇气走了进去。

老人为我打开门，他老伴这次没有坐在那扇门中间，而是躺在那个大点的房间的床上。"大妈病了吗？"我问老人。

"没有，不用管她，她是有心事呢。"老人拉我一把说，"我们去那间屋里谈吧。"他拉上门，我们又走回门厅，老人伸手推开以前被老太太堵着的那扇门，我看到里面是一个舞台上的幕布般的帘子。我们走进去，老人拉开那道帘子，我没有看到想象中的那张能睡三个人的大床，眼前是一架与天花板和地板构成一个"之"字形的楼梯。老人拉着我走近楼梯，用手指指引着我的目光向上望去，我看到楼梯的上端是一个足够两个人通过的方孔，它通向楼上，并且楼上又有一个这样的楼梯，还是通向上一层天花板上的一个方孔。

"朝下看，"老人拉着我绕到楼梯的那边，深沉地说。

我一低头，看到地板上同样有个大方孔，它通过几条同样的"之"字形楼梯一直通到一楼去。

"真像是童话里呀！"我感叹道。

"我们一家人花了3年的功夫，才完成这项工程，它不但把这座楼上下贯通，而且同一楼层的三套房子也都打通了，整座楼就像一座伟大的宫殿。"老人目光烁烁地说，"可是还没来得及装饰布置一下，这座楼又要拆了……"

他像一个孩子一样嘤嘤哭泣起来。

我尚未接受这个不可能存在的事实，更不知道从什么地方着手去安慰他，只能手足无措地望着这可怜的老人。

　　老人终于镇定下来，但依然带着无限哀伤的神情说："你看看，我们一家人将会拥有多么好的一所住宅，如果这座楼能够永远不拆、永远不倒，那我们的生活将会多么美好啊。那简直就是神仙般的日子……"他眼睫毛上沾满泪花，瞳孔里爆裂着快乐的火花。但随着一声叹息，这火花很快就黯淡下去了，老人也突然间瘦了下去，他半躺在那楼梯上，像一件衣服搭在那里。他嚅动着干瘪的嘴巴，用一瞬间浑浊的眼珠望着头顶那些造型新颖仿佛玩具一样的楼梯，嗓子里发出一种几乎听不到的声音：

　　"假如早几年就开始……"

　　我听到楼上有人走动的声音，同时楼下还有人在小声地哭泣，但已经没有理由再怀疑自己的神经不正常了。

存在与虚无

这天早晨,退休在家的老离没有像过去的许多早晨那样到街上去给全家人买早餐。他的房门打开过,当时他从那里精神头很足地走出来,没有走向客厅的大门,也没有去厕所,而是通过厨房去了阳台。并且,一直没有从那里走出来。

儿子小离和媳妇在床上磨蹭到平常吃早餐的时间,一前一后地来到了饭桌前,他们穿着睡衣,打着哈欠。

"你应该洗脸刷牙后再吃饭。你不讲卫生算了,让别人对着你眼屎口臭的怎么咽得下去!"走在后面的媳妇拉住了小离教训道。

"你不要说别人,你洗脸刷牙了吗?"小离已经坐到饭桌前,回头反问自己的媳妇。

"我天不亮去厕所的时候洗漱过了,你那会儿没闻见我嘴里有牙膏味道?……"媳妇瞅着小离压低声音说,一边也坐到了饭桌前。但是他们突然都不说话了——因为饭桌上一无所有。

"这是怎么回事？爸还没回来吗？"小离问他媳妇，一边皱起眉头。

小离媳妇回头看了看公公的房门，捅捅丈夫说："你看，爸的房门开着，他一定是还没回来。"

"不会吧，爸总是一个人早早吃完给我们剩在饭桌上的，他今天是不是病了？……"小离面色紧张地跳起来，冲到老离的房间里，又从里面冲出来，一头扑向客厅的大门——门从里面反锁着，还是昨天晚上他打麻将回来上的三个保险。

"爸——？"小离喊了一声，跑回饭桌前说，"爸不见了，可是门锁着……"

"胡说八道什么！爸一定是在卫生间，他还能从窗户里飞出去？"小离媳妇不满于丈夫的慌张，给他提了个醒。

小离的表情马上松弛下来，不好意思地笑了笑，走向卫生间，他同时喊了一声："爸，你在厕所吗？"听不到回答，他就用巴掌去拍门，结果，门开了——里面空空如也。

"啊——？！"小离大叫一声，媳妇赶紧跑过去看究竟，结果两个人都傻在了哪里，面面相觑。还是媳妇脑子活络一些，用了猜测的口气说："爸一定在阳台上弄他的花花草草吧？……"他们一前一后快步通过厨房奔向阳台。这次媳妇在前面。

阳台上摆满了各种花草盆景，一层层整齐地摆放在木架子上，两只小黄鸟在一个铁丝笼子里跳来跳去，好听地叫着。但是，看见不人影儿。这回轮到媳妇大叫了，她怀着最后的不十分确定的希望奔进来，发现不可思议的事情果然发生了。"这是怎么回事？报警吧，小离，快去打110……"她发冷似地说。但是站在她身后的小离还是不甘心地喊了一声："爸——？"

"别喊了，怪瘆人的，你说爸会不会跳楼了？"小离媳妇望望打开着的窗户。

"哎呀，你刚才进来时厨房门是不是开着的？"小离大惊失色地问。

"好像是……"

"坏了，我昨天晚上回来在厨房泡了一包方便面，走的时候关上门的！看来爸……"

"这可怎么办？爸要是真的跳了楼，我们的脸往哪儿搁呀！往后还怎么见人？人家要笑话死我们了……"小离媳妇一把揪住丈夫爆豆般地说。

"都怪你，买什么也找爸伸手要钱，逼死人了吧！……"小离甩开媳妇，冲向那扇打开的窗户。

"你还不一样，班不好好上，天天打麻将……"小离媳妇追在丈夫身后不依不饶地说。

小离探出身去，脑袋转来转去地朝楼下望了半天，缩回身来告诉媳妇：

"街上什么也没有，也没有血迹，看来爸还活着。"

"真的？"

"真的，不信你自己看看，连只死猫也没有。"

小离媳妇趴在窗台上朝下望了半天，缩回身来对大夫说："没死就好，咱们在屋里再找找。"

两个人饿着肚子翻腾了一个早晨，只在衣柜底下找到了几只老死的蟑螂。

"我看还是报警吧？"小离垂头丧气地说。

"只好这样了，你用外屋这个电话打，我去看看儿子醒了没有。"小离媳妇披头散发地回了卧室。

"真是见鬼了，这么一个大活人能去哪儿呢？"小离自言自语着拨电话，心里又怕又乱。

"你给谁打电话呢？"有人问。

小离抬头一看，啊地大叫一声，像看到了鬼。"爸？你、你从哪里出来的？"

"阳台呀，你没看到我从厨房门走出来吗？"老离奇怪地看着冒冷汗的儿子。"你是不是病了？出那么多汗……"

"你这一早晨在哪里？"儿子继续胆战心惊地问。

"在阳台上弄我的花呀？你看这两手的泥……"老离摊开两只巴掌，果然沾满了黑绿的泥。"你是嫌我没去买早餐吧？昨天晚上不是跟你媳妇说过了吗，咱们街上卖油条老豆腐的被市容监察大队取缔了，冰箱里有昨天晚上的剩饭呢，热热吃吧。"

小离依然警惕地和他老子保持着一定的距离，叫道："我问你刚才藏到哪里去了？我和小芳找了你一早晨，开什么玩笑？！"

"我就在阳台上呀？"

"干什么呢？"

"看你这孩子，不是给你说过了吗，给花锄草呢，还喂了喂鸟，怎么了？发这么大脾气。"

"不对，你不在阳台上"，小离终于坚持不住了，冲卧室大喊一声："小芳，快出来——！"

"又怎么了？"小离媳妇闻声跑出来，看到公公站在那里，也啊地大叫了一声，呆若木鸡。

"你们两个这是怎么了？好像我变成了鬼似的。"老离哭笑不得地说。

"爸，你这一早晨躲在哪里？"媳妇一脸愠怒地质问。

"我就在阳台上弄花呀，昨天晚上不是跟你说过了吗？卖早餐的……"

"不是说这，你带我们去阳台上看看……"媳妇说着就往厨房走，一边看着公公说，"走呀……"

老离叹了口气，转身又进了厨房。媳妇跟在后面，再后面是小离。

"你怎么弄花呢？叫我们看看！"媳妇吊着脸说。

"爸，你刚才躲在哪里，再藏一次给我们看看。"儿子小心翼翼地说。

"我就是拿这把小锄给花松土哩么。"老离捏起一把用铁丝砸成的寸把长的小花锄说。

"再锄一次给我们看看！"媳妇咄咄逼人。

"唉，"老离又叹了一口气，把花锄伸到花盆里去松土。他仔细地松完一盆，扭头问媳妇："还锄吗？"

"锄，锄上面那一盆！"媳妇神情紧张地说。

"唉，"老离吃力地一脚踏在小梯子上，一脚踏上摆花盆的架子，把小花锄伸到花盆里。他费劲地锄完这边的一半，伸胳膊去够花盆的另一半。没够到，他只好又往上爬了一格梯子，这回可以弯下腰来锄了。他发现花盆里最里边有不少草芽，就把小锄伸进去，一边把一只脚踏进了花盆里，然后把踩着梯子的那一只脚也踏进了花盆里。

儿子和媳妇眼睁睁地看着老离不见了。他们对视一眼，一个踩上了窗台，一个爬上了梯子。结果，他们看见：老离扛着那柄花锄，优哉游哉地走向花盆里没有锄过的那一半土地，——那一尺见方的土地对于看上去不到二寸高的老离来说，仿佛是多么广袤的田野。然后，他就在二尺多高的无花果树下弯着腰锄起了地。干了一会儿,他抬头望着窗台上的儿子和梯子上的媳妇喊道:"我干一会儿活儿,你们忙你们的去吧,中午饭好了喊我。"他又锄了几下,补充喊道:"今天早晨没吃饭,午饭做早一点。"然后就悠然自得地抡着那柄一寸多长的花锄埋头干起了活儿。

小离和媳妇像两个被吊线操纵的木偶人一样听话地下了地,一前一后地回到他们的卧室。关上门,两个人互相瞅了半天,谁也不肯说第一句话。这时,电话铃铮然响起,把他们吓了一跳,小离拿听筒来嗯啊了两声,对媳妇说:"收发室叫你去领挂号信呢。"媳妇刚抱起孩子,顺口说:"你替我取去吧,我要喂孩子吃奶。"小离喷了一声,皱起眉头说:"你看你这个人,那是挂号信,要你压名章签字的,我去连性别都不对头,人家能给我吗?"

"那孩子怎么办?你喂奶?"媳妇不高兴地说。

"你这个人真日怪,回来再喂能饿死他?"小离伸过手去抱孩子,但那孩子牢牢地抱着他妈的脖子不放。小离有点火,伸手去揪孩子的耳朵,媳妇一巴掌打开他的手,剜了他一眼,抱着孩子走出去了。小离打开电视,抓起遥控板,一仰身躺到了沙发上——今天是奥运会亚洲区足球预选赛,中国国奥队对几乎是亚洲最旅弱的巴林队。虽然出线无望,国奥队终于能赢一场了,小离想。

但场上形势令举世震惊,中国国奥队在出线无望的情况下,自暴自弃,场上吊儿郎当一盘散沙,上半场就以0∶1落后于同样出线无望的巴林队。"真丢中国人的脸!"小离大声咒骂着。

媳妇回来了,把手中捏的一封信摔给小离,唠叨着说:"现在的人也不知哪根筋不对了,寄个广告还挂号,吃饱了撑的!……"小离不屑地哼了一声,不知道是冲国奥队还是冲媳妇。正好中场休息,他扭头看了看同样气呼呼的媳妇,突然大声喊:"你把儿子呢?!"

媳妇像脚底下按了弹簧一样跳起来，大惊失色地说："呀，我把儿子忘到收发室的桌子上了！"她疯了一样跑出去，嘴里含混不清地责骂着自己。

下半场开始了，小离又躺回沙发上。

媳妇跑回收发室，不见儿子，拉住封发员老于问："于师傅，我儿子呢？谁把他抱走啦？"

老于正在整理信件，头也不抬地说："你刚才放到桌子上的那个男娃娃吗？"

"对对，那是我儿子，他怎么不见啦？"小离媳妇红着眼睛唾沫横飞地叫道。她前倾着身子望着老于，双手握拳压在胸脯上，不停地发着抖。

老于奇怪地看了看这个惊慌失措的小妇人，和气地说："我还以为你要把他寄走呢，刚才正好邮局的车来拉包裹，我把那孩子装进一个合适的包裹箱里寄走啦，这不，邮费都记到你名下了。"老于摊开登记本，耐心地指给小离媳妇看。本子上写着：

包裹，16千克，13元，小离氏，×月×日。

"你这个凶手，你把我儿子寄到哪里去啦？！……"小离媳妇歇斯底里地哭叫着，一双利爪把老于的脸上抓得鲜血横流。有几个人跑过来拉开他们，其中有个胖胖的中年妇女抱怨老于说："你这个人也是，好心办坏事，人家没给邮费就把东西寄走了，是不是看见人家媳妇漂亮，打什么歪心眼？"

老于不吭气，低头用手绢擦着脸上的血。

"快说，你把我儿子寄到哪里去啦？"小离媳妇在那几个人手中跳起来大叫，好像是那几个人把她往起扔似的。

"是呀，寄到哪儿去啦？"中年妇女帮腔道。

"不知道，那个盒子上原本是写好地址的。"老于喃喃地回答。

"啊呀你这个杀人凶手！小离，小离——你们放开我，我要给小离打电话！"小离媳妇挣扎着扑向电话。

那些人只好放开她，有个年轻人掏出一张IC卡来插到电话机上说："用我的卡吧，不用谢了。"他盯着小离媳妇看了一眼。

小离媳妇浑身颤抖地拨通了电话。

电话铃响了，但小离没有去接，他正脸红脖子粗地和电视里的中国国奥动员对骂呢，那些有气无力的家伙这会儿都精神抖擞地挤过来把脚伸出电视屏幕踢他——由于小离的捣乱，场上的球迷们也开始大喊大叫乱扔啤酒罐，裁判大吹哨子，球赛被迫暂停。有几名警察向电视屏幕跑过来，一边跑一边用英语喊："在哪儿？足球流氓在哪儿？"小离看见阵势不好，从沙发上站起来想跑，但是被一个警察在头上敲了一警棍。他在昏倒之前听到电话铃还在响，伸手拿听筒，却把放电话的凳子也压倒了。他镇静了一下，挣扎着向外屋跑去。

几分钟后，媳妇披头散发地跑回来，一路大喊着小离冲进屋里，正好看见小离被几名警察拖进了电视里。那些警察推着小离飞快地跑出了球场。于是，比赛继续进行。

小离媳妇愣了一会儿神，向屏幕伸出手去，却被冰冷坚硬的玻璃撞疼了手指。她想到应该去阳台上的花盆里喊公公出来救丈夫，还没迈出门口，停电了。小离媳妇回头看了一眼电视，屏幕上一片漆黑，灰尘在静电作用下噼啪作响……

原载《大家》2000年第5期

十面埋伏

1

那天李离在小饭馆里喝啤酒翻报纸，看到"供求信息"栏目有这样一则启事：寻求合租——有两室一厅的一个卧室出租，厅及厨房、厕所共用，月租金300元；最好能是一对年轻夫妻；联系电话××××××××。

这么说对方也是一对小夫妻喽，李离想，像我这样单身而玉树临风的文化白领跟他们住在一起一定蛮有意思，看看去，权当体验生活寻找创作素材吧。

2

　　李离找到电话里给的地址敲门时想,不知道漂不漂亮,听电话里的声音不错,又甜又柔,——开门的千万不要是她老公!
　　门开处,探出一张漂亮的脸蛋,蓬松亮泽的乌发,又大又灵气的眼睛。
　　那少妇扶着门,一个劲地朝李离身后张望着。李离望着她奇怪地想,为什么她不看我,难道我是空气?
　　就你一个人吗?你爱人……哦,先请进。年轻女人的笑脸真是迷死人,尤其漂亮的少妇,简直叫人魂飞魄散。李离觉得这一趟来对了,他已经能够看到故事会如何发生和发展。
　　我爱人,她在另一个城市,正在办调动手续,我们是大学同学……李离试图使这随口扯出的谎话圆满一些,他含笑望着那美丽的少妇,对方也甜甜地望着他笑,稍微歪着脑袋,很俏皮很专心地听他说话,一副无所谓的样子——都是年轻人嘛,没那么古板,好说话。

3

　　谁来了?有一间卧室的门开了,出现一个头发乱糟糟的男人,穿着睡衣睡裤，双手搓着脸边走边问。

哦，是来跟咱们合租房子的，刚才他打来电话时你还睡着。少妇扭过笑脸去告诉他。那个男人无精打采地看了李离一眼，用的是结了婚的年轻男人那种百无聊赖的眼神。

这是我老公，他有时候上夜班，所以白天睡觉。少妇笑吟吟地对李离说。她站到那男人身边去，亲昵地拉住他的胳膊。

李离对那男的笑一笑，趁他不注意转过眼珠意味深长地望了他妻子一眼，那少妇不由微微低下了头。李离心头掠过一阵快乐的战栗，他仿佛觉得，已经跟眼前这少妇拥有了一个共享的秘密——一个目前三个人都不知道内容的秘密，但有没有内容并不重要，重要的是这是个秘密。

4

安顿下来后，李离觉得自己的举动有点疯狂，实在是冒了生命的危险——天呐，他想，我难道不怕那对小夫妻设美人计把我谋害了？！就像港片里常见的，寻求合租本身就是一个圈套，谁知道他们已经谋害或陷害了多少单身汉或小夫妻！

那少妇可人的笑脸开始让李离觉得不安，但越是这样那笑脸越是在他眼前浮现，简直挥之不去。我看，当年孙二娘也不过这么一副脸蛋吧，把那么多"牛子"做成了包子，流传到今天就有了港片里常见的"人肉叉烧包"！李离想，老天，我好好地找这恐怖的生活干吗！他悄悄反锁上了房门，轻轻地躺到床上，支棱着耳朵留神听外面的动静。

如果那少妇不是那么漂亮,也许我不会真住进来的,李离想,她的身材不是很好,有点矮,有点胖,不过圆乎乎蛮可爱的,衬得那张俏脸更漂亮了。想到这里,一丝不可捉摸的微笑爬上了李离的一边嘴角,他想到了一个词儿:色胆包天,同时脸上浮现出自信的坏笑。

5

李离初来的几个晚上一直睡不踏实,心里有鬼,老怕鬼敲门。他在黑暗中屏息凝气地倾听着客厅和那边屋里动静,渐渐地,恐惧变成了一种乐趣。实际上李离对那边屋里最感兴趣的声音并不是床的晃动和人的呻吟,而是撒尿的声音——那少妇做完那事后总是很响地把尿往便盆里撒——每当此时李离就会适时地从浅浅的睡梦中清醒过来,莫名亢奋。其时窗帘刚有微光透入,城市在清洁工的扫地声中沉睡。李离想,操,他们总是在早上醒来干,这可真有点诗人的做派!哈哈。

但李离总也听不到那对小夫妻的对话,那么他们一定是悄悄地怕李离听到了,怕听到的除了隐私就是阴谋,看来这场游戏谁是玩具还难以决断。古人说的好:害人之心不可有,防人之心不可无。

6

于是李离一回来就把屋门反锁上。

7

晚上下班后，李离一般要在办公室待到八点以后才离开，然后去单位附近的快餐店或者小饭馆吃晚饭。饭后回家时顺路在音像店租一张VCD碟，一般是喜剧片或动物电影。九点回到住处，打开门就能看见那少妇坐在她屋里的床上一个人看电视——那男人晚上上夜班，白天睡觉，李离统共没跟他照过三次面——她的屋门总是半开着，灯光在客厅的地板上印出一个黄色的平行四边形——平行四边形是最不具有稳定性的，李离踩过那光影时不禁浮想联翩。

李离掏出钥匙来开门，那少妇就好听而随便地问了一声：回来啦？

哦，你一个人看电视呢？有什么好节目？

看来看去全是广告！中央八套正播《笑傲江湖》呢，拍得不错，每天两集，今天已经演了一集了，过来一块儿看吧？

不了，我有篇小说要写，等有时间买上一套碟来看吧。

客厅里光线一暗，原来是那少妇站到了屋门口，挡住了一部分灯光。

你屋里要是没什么要紧的东西，上班时就不要锁门了，我拖地时可以帮你也拖一拖——一个屋住，不要客气。

谢谢你大姐，没什么要紧的东西，不过我的笔记、材料到处乱放，还是自己收拾知道哪儿是哪儿。

开了房门，李离侧身对那少妇客气地笑一笑，对方在逆光里，黑乎乎看不清她脸上的表情，不过李离自我感觉笑容和举止都很潇洒，足以让那少妇为之心仪。进来关上门，还是忘不了反锁上。李离想，我不过想证明自己是个让每个女人尤其是漂亮女人欣赏的男人而已，有非分之想但绝不付诸行动，你们也别指望加害于我，咱们还是井水不犯河水好。

8

李离刚打开电脑，那边电视音量就调小了——真是个乖巧的女人！

9

用多媒体可以一边写小说一边听轻音乐，待到脑子稍显迟钝时，把暖瓶里的开水倒脸盆里，一边泡脚一边用电脑光驱看碟。此时可以听见那少妇在客厅、厨房、厕所间来回走动，无非做临睡前的准备工作。李离看完碟，倒洗脚水，上厕所，看见那屋里已经关了灯，门上的玻璃窗漆黑一片。

她一定没锁屋门，李离想。不过他一直没敢去推推证实一下。

10

　　回屋后躺在床上看书，李离通常凌晨三点左右睡去。那个男人天亮时分一脸疲惫的灰色两眼烟酒红光地回来时，李离正在梦中绞尽脑汁地编织奇幻的小说情节。

11

　　上午十一点之前李离起床，洗漱。那个男的正在屋里鼾声如雷，少妇还没有下班。有时候李离走得晚一些，出单元门时能碰上她提着一塑料袋蔬菜生气勃勃地往回走。他们打个招呼，她习惯地对他甜甜一笑，问道：每天这么晚上班呀？我都下班了。李离亲切地对她笑笑。

12

　　因此李离基本上碰不上那个男人，他都记不得他长什么样子了，不知道对方是否也淡忘了咫尺天涯的他。

13

可是有一次李离起床后刚上完厕所出来,那个男的拉开门站到了屋门口,他抹了一把因疲惫而显得粗糙的脸问道:你老婆什么时候能调来?

什么意思?李离觉得对方的眼光不怀好意,也就没客气。

没什么,她来了会方便一些。那男的换上了一副笑脸,但口气依然很僵硬:当初说好是一对年轻夫妻才租给你的,你来了都一个多月了,也不见你老婆来一次。

当初说的是"最好"是一对年轻夫妻,没那么绝对吧?李离也笑脸相迎针锋相对。

你看着办吧,大家都是年轻人,我也不是难为你,调个人也挺不容易的。那男的不再坚持。

可不,难透了,我也希望生活有人照顾呀——谁不知道有老婆过日子舒服?李离顺坡下驴,叫了几声苦,拿脸盆去打水。

好啦,我睡觉去呀,咱们以后再说这事儿。对方打个哈欠关上了门。李离暗笑一声:心虚什么,我还没真打算打你老婆主意呢——嘿嘿,得胜!

14

  我对他平庸的老婆实际上并不感兴趣,我只是想体会一下这种环境中的那份心情,上班路上李离无奈地想,但那个家伙显然不这样认为,这话又不好对他直说,真是被他捡了个大便宜——不过看来他们并不像害人的人。

15

  晚上李离刚打开电脑,门被敲响了。她想干什么?李离想了想,走过去打开门。少妇第一次进他的屋子,拘谨地笑笑。
  打搅你写作了吧?她似乎面含羞涩,胸藏敬畏。
  没事,每天就这一件事情,成惯性了,说写就能写说停就能停。少妇羞怯的表情让李离有点自高自大,突然很想说话。
  也没什么事情,我老公说他上午问你爱人来不来的事……我想,你不要往心里去,其实……少妇忽然狡黠地望着李离说,我早知道你是单身。
  嘿嘿,李离觉得被她亮晶晶的眼睛看穿了心事,很有点不好意思地讪笑着说,对不起……
  没什么,这有什么?!你比那些小夫妻安静多了,晚上整夜写作，连个门都不串，白天一天不回来，从早到晚静悄悄的，这样的合居者是最理想的了；你千万别往心里去，安心住着吧，他也是那么随便问问，我说了他一顿呢。少妇掩嘴笑起来。

李离由衷地感激，热切地望着她说，太感谢了，大姐！

快别说这话！少妇竟然有点慌乱，脸上飞过一抹红云，不由拿出做大姐的端庄表情问道，对了，你有多大了？

二十七，虚岁。坐下说话吧，大姐。

不小了呀，为什么不成家？少妇轻轻在床边坐下，目光很是关切。

你看，我现在一事无成，不想在创业阶段让世俗生活影响到我。

结了婚一样创业呀，再说，有人照顾你的生活，对身体有好处，你看你那么瘦——少妇陷在大姐角色里出不来了。

我还是觉得成功以后再说结婚呀买房的会轻省一些。

那倒是，有了钱一切都会好办一些；对了，你有对象了吗？

李离忍不住笑了：没呢，成功以后再找吧。

找对象也要等到成功以后？少妇更是忍俊不禁。

对，我之所以要一心追求成功，一方面是个人事业心驱使，再一方面希望找个尽量优秀的女孩做老婆——你想想，我成了知名人士，老婆的素质和各方面条件当然也要相应提高了。李离连说笑带比画，心里奇怪怎么这么着急对这个女人说心里话。

少妇表情有赞许之意，但眼神明显黯淡下去了，笑容牵强地说，那倒也不一定，老婆嘛，关心你才是真的，你说呢？

对对对，也有道理。李离赶紧应和，他觉得在如此一个家庭妇女跟前谈女人的素质高低，是有点挤兑人家，尤其漂亮女人，自我感觉好习惯了，你一说内在和涵养，必然影响人家的情绪。

其实我说的女人素质高、条件好，首先是要长得漂亮。李离说完大笑。

少妇低下了头，少顷说，你忙吧，《笑傲江湖》要开始了，我过去呀。

慢走大姐。李离站起身来，少妇从他面前走过，留下一阵馨香。

16

有天李离参加了个宴会，喝了点酒，头有点晕，就想早点回家休息一下。刚进单元门，听见楼道里传来悠扬的琵琶声，铿锵有致激越振奋，正是《十面埋伏》。嗬，想不到这烟火之地竟有这样的雅致人物，真是大隐隐于市呀。李离被这琵琶音一扫晕闷不适，感觉神清气爽，徐徐抬脚数着楼梯往上爬。乐声越来越响，越来越清，李离不知上了多少层楼，站到了一个门前，琵琶声正是从这门里传出的。李离站在那门前倾听许久，几欲举手敲门请求面聆清音，又怕唐突了人家。正犹豫间，乐声收了，却将这听者的心悬了起来。李离一咬牙拍响了防盗门上兽头里的衔环，听见里面有脚步声走近，不由紧张起来——怎么跟人家打招呼？会不会认为我是个坏人？

门开处，探出一张漂亮的脸蛋，蓬松亮泽的乌发，又大又灵气的眼睛。笑着问他：忘带钥匙了？

啊？——李离抬头看了看门牌号：对对对，钥匙丢屋里了，真不好意思。想象中的新奇终于从那张由暂时的陌生归为熟悉的俏脸上退却后，李离一时不知所措，恍若在梦中。

17

　　大姐,刚才是你在弹《十面埋伏》吗?李离进门后没看见那屋里有别人,扭头问少妇。

　　哎呀,好多年不弹了,今天想起来……弹得不好。少妇在开着灯的客厅里目光晶亮,脸上似有羞容,她的眼神,似乎期待着李离做出什么表示。

　　李离自然明白,但同时也是由衷地赞叹道:弹得太好了,大姐真是多才多艺,人长得漂亮,才情也高,想不到你还是个超凡脱俗的高人。

　　快别这么说,我现在是纯粹的家庭妇女了。少妇面有红潮,羞容不掩喜色。

　　大姐,我最喜欢这曲《十面埋伏》了,您能弹给我听听吗?李离借酒壮胆,但还是用了一个"您"来掩饰。

　　行,你可别笑话我。

　　怎么会!

18

　　李离端端正正地坐在沙发上,看少妇纤纤素指轻扫琴弦,清音醉人，但他还是走神了——成熟的年轻女人的房间里有一种特别的芬芳——琴声激越时，他心中涌上一股悲酸：老天，这样丽质天成的女子，竟是市井中什么样人的妇人！

少妇弹完，嫣然一笑，惊艳绝伦，抬眼发现李离眼中有泪花，素手粘在琴弦上愣了。

大姐，你丈夫是做什么工作的？李离离题万里地问。

啊？少妇想来正等着赞美之辞，对这样的问话始料不及。哦，她说，保安，他是一家俱乐部的保安。话音未了垂下螓首。

唉——李离不易觉察地轻叹一声，也低下头来。

但少妇还是觉察到了，她沉默许久，嗫嚅地对一直低着头的李离说，其实，你不该叫我大姐……

为什么？李离大胆地迎接住她幽幽的目光。

四目相碰时，两个人同时感到灵犀之中有微风在轻拂。

少妇脸上掠过一闪而逝的笑容，用微颤的嗓音说，我属兔，比你小一岁呢，该叫你大哥。

嗨，怎么会这样！李离脸上开始发烧，鼻尖沁出亮亮的汗珠。

我以后叫你哥吧，少妇直视着李离道……没人的时候。

没人的时候是没谁的时候？李离心里淌过一阵暖流，接口说，有人时我还叫你大姐，你老公比我大嘛。

两人相视一笑。啧啧，那些古往今来的戏里演腻了的情景，真会出现在现实生活中！李离感慨不已，他突然越发对少妇敬重了，站起来礼貌地说，那，我就先过去呀，有时间再听你弹吧。

唉……

19

有天下午，李离跑回家来赶写一篇小说，忘了锁屋门。那男的进来了，穿着内衣趿着拖鞋，坐到李离旁边那只塑料小凳上，笑着说，我看见你门留着条缝，以为你忘了锁门，想替你碰上，想不到你在呢。

李离把文件存了盘，接过他递过来的一支烟，点上跟他说话。他留心地看了看那个男人的长相，高高大大，相貌也说得过去，但言谈举止市井化得厉害。

我老上夜班，这还是第一次来拜访你，你每天都写文章吗？

谋生吧，别的什么也不会。李离很给他面子，不知为了什么。

哎呀，谋生跟谋生可不一样，我这干保安的就不能跟你比，你是记者、大作家，我是看大门的，差远了。男的说完哈哈大笑。

李离警惕起来，留心听他的话外之音。

你是文化人，文化这一套我不懂，不过我老婆懂，她在嫁给我之前在剧团工作，后来她那个剧团解散了。她的戏唱得好，琵琶也弹得不错，现在偶尔还弹弹，什么时候叫她弹给你听听？

那太好了，我很喜欢听琵琶曲。李离说着，眼睛望向电脑屏幕，他有点紧张，心里也着急没写完的小说，就把烟掐了，侧身把一只手放到键盘上轻轻敲打着。

那你忙吧，有空咱们再聊。男人很知趣地站起来，笑着跟李离道别。从他的笑声里，李离听不出来有什么特别的含意或暗示。

20

晚上，李离进门就意外地看见那屋的门紧闭着——这是从来没有过的事情，难道那个男的今天不上夜班？——他踌躇片刻，鼓起勇气两步走上去，敲了敲门。

少妇打开门，看见是他，并不惊奇，做了个笑容说，进来坐吧。李离看她的眼睛红红的，想必哭过，暗忖：难道那男的打了她？真是个小人！

出什么事了？李离的语调焦急和关切得让他自己都惊奇。

没什么……少妇对他笑笑——从弹琵琶的那晚之后，她在没人时从没叫过他哥，他在有人时也不叫她大姐了，彼此感到亲近非常，但又不由得以礼相待。

一定有什么事情，我能帮你吗？李离注视着她。

少妇开始饮泣，娇弱又惹人爱怜。李离心动一动，想上去揽住她安慰一番，双腿却像过了电一样麻酥酥站不起来。

你对婚姻有什么看法？少妇抬起头来，拭干泪，长出一口气瞅着李离问道。

哦，我没结过婚……李离始料不及。

唉——少妇又长长地叹一口气，幽幽地说，这个世界上看上去有那么多的美满婚姻，事实上，每个人的终身伴侣都可能不是他（她）的意中人，生活就是这样让人啼笑皆非又无可奈何。

所以才有那么多可以写进戏里的故事，才有那么多的人喜欢看戏里别人的故事——李离搞不清自己这是在宽解对方还是另有所指。

你爱过什么人没有？少妇突然问，定定地望着李离，片刻又把目光移开去，似乎并不关心答案，但更像是害怕那答案。

爱过。李离望着她，有句话差点喊出来。

是吗？她是什么样的人呢？少妇脸上有了点笑容，有点夸张地瞪大着眼睛。

我经常爱上我作品中的女子，她们是我理想中的爱人——李离突然之间就说出了这样的"心里话"，他又补充了一句：现实当中嘛，真爱太脆弱了，它几乎经不起任何打击和考验。

妇人望着他，很久不说话。

李离也望着她，但眼神有点躲闪的意味。

我希望你能找到真正喜欢她而她也真正喜欢你的人。人有时候会因为一时的空虚需要填补，或者为了完成自然或社会的使命而让自己的爱情仅仅沦为婚姻，真是太可悲了，就像要完成一个任务，那么急切地找到一个"搭档"来进入某种生活方式，这一辈子也许与爱情和真正的爱人无缘了。就像你说的，重来就成了戏里的事情，被别人看，甚至只是看看别人的戏……

李离如遭醍醐灌顶，少妇的话让他惊奇于她的思考，一时忘了她的痛楚，接口说道，还有时候是因为想获得别的什么而牺牲了爱情，因为那个真正爱你的人并不一定适合做你的妻子或丈夫；而理想的婚姻伴侣很少是真正拥有爱情的人，他们更多的是靠感情来维持美满的家庭生活。这当然可悲，不过对个人和社会都很有益。

可你一旦发现这种可悲，并且厌倦了它呢？少妇提高了声调说，它对你已经成为一种痛苦和折磨的时候呢？！

李离低头不语，他想，爱情真是破坏社会秩序和正常生活的可怕能量——因此我们缺乏勇气去追寻它……

21

　　李离在睡梦中被惊醒，心头突突地跳。惊醒他的是许多根手指抓搔在屋门上的哗喳声，间或有一掌闷闷地拍在门上。他听见少妇在客厅里突然尖厉地叫了一声：你要干什么！接着是她跟别人较劲的喘气声。李离以为有坏人进来欺负她，赶紧爬起来，伸手去摸枕头下压着的水果刀。准备冲出去时，却听见那男的气急败坏地嚷道，你走开，我要问清楚他到底有什么阴谋，他老婆再不来，就从这里滚出去！少妇叫道，你有什么资格撵走人家，这房子又不是你的，你不过比人家早租几天，自己想省房租才寻求合租的，你以为这房子是你的呀？！那男的火了：你她妈的替谁说话呢？胳膊肘朝外拐呀！我他妈早看见你跟他不对劲了，迟早你们要下毒手把老子害死了，你们就称心如意了，呜——呜呜。

　　老天，那男的竟伤心地痛哭起来。

　　李离忽然想起刚刚做过的梦，在梦中他和那少妇一句话不说地狂热亲吻，疯了一样地拚命做爱，两个人都那么热烈那么投入，恨不得让对方把自己生吞了，或者一块儿燃烧了算了。醒来后心口像梗着一块石头，要不是这一通乱，李离准又在被窝里睁着眼睛发一上午愣——他已经不止一次做这同一样的梦了，但好像每次都梦不到结局就醒过来了。

　　现在他也只想哭，别的都充耳不闻了。

22

  在办公室，李离接到那个男人的电话，希望他能搬走。
  给个理由先！李离故意刁难他，他瞧不起这样的男人，但能体谅他，也就不怎么生气。一切都在预料当中，况且一听到他的声音李离就会想起她的音容笑貌，他不想使她受到他和他的任何方式的伤害。
  对方有点低声下气地说，你一个单身，晚上还整夜不睡，我们是对年轻夫妻，只怕响动大了让你听见，严重地影响了夫妻生活的质量，还威胁到夫妻感情，你就行行好吧。
  哼哼，李离想，无论这是不是原因，人家说的都很在理，就大大咧咧地说，好吧，不过我要下乡一段时间，马上就要动身，回来再搬家吧。

23

  傍晚，李离从乡下回来，一路上琢磨如何跟那少妇告这个别，需不需要采取实际行动做点什么，反正就要走了，别留下遗憾！主意拿定，心情就有点紧张，但脚步还算稳健。
  上了楼，打开门一看，那屋门像往常一样敞开着，可以看见屋已空空荡荡。

李离的心像被空中突然伸出的一个狼爪子掏去了，一拳砸到墙上，不由大叫了一声那少妇的芳名。

24

　　房东说，是那少妇坚持要搬走的，那男的开始不同意，后来就同意了——李离想，她不想看到人去楼空，还是不知道怎样接受我的告别？房东又说，你一个人也租不起这一套房子，我再给你找个合租的来吧。

25

去年今日此门中，
人面桃花相映红。
人面不知何处去，
桃花依旧笑春风。

26

　　李离正在电脑前写一部古典爱情题材小说，听见有人用钥匙开防盗门,他拉开屋门,看见进来一男一女。男的冲他笑笑说,你好,我们是来合租这套房子的,这是我爱人。那少妇容貌清丽身材修长,在丈夫身后礼貌地对冲李离点点头。李离冲那男的笑一笑,趁他不注意转过眼珠意味深长地望了他妻子一眼,那少妇不由微微低下了头。

原载《文学报》2001年4月《大众阅读》"都市小说"版

一个青年艺术家的画像

一个人死在家里，只要他最亲近的人认为是正常死亡，别人是不会想到去惊动法医的。自杀则不同，如果自杀者是有点影响力或知名度的人物，那是少不了法医给出一个定论的。法医来了，只有解剖尸体一件事可干，等他该切该缝的把那件分内的事情做完后，等待的人们也就被给予了一个结论：确系自杀，不是他杀。大家当然都很信任法医，感谢他使大家的悲伤和眼泪得到了认可。法医走后，大家就比以前更加专心地悲伤和落泪，但心情都轻松了许多——一块石头落了地。这个结果，在这种时候是不合适说皆大欢喜的，但不可否认，是个令人满意的结果。然而，也有不买账的——法医缝合完灰灰的尸体后，青青迎上去问道：

"我弟弟为什么会自杀？"

"你是问我死因？"年轻的法医仔细地清洗完手臂，把口罩摘下一边，让它像个装饰品一样挂在脸侧，然后他这样反问皱着眉头的青青。

我很想把青青拉回来，因为她的表情好像认为法医是凶手一样。但青青坚决地站在法医面前不动，她说："对。"

法医用年轻而清澈的眼睛看着青青，那眼神不冷不热，也没有什么感情，我甚至能察觉出他眼神背后晃过的一丝厌烦的情绪。那法医口齿清楚地说："原因吗，你弟弟是镇静药物过量，麻醉了心脏致死，这种自杀方式是很常见的……"

"他为什么要服用镇静药物？"

青青像在审问一个罪犯，她可能是伤心过度——毕竟她只有这一个亲弟弟，而且是她唯一的亲人。法医突然笑了一下，他对随行的人简短地说："没事了，我们走吧。"

法医绕过青青先出去了，他没有再看她。我们只好先抛开青青，赶紧去送法医。

我第一个返回来，看到青青还站在那里，就把她扶到椅子上坐下。青青揪住我两肩的衣服，把头埋到我怀里，哭着说："你告诉我，灰灰为什么会自杀，为什么啊——？"我不知道怎样安慰她才好，因为我也很悲伤——我不但是青青的男朋友，还是她弟弟灰灰从小玩到大的朋友和同学，我也想不到灰灰真的会自杀，虽然我一直觉得灰灰有自杀的倾向，但我以为那是艺术家们的通病，他们全都神经质一点，但只有极少数会来真的。这些都是不能对青青说的，人家弟弟死了，你告诉她迟早都会死的，不是自找没趣吗。况且，我的悲伤自信不亚于青青，但我所处的角色让我不得不说些宽慰她的话，于是我说："青，你不能再哭了，等你稍微坚强一些，我一定告诉你灰灰自杀的原因。"想不到青青果然立刻就不哭了，瞪大晶莹的泪眼望着我，我抿紧嘴唇，费劲地对她点点头说："相信我！"

"离，你和灰灰从小玩到大，再给我讲讲他小时候那些有意思的事情吧？讲点能让我笑出来的。"青青瘪着嘴角说。

"好吧，"我咬咬牙，尽量把悲伤的凉意压在胸口以下，做出一个轻松的表情说："灰灰这个家伙，从小就表现出艺术家那种奇思妙想和反常心态。"我在青青旁边的椅子上坐下来，把她的头揽在我的肩头，慢慢地讲述，"记得刚刚上小学一年级的时候，老师要求我们要养成讲卫生的习惯，她指着教室墙上的挂图说：'饭前便后要洗手，记住了没有？'大家都回答：'记住了。'只有灰灰盯着挂图不吭气，老师不高兴地问他：'灰灰同学，你记住了吗？'灰灰就问：'老师，你是不是认为我们不会用筷子吃饭？'老师奇怪地说：'没有呀。'灰灰就说：'那手脏一点有什么关系，我们又不用手去抓面条。'老师哭笑不得，只好说：'那拉完屎总要洗手吧？'灰灰又说：'老师是担心擦屁股的纸破了，漏在手上吧，不会……不过假如漏上的话，我会记住洗手的。'"

"嘿，"我讲完自己先笑起来，青青也想笑，但两股很粗的泪水汹涌出了她的眼眶。她哽咽着说："那时候老师说他不听话，捣蛋，爸爸就打他，其实大家都没看出他是个从小就与众不同的孩子，他天生有艺术家的天真和执拗。"

"过些时候，你一定要告诉我灰灰为什么自杀……"青青痛苦地闭上了眼睛。

火化了灰灰，我赶紧去找他的新娘苏苏，一来探望一下可怜的姑娘，二来确认一下灰灰自杀的原因。苏苏和灰灰的住房不大，但分外整洁，不像别的艺术家的窝里那么邋遢不堪。苏苏开了门，看见是我，垂下眼睑，又躺回了那个大沙发上，她几乎没把柔软的沙发压凹下一点去，看上去像没有骨头一样虚弱。

"真想不到这小子真的……"我看着苏苏的样子,忍不住骂起了灰灰。

"你别怪他,我也不怪他,"苏苏努力地睁了睁红肿的眼睛,柔声说,"他是个搞艺术的,神经过于敏感,不跟我们常人一样容易猜得透。"

"不,灰灰是和别人不同——我们从小一起长大,我太了解他了——他是有艺术家的激奋的一面,但他自小肩上担子很重,所以说到底他是个传统的人,"我望了望苏苏,不知道自己为什么语气会这样严厉,我接着说,"要不然,他不会着急在他姐姐之前就结婚了,要知道,时下同居可是最前卫的生活方式,更别说对于一个年轻的艺术家了。"

"那是他对我负责任。"苏苏更加低沉地说,她几乎是闭上眼睛了。

我沉默了片刻,叹了口气说:"是的,灰灰是个很有责任心的人,他没有那些作秀的艺术家那么多臭毛病和怪癖,在认识你之前,他除了创作就是读书,再没有别的娱乐和消遣,所以他才会比别人进步更快,更优秀;他的成就不是因为他是个怪异的天才,而是因为他的勤奋和吃苦。你们交上朋友后,你比我更有体会,他积极地让你参与他的创作和学习,他曾对我说要给你最大的幸福。这些,都说明他是个正常人,所以他的自杀,"我看着苏苏说:"我认为不能解释为经受不了艺术带来的震动和痛苦而死……"

"是的,他连烟酒这样的癖好都没有,他比平常人还要谨慎,可怎么会……"苏苏轻轻地发着抖,除此之外看不出她在呼吸,仿佛她已经悲痛的休克了。

我暗暗努力了几次,终于问道:"苏苏,灰灰死前受过什么打击吗?"

苏苏闭着眼摇了摇头。但我却看到她黑裙子下的小脚趾在微微痉挛。我还想问一问，看到苏苏的泪水清亮地淌了满腮，于是我也悄悄地哭了起来。我们就这样悲伤着，不知过了多久，有一只柔软的手放在了我的肩膀上，我从湿漉漉的手掌里抬起头来，接过苏苏递上的毛巾擦了擦脸，看到面前的茶几上放着一个蓝色硬皮本。苏苏拿起它来，翻到其中一页递给我说："这是他自杀前两天晚上的日记，你看看……"她把本子交给我，快步走回刚才躺着的大沙发，那句没说完的话的尾音带着压抑的哨音，我捧着日记本，想道："我可能是错怪这个女孩了，她是多么的悲伤啊，而我却还要逼着她说出些什么来……"

我带走了那本日记，告诉苏苏过几天来看她时还给她。因为我是灰灰最好的兄弟和朋友，苏苏没有反对也没有送我，她甚至根本没有理会我的离开。我关上门的时候，听见她像个老太太一样粗着嗓子大哭起来。

回到青青那里，我依然为打搅了苏苏而自责，紧皱着眉头。青青躺在床上打着点滴，但精神明显好转了，这几天来她总是热切地看着我，仿佛在我身上找她弟弟的影子——对两个男人的爱终于支撑起了她的精神。我坐在她床前，轻声给她读灰灰自杀前两天写的日记，她望着我的眼睛，仔细地听着，仿佛那是灰灰在对她说话：

×月×日

杀死自己，求得解脱？

我现在还看不到，我追求的至高境界是平和还是疯掉。在人群里，我时而高尚，时而庸俗，飘忽不定。高尚时，我打击一切人，让他们知道自己比一条虫子还头脑简单，让他们在我高深的见解面前一败涂地，我不但要打败他们的顽固观念，还要让他们感到那种让他们耽乐的生活是卑鄙的、不值一提的；当我庸俗时，我又去迎合一切，力求去接受一切，并为自己的堕落而窃喜和感到无上光荣。然而，只有独处时，我才是单一而纯粹的我。这个时候，我对整个世界都不满意，我焦躁易怒，一件比头发丝还小的事情都让我压抑不安；别人的一点小错误，就让我恨得牙根痒痒，发誓要进行彻底和加倍的报复——虽然我最后总是反其道而行之。艺术，唯有艺术，她像毒品一样让我获得强烈的创造快感。我不敢想象，假如没有创作的释放，我是不是会犯罪、会杀人，是不是会自虐——我已经开始自虐了！我不知道，没有什么可拯救我的，我只有毁灭？！

"还有吗？"青青出乎意料地平静地问。

"没了，就到这里，这是他最后一篇日记。"我也尽量平静地看着青青回答。

"前面呢？再前一天他写的什么？"青青眼睛里充满回忆的霞彩。

我翻到前一页，看了看，回答："是一首诗，青。"

"给我念念吧。"

"好吧，"我说。那首诗很短，但我明显地觉得它似乎要比刚才念的那篇日记更让人浮想起可怕的念头。那首诗是这样的：

　　这身体是属于我的吗？这！
　　我还必须满足它的一切需求和欲望？

"灰灰自杀的前一天,你跟他一起吃的午饭吧?"青青沉默了好久问。她长长地叹了一口气。

"是的。"我握住她冰冷的小手回答。

"能再给我讲一讲那天的情形吗?他都说了些什么话?"青青也握住我的手,做出一个空洞的微笑。

我叹了一口气,开始说:"那天我们在一家快餐店喝啤酒,商量咱们结婚的事,灰灰说要借给咱们几万块钱。就在这时候,街上响起了尖利的防空警报。'那是在演习,'我告诉他说。'我知道,'他笑了笑,转而又皱起了眉头,问我:'为什么会有防空警报?'我一愣,回答说:'是有点奇怪,如果这个世界能和平相处,大家谁也不炸谁,就用不着防空警报了。'但是灰灰还是摇着头说:'不合理,这个世界存在太多的不合理了,都吓别人,又都被别人吓,这一切本来都可以是不存在的嘛。''但是现实就是这样,美好的世界是虚无的想象。'我这样告诉他。后来我们就在防空警报声中走了,我来到你这里,灰灰回家去了。"

"他跟你告别的时候说什么了吗?"青青急切地问,眼睛里爆出火星来。我被吓了一跳,问:"什么,告别的时候?"

"对,他有没有跟你说什么?"青青握紧了我。我看着她的眼睛,然后我突然想起来了,灰灰跟我告别的时候已经很高兴了,他大声地说:

"准姐夫同志,好好陪我姐姐啊,我也要回去陪苏苏了,她是我最完美的世界,我要回到我的世界里去寻找合理和完美了。"

"他的世界?"我和青青几乎同时重复了灰灰这句话,然后我就下意识地站了起来,同时青青说:"你要尽量委婉地问她,不要强迫她。"

"放心吧。"我吻了青青一下，转身走了出去。

当我再次和苏苏面对面地坐下时，她缩到了那个大沙发里面，抱着双膝，整个人仿佛小了好几圈。

"告诉我发生了什么事？为什么灰灰自杀前那天晚上他没写日记？他从来不落下一天的日记的。"我悲伤地诚恳地望着苏苏说。她把脑袋偏向一边，头发从身侧泻下去，美丽得像个雕塑。她发着抖，越来越厉害，我不得不坐到她身边去，握住她半透明的手指。良久，她终于平静下来了，把手从我的手中抽出来，把头发向后捋去，然后扭过脸来直视着我，黑色的眼睛有如宝石般晶莹深远，虽然布满悲伤的血丝，也丝毫不减摄人魂魄的魔力。她真是太完美了！

"我是不是很美？"她问我，一副很自信的样子，但分明又在轻轻地摇着头。

我点点头。不知她是什么意思，但我感到她要告诉我些什么了。果然，她苦笑了一声，然后望着墙上灰灰为她画的那些画像，像说梦话一样缓慢地自言自语道：

"是我害了灰灰，我让他失望了，我打破了他最后的美好。"

我望着她，她表情安闲，仿佛一个盲人。我问道："是那天下午灰灰回家后的事吗？"

她点点头，又埋头哭了起来，边哭边用拼命压抑的声调说：

"那天下午灰灰急匆匆地跑回来……他着急上厕所，没顾上喊我一声，……就直接闯进了厕所……可是，可是我正好在厕所里……我……我来不及遮掩自己，就看见灰灰，……灰灰瞪大了眼睛看着我，那眼神好可怕，好像他看见了最丑恶的东西……他很快又垂下了头，悲伤得要哭的样子，然后就慢慢地关上门，去了卧室……"

苏苏不自觉地靠在了我的肩膀上，仿佛整个人快要冻僵了，尖利的指甲深深地掐入了我的胳膊。她噩梦初醒一般松了一口气，开始缓缓地说：

"从那时起一直到晚上，我不停地对着灰灰说话，想逗他笑，但是，但是，他看我的那眼神悲伤欲绝，完全不像从前那样闪着欣赏和赞美的火花。然后他推开我，一个人去了画室。我敲门，门反锁着。他在里面说：'让我静一静，让我想一想……'他那声音像个迷了路的孩子一样悲痛可怜。我害怕极了，虽然有点直觉，但不能清楚地知道这一切究竟是为什么，想给你和青青打个电话，又怕灰灰更不高兴，只好靠着他画室的门坐下来守着。可恨的是我，我竟然睡着了……"

她又哭起来，但很快又平静了，继续说：

"我醒来时，已经是凌晨了，看见画室门已经打开了，我跑进去，不见灰灰，正害怕，听见他在卧室叫我。我赶紧跑过去，扑在床上紧紧地抱住他，吻他。可他一点反应也没有，而是出神地望着我，我也望着他，等着他的话。他闭了几次眼睛，终于说……"

"他说什么？"我的心一下子揪紧了。

"他说——他带着非常不理解的表情盯着我问：'苏苏，你怎么，怎么也会拉屎？'我愣住了，脑子里嗡的一声，呆呆地望着他不知该说什么。他似有无限哀伤地望了望我，闭上眼睛叹了口气，悠悠地说：'你应该是完美的，怎么会……'然后就不再说一句话，也不再睁眼看我。我不知所措，拼命地哭，直到觉得他开始发冷……"

"后来我打了电话，你们就来了。"苏苏最后如释重负地说。

创作年表（要目）
（1995-2019）

▲ 1995 年

1月，短篇小说处女作《清早的阳光》，发表在《山西文学》1995年第1期。

1月，短篇小说《不惑之年》发表于《太原日报》双塔文学周刊头版。

▲ 2000 年

1月，诗歌《迟到的乌鸦（外一首）》发表于《诗刊》2000年第1期。

5月，诗话《仰视诗人》发表于《诗刊》2000年第5期。

10月，《大家》（时任主编李巍）2000年第5期推出中短篇小说辑，发表《局外人》《一位小姐的心灵史之谜》《女儿国》《小叔的艺术生涯》四篇。

10月，随笔集《比南方更南》由作家出版社出版，收入"青藤丛书"。

11月，短篇小说《局外人》由《短篇小说选刊版》2000年第11期转载。

12月，散文《对乡村的两种怀念》发表于《人民文学》2000年第12期。

▲ 2001 年

2月~4月，在《山西文学》开设"名著篇名短篇小说"专栏，发表《一个青年艺术家的画像》《存在与虚无》两个短篇。

6月，长篇小说《奋斗期的爱恋》发表于《黄河》2001年第3期头题。

7月，诗歌《黑与亮（二首）》发表于《诗刊》2001年第7期。

9月，《奋斗期的爱情》由长江文艺出版社出版，收入"九头鸟长篇小说文库"。

▲ 2002 年

5月，诗歌《纪念（外一首）》发表于《诗刊》2002年第5期下半月号。

6月，短篇小说《解决》发表于《山西文学》2002年第6期。

8月，《解决》由《小说精选》2002年第7期转载。

9月，短篇小说《师傅越来越温柔》发表于《鸭绿江》2002年第9期。

12月，《师傅越来越温柔》由《小说选刊》2002年第12期转载。

12月，获得2002年度山西新世纪文学奖。

▲ 2003 年

1月，短篇小说《流氓兔》发表于《广州文艺》2003年第1期。

3月，《流氓兔》分别由《小说月报》2003年第3期、《短篇小说选刊版》2003年第3期转载；短篇小说《把游戏进行到底》发表于《人民文学》2003年第3期。

4月，短篇小说《解决》收入人民文学杂志社选编、李敬泽主编《2002年文学精品·短篇小说卷》，敦煌文艺出版社出版。

▲ 2004年

1月，短篇小说《流氓兔》收入人民文学出版社《21世纪年度小说选·2003短篇小说》。

5月，长篇小说《公司春秋》由中国社会出版社出版。

7月，短篇小说《后福》发表于《中国作家》2004年第7期。

7月，短篇小说《最近比较烦》发表于《北京文学》2004年第7期。

10月，长篇小说《公司春秋》由《长篇小说选刊》2004年试刊号"小说故事"选介。

▲ 2005年

3月，短篇小说《后福》收入谢冕、朝全选编，华艺出版社出版《好看短篇小说精选》。

5月，长篇小说《婚姻之痒》由朝华出版社出版。

▲ 2006年

10月，中篇小说《炊烟散了》发表于《现代小说》寒露卷头题。

▲ 2007 年

9月,《李骏虎小说选》中篇卷、短篇卷由山西古籍出版社、山西人民出版社联合出版,收入《炊烟散了》《爱》《梦谭》三个中篇,《解决》《后福》等短篇。

9月,由省作协选送鲁迅文学院第七届中青年作家高级研讨班学习。

▲ 2008 年

1月,短篇小说《奔跑的保姆》发表于《鸭绿江》2008年第1期。

2月,中篇小说《心跳如鼓》发表于《飞天》2008年第2期。

2月,应《山西文学》副主编鲁顺民之约,推出小说作品专辑,发表中篇小说《玫瑰》、短篇小说《漏网之鱼》、创作谈《享受写书的过程》。配发评论家杨品同期评论。

3月,应邀在刘醒龙主编《芳草》文学杂志开设"年度精锐"专栏,陆续发表中篇小说《前面就是麦季》,短篇小说《七年》《焰火》,分别由评论家王春林、刘川鄂、韩春燕配发同期评论。

4月,《前面就是麦季》由《小说选刊》2009年第4期转载。

5月,《前面就是麦季》由《中篇小说选刊》2009年第3期转载。

5月,短篇小说《退潮后发生的事》发表于《绿洲》2008年第5期。

8月,长篇小说《母系氏家》发表于《十月》长篇小说2008年第4期头题。

▲ 2009 年

2月，短篇小说《七年》收入人民文学出版社《21世纪年度小说选·2008短篇小说》。

4月，长篇小说《婚姻之痒》由中国友谊出版公司重新出版。

6月，中篇小说《逆流而上》发表于《小说界》2009年第3期。

7月，中篇小说《五福临门》发表于《山西文学》2009年第7期头题。

10月，中篇小说《五福临门》由《小说月报》2009年增刊中篇小说专号第4期转载。

10月，获得第十二届庄重文文学奖。

11月，《山西日报》黄河文化周刊"黄河关注"刊发记者朱慧访谈《用小说探索人的精神世界——专访第十二届"庄重文文学奖"获得者李骏虎》。

12月，长篇小说《母系氏家》由陕西人民出版社出版发行。

▲ 2010 年

4月，中篇小说《五福临门》入选中国小说学会2009年度中国小说排行榜。

4月，长篇小说《母系氏家》修订本发表于《黄河》双月刊2010年第2期，配发创作谈《我为什么要重写〈母系氏家〉》，以及评论家杨占平文章《成功的跨越——由〈母系氏家〉谈李骏虎小说创作的转型》。

4月，散文《属于"晋南虎"》发表于《天津日报》文艺周刊。

6月，短篇小说《牛郎》发表于《黄河文学》2010年第6期。

6月，《山西日报》黄河文化周刊"黄河关注"刊发长篇小说《母系氏家》评论专辑，发表评论家傅书华《现实主义的力量极其现实意义——读李骏虎的长篇小说〈母系氏家〉》、宁志荣《乡村生活的艺术呈现》、王晓瑜《芸芸众生的生命轨迹》三篇文章。

7月，长篇小说《母系氏家》由《长篇小说选刊》2010年第4期"小说视点"选介。

9月，长篇小说《小社会——铅华与骚动》被立项为2010年度中国作协重点作品扶持选题。

10月，中篇小说《前面就是麦季》获得第五届鲁迅文学奖全国优秀中篇小说奖。

11月，长篇小说《母系氏家》获得2007—2009年度赵树理文学奖长篇小说奖。

11月，因第十二届庄重文文学奖和第五届鲁迅文学奖，获得两项赵树理文学奖荣誉奖。

12月，中篇小说《前面就是麦季》转载刊发《北京文学中篇小说月月报》第五届鲁迅文学奖获奖小说专号。

24日，散文《手不释卷的李存葆》发表于《中国艺术报》九州副刊。

▲ 2011年

2月，短篇小说《割草的男孩》发表于《芒种》2011年第2期。

3月，短篇小说《还乡》发表于《红岩》2011年第2期。

3月，评论《看刘心武魔幻手法续红楼》发表于《中国艺术报》文艺评论版。

5月，中短篇小说集《前面就是麦季》由北岳文艺出版社出版。

6月，散文《老鼠旅馆》发表于《今晚报》今晚副刊。

11月，描写山西抗日民族统一战线选题《中国战场之共赴国难》，入选中国作家协会2011年作家定点深入生活名单。

▲ 2012 年

1月，定点深入生活选题中篇小说《弃城》发表于《当代》2012年第1期。

1月，《文艺争鸣》2012年第1期发表评论家傅书华文章《〈母系氏家〉对现实主义的真实书写》。

2月，短篇小说《科比来了》发表于《青年文学》（上旬刊）2012年第2期。

2月，中篇小说《弃城》由《作品与争鸣》2012年第2期转载。

3月，散文《景老师消失在地平线》发表于《文艺报》文学院专刊。

4月，中篇小说《弃城》由《中篇小说选刊》增刊2012年第1期转载。

8月，《文艺报》文学院专刊头版刊发作家李骏虎专版，发表创作谈《慢慢地，学会了怀疑》，配发鲁迅文学院教研室赵兴红评论《精神向度决定作品高度》、《芳草》编辑郭海燕文章《南人北相小虎子》。

9月，《中国战场之共赴国难》入选2012年中国作家协会重点作品扶持选题定点深入生活专项选题。

12月，《创作与评论》"文艺现场"专栏发表中篇小说《此岸》、创作谈《命运才是捉刀人》；配发山西大学文学院教授王春林访谈《让作品跟身处的时代发生关系——李骏虎访谈录》，山西省社科院文学所所长陈坪评论《向着大地的回归——李骏虎中短篇小说创作论》，以及马顿《细节与方言是乡土文学的优胜点——以李骏虎长篇小说《母系氏家》为例》。

12月，《人民日报·海外版》刊发中华读书报记者舒晋瑜文章《李骏虎：现实主义才是最先锋的》。

▲ 2013年

1月，中篇小说《庆有》发表于《山西文学》2013年第1期。

1月，《芳草》杂志2013年第一期刊发山东师范大学教授张丽军访谈《李骏虎：于传统束缚中开疆辟域——七〇后作家访谈录之五》。

1月，《映像》杂志2013年第1期刊发诗人阎扶访谈《"现实主义是最先锋的"——青年作家李骏虎访谈》。

3月，《莽原》双月刊"当代名篇聚焦"发表李骏虎点评毕飞宇《家事》，评论家张丽军评介。

5月，短篇小说《亲密爱人》发表于《山花》2013年第5期。

5月，电视连续剧《婚姻之痒》由吉林电视台都市频道播出。

7月，《山西日报》文化周刊刊发记者杨东杰访谈《书写我们身处的时代》。

7月，散文《大风到来之前》发表于《散文》2013年第7期。

8月，散文《河北三思》发表于《文艺报》新作品版头条。

8月，中篇小说《大雪之前》发表于《清明》2013年第4期。

8月，长篇小说《婚姻之痒》由北岳文艺出版社出版第三个版本。

8月，散文《北地树》发表于《光明日报》光明文化周末"大观"版。

9月,中篇小说《此案无关风月》发表于《长江文艺》2013年第9期。

9月,散文《大风到来之前》转载于《散文选刊》2013年第9期。

10月,散文《那年花好月圆时》发表于《山西日报》黄河文化周刊。

11月,长篇小说《浮云》发表于《芳草》文学杂志双月刊。

11月,散文《广武怀古》发表于《山西日报》河文化周刊。

12月,散文《河北三思》收入河北美术出版社《品鉴河北》。

▲ 2014年

1月,短篇小说《刀客前传》发表于《大家》2013年第1期。

2月,散文《行走广西》发表于《光明日报》光明文化周末作品版。

3月,散文《大风到来之前》收入北岳文艺出版社《2013年散文随笔选粹》。

3月,文论《寻尧记》发表于《深圳特区报》人文天地首发版。

4月,散文《不安的"出逃"》发表于《人民日报》大地副刊。

5月,长篇小说《奋斗期的爱情》由北岳文艺出版社再版。

5月,短篇小说《一日长于百年》,发表于《福建文学》2014年第5期。

5月,散文《在乡亲和大师之间》发表于《山西日报》黄河文化周刊笔会版。

5月,短篇小说《来自星星的电话》发表于《光明日报》光明文化周末作品版。

6月，长篇小说《奋斗期的爱情》修订本附记《我与〈奋斗期的爱情〉》发表于《中华读书报》书评周刊文学版。

7月，点评陈忠实散文《原下的日子》发表于《散文选刊》2014年第7期上半月刊。

8月，《小说评论》推出小说家档案–李骏虎专辑，刊发栏目主持人於可训《主持人的话》，傅书华、李骏虎对话《现实是文学的起飞点和落脚点》，李骏虎自述《用心灵思考和创作》，李骏虎主要作品目录，傅书华《论李骏虎的小说创作》等一组文章。

8月，散文《不安的"出逃"》转载于《散文选刊》2014年第8期。

8月，中篇小说《爱无能兮》发表于《芳草》2014年第4期。

9月，中国新文学学会会刊《新文学评论》"文学新势力"栏目推出李骏虎专辑，发表"作家语录"《谈我的创作转型》《〈奋斗期的爱情〉修订本附记》，以及王莹、张艳梅评论《李骏虎小说创作论》，张丽军、乔宏智《从都市情感到重返乡土——李骏虎中短篇小说漫谈》，马顿《〈母系氏家〉：一部见微知著的家庭政治演义》，李佳贤、王春林《人性倾斜与社会批评——评李骏虎长篇小说〈浮云〉》等研究文章。

9月，文化散文集《受伤的文明》由山西人民出版社版。

9月，散文《不安的"出逃"》由《发展导报》"阅读"版转载。

10月，散文《雨中去吕梁》发表于《山西日报》黄河文化周刊笔会版。

11月，散文《汉的长安》发表于《光明日报》光明文化周末文荟版头条。

11月，短篇小说《云中归来》发表于《深圳特区报》人文天地"首发"版。

12月，长篇小说《中国战场之共赴国难》发表于《芳草》文学杂志2014年第6期。同时单行本由北岳文艺出版社出版。

12月，长篇小说《中国战场之共赴国难》获得第四届汉语文学女评委奖最佳叙事奖。

12月，创作谈《人民是文学的生命力》发表于《文艺报》。

▲ 2015 年

1月，创作谈《人民是文学的生命力》发表于《作家通讯》2015年第1期。

1月，在《小说选刊》开设"小说课堂"专栏，文学评论《经典的背景》发表于《小说选刊》2015年第1期。

1月，小说集《此案无关风月》由北岳文艺出版社出版。

1月，长篇小说《众生之路》发表于《莽原》杂志2015年第一期。

1月，散文《不安的"出逃"》收入漓江出版社《2014中国年度精短散文》。

1月，文学评论《化身：大师的"壶中妙法"》发表于《文学报》论坛专版。

1月，《山西晚报》开始连载长篇小说《中国战场之共赴国难》。

1月，《山西晚报》文化访谈版刊登专版：《李骏虎：〈共赴国难〉中，我写了段比文学更有价值的历史》。

2月，《中华读书报》发表评论家何亦聪文章《〈受伤的文明〉：笔墨从胸襟中来》。

3月，《黄河》杂志"黄河对话"刊发中国小说学会副会长、著名评论家王春林教授和小说家杨东杰对话《启示：李骏虎〈中国战场之共赴国难〉的新历史叙事价值》。

3月，《文艺报》发表著名评论家山西省作家协会主席杜学文评论《历史观、方法论与艺术表达——读长篇小说〈中国战场之共赴国难〉》。

4月，《山西日报》黄河文化周刊刊发《中国战场之共赴国难》创作谈《红色题材的求真魅力》。

4月，《太原晚报》天龙文苑刊发《中国战场之共赴国难》创作谈《三年走出的三十万言》。

4月，《都市》杂志2015年第4期头题刊登长篇散文《橘子洲头畅想》、长篇小说《中国战场之共赴国难》节选《决战兑九峪》。

4月，《太原日报》双塔文学周刊刊发徐大为、李骏虎对话《历史丰厚了文学，文学更应对历史负责》。

4月，中国作家协会《作家通讯》刊发《中国战场之共赴国难》创作谈《文学怎样为历史负责？》。

5月，《中国战场之共赴国难》精装典藏版由北岳文艺出版社出版。

5月，《名作欣赏》杂志2015年第5期刊登著名评论家、山西省作家协会主席杜学文评论《历史观、方法论与艺术表达——读长篇小说〈中国战场之共赴国难〉》。

5月，山西卫视新闻午报播出《长篇小说〈中国战场之共赴国难〉首发式举行》。

5月，山西新闻联播报道《我省新作——首部展现抗日民族统一战线形成过程的长篇小说》。

5月，新华网电《中国作家历时三载完成反法西斯战争纪实新作》。

5月，《中国新闻出版报》发布2015年4月优秀畅销书榜，《中国战场之共赴国难》进入文学类前十名。

5月，《山西青年报》新闻专题专版报道《首部描写红军东征的历史小说》。

5月，《发展导报》"聚焦"专版《山西作家书写红色救亡史——李骏虎新著〈中国战场之共赴国难〉讲述抗日民族统一战线形成过程》，并专版发表《长篇小说〈中国战场之共赴国难〉故事梗概》。

5月，光明网讯《长篇抗战历史小说〈中国战场之共赴国难〉引起反响》。

5月，散文《生命因为阅读而丰盈》发表于《群言》杂志2015年第5期。

6月，《文艺报》新作品专版发表《中国战场之共赴国难》创作谈《今天怎样写"救亡史"》。

6月，《文艺报》公布中国作家协会重点作品办公室2015年重点作品扶持项目篇目，长篇小说《巨树》列入"中国梦"主题专项。

7月，长篇小说《众生之路》由山西出版传媒集团山西人民出版社出版。

7月，散文《不安的"出逃"》，收入人民日报出版社《人民日报2014年散文精选》。

8月，《中华读书报》发表记者夏琪访谈《李骏虎：战争题材让我重拾宏大叙事》。

10月，评论集《经典的背景》由山西出版传媒集团北岳文艺出版社出版。

10月,《文艺报》发表刘慈欣、李骏虎对话《科幻文学与现实主义密不可分》。

▲ 2016年

1月,短篇小说《六十万个动作》发表于《飞天》2016年第1期。

3月,短篇小说《皮卡的乡下生活》发表于《星火》2016年第3期。

5月,中篇小说《银元》发表于《解放军文艺》2016年第5期。

5月,长篇小说《中国战场之共赴国难》获得山西省第十一届精神文明建设"五个一工程"奖优秀作品奖。

5月,散文《他与高原互为表里》发表于《山西日报》黄河文化周刊,纪念陈忠实。

6月,长篇小说《母系氏家》由北岳文艺出版社再版。

9月,《时代文学》2016年第9期"名家侧影"刊发小辑,发表短篇小说《在世纪末的夏天》,配发梁鸿鹰评论《论李骏虎乡村小说里的女性形象》,马顿、康志宏评论《矛盾密布,终织成幅》,以及五篇印象记:胡平《我眼中的李骏虎》,任林举《鲁28的"骏虎"》,曾剑《牵手的兄弟》,李燕蓉《有分寸的人》,孙峰《我的邻居和文友》;附李骏虎重要作品目录。封二、封三、封四刊发"李骏虎书法作品"。

9月,散文《雨城遐思》发表于《中国艺术报》副刊。

11月《光明日报》光明文化周末文荟版发表《地球的这一边》(组诗)。

11月,《文艺报》第九次全国作代会专刊发表《期待中国文学大繁荣》。

12月，散文《赐生我们的巨树永青》发表于《文艺报》原上草副刊。

▲ 2017年

1月，随笔《赐生我们的巨树永青》发表于《文艺报》原上草副刊。

1月，理论文章《在中国写作的优势和障碍》发表于《文艺报》。

4月，长篇小说《浮云》由江苏凤凰文艺出版社出版。创作谈《那是救亡的先声和前奏》发表于2017年4月19日《解放军报》"长征"副刊。

8月，诗集《冰河纪》由北岳文艺出版社出版。

8月，散文《铜鼓笔记》发表于《文艺报》。

8月，中篇小说《忌口》发表于《作品》2017年第8期。

9月，中篇小说《忌口》转载于《中篇小说选刊》2017年第5期。配发创作谈《没有贺涵，也没有尹先生》。

12月，散文《梅溪上的"西客"》发表于《山西日报》黄河副刊。

▲ 2018年

1月，评论《我们全部的尊严就在于思想》发表于《安徽文学》2018年第1期。

1月，散文《在乡愁里徜徉的新时代》发表于《群言》2018年第1期。

1月，评论《讲政治 谈文学 搞创作》发表于山西日报《文化周刊》。

2月，散文《梅溪晋韵》发表于《人民文学》2018年第2期。

2月，评论《如何创造山西文学新"高峰"》发表于山西日报《文化周刊》。

3月，短篇小说《飞鸟》发表于《大家》2018年第2期。

4月，评论《国之光采，通达纵横》发表于《群言》2018年第4期。

5月，评论《两翼齐飞振兴山西文学》发表于山西日报5月16日《文化周刊》。

6月，评论《这些书影响了青年习近平的成长》发表于《支部建设》2018年第16期。

6日，评论《山西文学创作如何再攀高峰》发表于山西日报《文化周刊》头条。

8月，评论《文学要有社会功能和现实意义》发表于山西日报《文化周刊》。

8月，散文集《纸上阳光》由中国言实出版社出版，收入全民阅读精品文库，王巨才主编"当代最具实力作家散文选"。

8月，评论《文学创作关乎现实人生》发表于《文艺报》。

10月，散文《铜鼓笔记》收入中国作家协会编《遥望那片星群——中国作协"迎接党的十九大暨纪念建军九十周年"主题采访活动作品集》，作家出版社2018年10月第一版。

10月，随笔《那是救亡的先声和前奏》获得第六届长征文艺奖。

11月，自述《记录山西的神韵和荣光是我的责任和光荣》发表于《山西日报》文化周刊。

▲ 2019年

1月，中篇小说《献给艾米的玫瑰》发表于《芙蓉》2019年第1期。

2月，中篇小说《献给艾米的玫瑰》被《北京文学中篇小说月报》2019年第2期转载。

4月，诗歌《家书》发表于《山西日报》文化周刊。

5月，散文《一个小镇的故事》发表于《山西日报》文化周刊。

9月，中篇小说《太原劫》发表于《红豆》2019年第9期。

10月，中篇小说《太原劫》被《小说选刊》2019年第10期转载。

10月，中篇小说《太原劫》被《小说月报》2019年中长篇专号第四期转载。

11月，散文《延安时间》发表于《光明日报》光明文化周末作品版。